U0066333

聚福妻 3

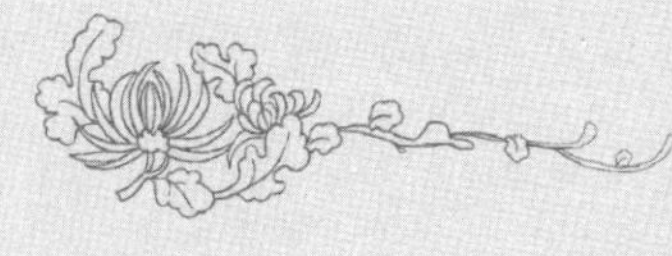

文創風 884

踏枝 ㊚著

目錄

第四十六章

等大家都回去歇息，沈時恩牽著姜桃進了正屋。

「雪團兒有了著落，可是不用再發愁了？」

姜桃抿唇笑笑。「若是旁人來養，我還不放心，小榮看著有些驕橫，但心腸軟，想來不會虧待雪團兒。」

沈時恩屈起手指，輕敲她的額頭。「妳啊，年紀不大，操心的事倒不少。」

他說著，要姜桃在炕邊坐下，去灶房打熱水來讓她泡腳。

因為來月事，姜桃身上微微發寒，脫了鞋襪，把雙腳放進熱水後，舒服地喟嘆出聲。

沈時恩看她眉頭總算舒展開來，道：「那藥千萬別再吃了，不然先不說以後如何傷身，光是每次來月事都要這樣疼，就夠折磨人的。」幫她拿來一碗紅棗，讓她睡前再吃一些。

白日看完診，送姜桃回家後，沈時恩便去採石場告假，又買來許多紅棗。下午姜桃已經被他督促著吃掉一碗，如今看到紅棗，便沒胃口了。

她蹙著眉，可憐兮兮望著沈時恩求饒。「我已經好多了，肚子也不疼，能不能不吃？」

「不行。」沈時恩第一次這麼果斷地拒絕她。「大夫說了要吃的。」

姜桃沒辦法，只能抱著一大碗紅棗，慢慢吃起來。

沈時恩蹲在她泡腳的盆旁邊，時不時伸手去探，發覺水涼了，就去灶房提熱水兌上。泡腳跑了快半個時辰，姜桃終於把紅棗吃完了。

沈時恩拿來乾布巾，要給她擦腳，姜桃忙按住他的手，好笑道：「又不是真生了什麼病，我自己來吧。」

沈時恩沒和她爭辯，只是輕輕拍開她的手，替她擦好腳，接著出去把洗腳水倒了。

姜桃活了三輩子，第一次有人這麼伺候她。從前雖有看護或丫鬟照顧，但那是為了掙薪水或月錢，沒這麼盡心盡力。

她抿嘴輕笑，沒多久，沈時恩又端了一個盆子進來。

姜桃認出那是她洗屁股的水盆，臉一下就紅了。「我自己去外頭洗就成了，你拿進來做什麼？」

沈時恩放下盆子，倒了熱水，試好水溫後說：「在屋裡洗吧。外面夜風大，受了涼又要肚子疼。」

姜桃是真的不好意思了，扭捏半天，不肯解褲帶。

沈時恩便開門走到門外，道：「妳洗好了喊一聲。」

姜桃看他背對著屋裡，才解開褲帶蹲下身。

一番清洗後，身上舒服不少，她穿好褲子，彎腰端起盛著血水的水盆。

沈時恩聽到動靜進來，蹙起眉。「不是讓妳洗好了喊一聲嗎？」說著就要端走她手裡的盆子。

姜桃的臉立時又紅起來，忙說：「我自己來！」

沈時恩沒理她，伸手在她手肘上一拍，讓她鬆手，把髒水端走。

「去床上躺著。」

姜桃沒搶贏，只得乖乖地喔了聲，上床去了。

沒多久，沈時恩也洗漱好了，帶著一身水氣回屋。

姜桃躺進被窩裡，發現暖和得很，沈時恩不知何時放了個灌熱水的湯婆子進去。

姜桃忙掀開被子，讓他上床。

他卻只站在床邊，重新把她的被子掖好。「我用冷水洗的，身上涼，等會兒再上床。」

即便在冬日裡，沈時恩仍習慣用冷水沖身子，起初姜桃知道時，還擔心他著涼，後來知道他自小就這樣，從沒因此著涼生病，這才沒勸。

過了片刻，沈時恩覺得身上暖和了，上床與姜桃躺在一處。

姜桃鑽進他懷裡，不好意思地說：「那髒水……以後還是我自己去倒吧。」

那水帶著血呢，讓沈時恩這大男人倒，實在太不好意思。而且這個時代，世人覺得女子來月事是忌諱，講究些的人家，別說丈夫給妻子倒血水，連睡都不會睡在一起，嫌晦氣。

「別瞎想。」沈時恩摟著她，大手輕輕拍著她後背。「我不是那等迷信的人，只是妳不舒服，我多照顧妳一些罷了。」
姜桃聽了，心裡軟得要融化，把臉埋在他胸前，甜蜜地笑了一陣，才道：「我的月事每個月都要來，你總不能月月向採石場告假。不如像小南一樣，這樣照顧我，豈不更方便？」
說到底，她還是心疼沈時恩服役，想交一百兩換他的自由。他就是不做其他活計，不掙錢都沒關係，她不想看他再受苦。
沈時恩還是不答應。「現在這樣就很好，我多打些獵物送給監工，請假還是方便的。」
姜桃知道沈時恩肯定有自己的理由，既然他不想說，她也不再追問，但還是心疼他，遂甕聲甕氣地問：「你幾時才能從苦役中脫身啊？」
沈時恩嘆息一聲。「大概太子登基的時候吧。」
姜桃想著，新帝登基會大赦天下，不是十惡不赦的罪犯都能被赦免。到時，沈時恩自然能脫離戴罪之身，成為普通人。
可惜，她上輩子過得渾渾噩噩，只依稀記得當年外戚謀反的風波，就沒再關注時政。
現在的太子好像還是之前那位，但他外家都謀反了，還能順利登基嗎？
不過，不是同一個太子，應該沒關係吧？只要有新帝大赦天下便行。其餘的，不是他們這樣的市井平民要操心的。
姜桃想著事情，很快就睡著了。

靜謐無聲的夜裡，一隻信鴿撲著翅膀，從小小縣城起飛，一路飛向京城。

信鴿輾轉飛過幾個驛站，幾日之後，牠腳上的小信筒被送進宮牆內，再由太監傳入，最後遞到太子蕭玨眼前。

蕭玨今年不過十四歲，卻是舉止得體、氣定神閒，端的一副少年老成的模樣。不過，待看到那份密信，蕭玨面上的淡定就被打破了。

「下頭的人是不是當本太子是死人？這樣信口胡謅的信，也敢送上來?!」

此時殿內只有東宮輔臣和幾個忠心可靠的太監，蕭玨才卸下人前的偽裝，罵完仍不解氣，把密信揉成一團，扔在地上。

「殿下莫要生氣。」太子少保一邊勸、一邊撿起紙團，展開來看，看完之後，也不知道怎麼勸蕭玨了。

早在數月之前，東宮得到消息，說貴妃那邊又派人去打探太子的小舅舅，也就是沈時恩的消息。

這種事由來已久，原因無他，蓋因當年的風波裡，沈時恩被承德帝留到最後，無人知道承德帝想如何處置他時，沈時恩卻忽然在死牢裡暴斃，且死狀淒慘，乃撞牆而亡，頭骨撞裂，面容扭曲，只依稀能辨認其模樣。

同一夜，被禁足數月的沈皇后，於長春宮自縊而亡。

當時正是沈國丈謀反事發的風口浪尖，承德帝秘密處死國丈和其長子後，卻沒處置沈皇后，連她的封號位分都沒動，只禁足而已。
到底曾經是恩愛夫妻，承德帝悲痛之下，沒再追究沈時恩蹊蹺的死因。
但承德帝不追究了，其他人卻是要追究的，尤其是宮裡有子嗣的妃嬪們。
沈時恩威名雖遠不如其父兄，但到底也在軍營裡長大，若讓他得了一線生機，他朝起復，振臂一呼，自是一呼百應，蕭玨便還是從前那個有整個沈家軍支持、不可撼動的太子。
這些年，從京城派出去搜尋沈時恩的人馬，沒有上百批，也有好幾十批了。
就在眾人妄想太子之位時，承德帝卻奇蹟般的沒有廢太子，反而開始逐漸放權給蕭玨。
但那到底有限，不過是上朝議事之類罷了，並沒有批閱奏摺、監國輔政等實權。
不然像蕭玨這樣生下來就被立為太子的，長到快十五歲，握在手裡的權力，早能把那些出去的人消滅在半道上，連京城都別想出。
蕭玨沒有那麼大的權，只能派自己的人在外頭截殺那些暗探。
數月前，貴妃派去的人馬似乎得到沈時恩的消息，蕭玨自然不能放過，讓暗衛帶人去截殺，也去求證。
孰料，他去的人晚一步，貴妃的探子居然被殺乾淨，據說是跟山寨裡的土匪火併，同歸於盡。
這實在太乾淨俐落，不論探子還是土匪，竟一個活口都沒留。
貴妃那邊以為是東宮的人幹的，得到消息後，沒再追查。畢竟這幾年他們派出去的人，多半折在蕭玨手下，不疑有他。

可蕭玨知道不是，燃起一絲希望，或許他的小舅舅真的藏在那裡。

他不動聲色地過完年，年後又派人過去。

等了個把月，派去的人終於來信，說確實打聽到一個人，年紀、樣貌都跟沈時恩對得上，還寫上他留給採石場的身家背景，正是今天蕭玨看到的那封密信。

蕭玨氣極反笑。「我小舅舅那樣孤高，如何憑空冒出一個弟弟？弟弟就算了，信上還說那人已經成親，娶了當地的農家女。這還不算最胡扯的，接著居然說他家養了一隻小老虎，今日在縣城裡招搖過市。

「什麼老虎獅子的，怎麼不說我舅舅如今在外頭養麒麟，馭龍騎鳳呢？真能編！」他說著，砸了手邊的茶盞。「真把本太子當成無知稚童誆騙！」

砸完東西，蕭玨瞇了瞇眼，臉上露出陰鷙的笑。「是不是本太子在你們面前太好性，你們都不畏懼我了？」

這話一出，殿內的輔臣和太監全跪下來，連道不敢。

「都滾出去！」

殿內眾人不敢多言，立刻躬身退下了。

到了殿外，幾個輔臣湊在一起，愁眉不展。

太子早熟早慧，是他們樂於看到的。但自從當年那場風波後，太子的性子就有些偏了，陰鷙的一面漸漸展現出來。今日這樣胡亂傳遞消息的暗衛，肯定連性命都保不住。

雖然他們還是一如既往的忠心，畢竟身家性命繫在東宮的榮辱上，不可能脫掉干係，但很多時候還是心慌啊，就怕掏心掏肺為太子籌謀鋪路，末了卻落個淒慘下場。

太子少保撕碎手裡的密信，無奈嘆息。「你們說，這消息要是真的該多好呢，若沈二公子還在，咱們殿下也不算孤苦無依。」

太子少保話裡的意思很明顯。

如果沈時恩還活著，像密信裡活得那麼好，日後回來跟蕭玨相聚，先不說他能給蕭玨的助力，只說有親舅舅在，或許還能拗一拗蕭玨這走偏的性子。

不過，沈時恩還活著的事，不過是眾人的猜想罷了，這些年沒有人證明過。當年在死牢裡離奇身亡的，很可能就是他本人。

所以，大家嘆了又嘆，沒再接著說下去。

另一邊，第二天一早，沈時恩上山，打來獵物送給監工，又請下數日的長假。

這幾天，姜桃本準備在家好好展現自己的賢慧，但沈時恩什麼都不讓她做，別說家務，恨不得她就躺在床上或炕上不要下地，連飯食都想端給她吃。

姜桃心中好笑，卻沒有逞強，老實待在屋裡。

自打成婚後，兩人鮮少有單獨相處的時候，如今白日弟弟們去上學，只剩他們，倒像度蜜月似的。

天氣好時，沈時恩在天井裡打拳，姜桃就搬了椅子，到廊下做針線。

兩人各忙各的，時不時抬頭看對方一眼，目光對上了，就笑一笑。不用說話，光這樣靜靜待著，便讓人心裡無比舒坦。

不過，這樣的日子終究短暫，隨著她月事過去，衛夫人給她的假也結束了。沈時恩還是要去採石場服役，姜桃也要為整個家的生計忙碌。

這天一大早，姜桃去了衛家。

如今衛夫人待姜桃越發親厚，看她跟看自家姪女似的，見面就笑道：「我這裡沒什麼活計可做，妳不如在家多歇幾日。」

姜桃也跟著笑。「我都歇了一旬，在家實在待不住了。」

果然如姜桃之前說的，衛夫人不肯再給她活計，還說日後不用過來衛府，去蘇如是那裡待著就好，美其名讓她陪著衛茹一道學藝，實則放她自由，隨她想做什麼。

「對了，這個月的月錢也該給妳了。」衛夫人說著，讓人拿五十兩銀子過來。

姜桃自然不肯收，忙道：「這如何使得？月錢都是做滿一個月才給，算上休沐的日子，我才在您家做了半個月。而且，月錢也不該給得這樣多。」

衛夫人說：「妳別嫌少就好，收著收著。」

姜桃還是不想收，衛夫人都讓她自由了，她還一個月收五十兩，怎麼都是占人家便宜。還有，這月錢多得太離譜，一年六百兩銀子，對現在的衛家來說，是一筆不小的開銷。

「這樣吧。」姜桃道：「我家幾個弟弟跟著衛先生讀書，之前我想給衛先生束脩，先生說他收學生不為銀子，怎麼都不肯拿，只收了些茶點。既如此，夫人也不必給我月錢，咱們兩方相抵如何？別為了這麼一點錢，弄俗了咱們兩家的情誼。」

衛夫人聽了，沒再勉強姜桃，和她說一會兒話，就讓她去隔壁陪蘇如是了。

日前，蘇如是跟楚鶴榮已經搬到隔壁的宅子，蘇如是沒帶多少人過來，只帶了玉釧跟兩個小丫鬟，然後是楚鶴榮的小廝和幾個得用的家丁。

之前楚家別院有許多負責看守別院的下人，還有護送蘇如是和楚鶴榮出京的護衛。如今搬過來，宅子雖然不如楚家別院大，但因為下人少了，反而顯得清靜寬敞。

衛茹已經開始跟著蘇如是學藝，可她性子跳脫，蘇如是沒讓她直接拿針線，而是讓她先從描花樣子開始磨練心性。

姜桃陪了她們一上午，中午時，繡莊那邊遞來消息，說姜桃要的特殊繡線和格子布都弄來了。不過數量不多，就是先打個樣子。

姜桃問了一句，今天又耗去半個上午，知道消息後，實在坐不住，向蘇如是打個招呼，就去芙蓉繡莊了。

孰料，姜桃來得不巧，年掌櫃沒想到她會立刻過去，有事離開店鋪，店裡只留了年小貴管事。

而且，更不巧的是，錢芳兒今日又來了。

姜桃一看到錢芳兒就笑。原身送她的兩支銀簪子，終於能要回來了！

說起來，這是錢芳兒自打去年鼓動年小貴趕走姜桃之後，第一次再踏足芙蓉繡莊。

上回，年小貴到她家追問姜桃的住所，她就是不想說，死活不信姜桃就是年小貴口中頂有本事的繡娘。

後來是錢氏回家，勸住了她，又指姜家的位置告訴年小貴，才沒鬧得太難堪。

之後，年小貴去了姜家，並沒有得到姜桃的諒解。

錢芳兒心中得意，雖然在她不知道的時候，姜桃練出刺繡的好手藝，但有什麼用呢？她還不是三言兩語就讓姜桃和芙蓉繡莊斷了合作？

不過，這份得意沒能維持很久，後來兩家走動，錢氏有意把婚期提前時，年掌櫃對她們家的態度越發冷淡。

年掌櫃本就不太滿意這樁婚事，倒不是歧視錢氏她們孤兒寡母，而是覺得錢芳兒看著柔弱，但主意太大，心思也不夠正直。年小貴耳根子軟，成了親以後，怕是更不會有自己的主意了。

不過，年小貴喜歡錢芳兒，當時是他求了又求，年掌櫃才允了這樁親事。可後來看年小貴和錢芳兒之間因為姜桃的事生出嫌隙，就更不想搭理這個未來兒媳婦。

錢芳兒也有些害怕，生怕因為這件事，自己的好親事要告吹，想趕著和年小貴修好。錢氏卻勸她，年小貴雖還在惱她，但到底沒有退親，一動不如一靜，等他消了氣，再去賠罪也不遲。

所以，錢芳兒一直沒再來芙蓉繡莊，只隔幾天寫封信捎給年小貴。她沒什麼文采，認字、寫字還是從前姜桃教她的，信裡寫著自己知道錯了，不該因為過去的事情，對姜桃抱有成見。

姜桃被蘇如是收為義女和準備開辦自己的小繡坊，都是暫時不好對外宣揚的事。年掌櫃口風也緊，連兒子都沒說。

因此，年小貴不知姜桃如今對芙蓉繡莊意味著什麼，只把她當作因為不快而斷了兩家聯繫的普通繡娘。

一邊是只見了一面、聊過幾句的陌生繡娘，一邊是以後會跟自己過一輩子的未婚妻。年小貴自然而然又偏心錢芳兒，想著從前錢芳兒或許真被姜桃欺負得很慘，才對她有濃重的厭惡恐懼，便不肯相信姜桃有那麼精湛的刺繡手藝。

這陣子，年掌櫃需要一批特殊的材料，生怕出了差錯，恨不能親身去指導，時常不在，因此年小貴常在鋪子裡幫忙，錢芳兒想過來就過來吧，讓她打打下手，展現能幹賢慧的一面，他爹便不會對她抱有那麼大的成見。

只是他沒想到，姜桃也過來了。

「我來得還挺巧。」姜桃笑著走向櫃檯。「不用問，今日年掌櫃肯定不在店裡。」

年小貴客氣地對姜桃拱拱手，笑道：「姜家繡娘來了？可是終於想通，願意在我們家賣繡品？」

姜桃想了想，既然她要辦繡坊，也和年掌櫃談好了合作，年小貴這話倒不算說錯，遂沒反駁。

年小貴見狀，總算鬆了口氣，拱手道：「上回的事情，實在對不住，是我有眼不識泰山，這裡再向您道歉一次。」

姜桃點點頭。她對年小貴倒是沒什麼厭惡之感，他雖然耳根子軟，聽信錢芳兒的挑撥，但自始至終對她客客氣氣，上回還特地趕到姜家道歉。

姜桃又去看錢芳兒。這次錢芳兒沒像上次那樣穿上年家送給她的華麗衣裙，只穿著家常衫裙，梳垂鬟分肖髻，髮髻上只插著一支珍珠小銀簪和另一支更小的桃花銀簪。

好巧不巧，正好是原身送她的那兩支簪子。

姜桃不由暗喜，準備動手了。

第四十七章

「拿來吧。」姜桃也不和錢芳兒兜圈子，直接向她伸手。

錢芳兒看年小貴對姜桃客客氣氣的樣子，不順眼極了，但上回的事還不算完全過去，只能強忍著怒氣，裝作看不見姜桃，卻沒想到姜桃會主動和她說話。

錢芳兒神情僵硬地問：「什麼拿來吧？」

「妳頭上的簪子啊。」姜桃說：「沒記錯的話，是我從前給妳的吧。既然妳看不上我，想來也看不上我送妳的東西。如今物歸原主，從前的情分也一筆勾銷。」

錢芳兒怒氣沖沖瞪著她，但年小貴就在旁邊，只能咬著後槽牙說：「這是妳送我的不假，但並非我討來，而是妳非要給我的。送人的東西，怎麼能隨便要回去？」

錢芳兒倒沒說謊，這兩根銀簪子不是她主動要的，是她到姜家作客時，眼巴巴地看著，原身見她和自己差不多年紀，卻連一件像樣的首飾都沒有，心疼手帕交，才大方地送給她。

現在的姜桃不缺這兩根簪子，只是不想看原身的善意餵了狗。

「咱們倆如今連朋友都不算，充其量只是認識的人。我不想送妳了不成嗎？還給我。」

之前年小貴相信錢芳兒的話，說姜桃仗秀才女兒的身分欺負她，送破舊的東西給她，還逼著她穿戴。眼下才知道，錢芳兒口中所謂的破爛東西，居然是銀簪子。

雖然錢芳兒頭上的簪子已經舊了，花樣不過拇指大小，但還是銀子做的啊！就算他是繡莊掌櫃的兒子，也說不出銀簪子是破爛東西的話。

不過到底是自己的未婚妻，又有外人在，年小貴沒追究錢芳兒撒謊，而是替她解圍。

「姜繡娘，實在對不住。您送的兩根簪子，看來是芳兒的心愛之物。這樣吧，我還銀錢給妳可好？」

姜桃說不行。她不是缺銀錢，要回簪子後，哪怕是和之前那支金簪一樣，給原身立衣冠塚，也不想看它們插戴在錢芳兒頭上。

「還妳就還妳！」錢芳兒氣得整張臉都漲紅了，也顧不上在年小貴面前保持儀態，拔下頭上的兩根簪子，往櫃檯上一拍。「這不就是妳戴舊了不想要的破爛東西嗎？說得好像誰稀罕似的！」

姜桃滿意地揚唇，將兩支銀簪拿在手裡。

年小貴聽著錢芳兒的話，不悅地皺眉，但瞧著她眼睛都氣紅了，淚珠懸在眼眶裡，卻強忍著不哭，硬撐著的要強模樣，實在心疼，苛責的話再也說不出口。

不過，他是說不出，可有人說得出啊。

楚鶴榮跨進鋪子，指著錢芳兒的鼻子就罵。「妳是什麼東西？敢這麼和我姑姑說話?!」

別看錢芳兒出身普通，但錢氏心疼她，原來的姜桃也讓著她，她也出落得亭亭玉立，同齡人只有奉承她的，連年小貴這未婚夫對她也是溫聲細語。她長到這麼大，還真沒被人指著鼻子這麼罵過。

錢芳兒被罵得愣住，楚鶴榮仍嫌不解氣，斜著眼睛上下打量她，接著道：「穿得像個乞丐似的，別妨礙繡莊做生意，給我滾出去！」

在楚老夫人的管教之下，楚家家風甚嚴，不讓子孫在正經娶妻之前，搞什麼通房、姨娘的，髒了門庭。

因此，楚鶴榮還沒經過人事，更沒有憐香惜玉之心，不然之前心裡煩悶時，也不會對玉釧沒好臉色。玉釧長得可比錢芳兒好多了，又被當成半個小姐由楚老夫人教養，氣度、姿態更是錢芳兒無法比擬的。

更何況，眼下楚鶴榮看姜桃跟看親姑姑似的，哪裡會放過錢芳兒。

起初是因為蘇如是認姜桃當義女，他看著蘇如是的面子，才喊她姑姑，心裡挺彆扭。但後來姜桃給他送吃食，蕭世南和姜家兄弟也因為這層關係和他親近，加上後來知道蘇如是肯幫著他挽救鋪子，是看在姜桃的面子上。還有，姜桃幫他照顧小雪虎幾個月，卻不居功，還願意讓他在小雪虎成年後帶走牠。

因著以上種種，姜桃簡直和他親姑姑沒兩樣了！

所以，護短的楚鶴榮真的氣著了，罵完又扭頭看店裡的夥計。「你們都是死人啊？把這個乞丐給我弄出去！」

「錢姑娘，妳請吧。」夥計們只能硬著頭皮上來，趕走錢芳兒。

錢芳兒不認識楚鶴榮，但看他打扮得那般富貴，不敢輕易撒潑，只道：「你是誰？姜家什麼時候多出你這門親戚了？還有，你憑什麼趕我走？我未婚夫家可是這繡莊的掌櫃！」

楚鶴榮看傻子似的看著她。「本少爺還是這繡莊的東家呢！」煩躁地擺擺手，吩咐夥計。「快點趕走，別在這兒吵嚷，打擾我姑姑做事。」

錢芳兒被他這說詞嚇一跳，轉頭看向年小貴求助。

年小貴早在看到楚鶴榮進鋪子開罵時，就知道事情要糟，到底是沒經過事的少年，已然慌了手腳，連如何應對都不知道了。

這時，年掌櫃也回來了，一看這混亂場面，就知道出了事，趕緊賠著笑臉上前。

「少東家，姜娘子，兩位這是怎麼了？」

楚鶴榮說：「你別問，先把這個女的趕走，我再和你說。」

年掌櫃本就不喜歡錢芳兒，但沒在人前給她難堪，只道：「錢姑娘，我們少東家都發話了，妳還是先離開吧。」

錢芳兒早知道芙蓉繡莊的背後是個富可敵國的大家族，所以才覺得年小貴是不可多得的夫婿人選。不然縣城雖然不大，但也有不少比年小貴條件好的人。

如今，她直接得罪了芙蓉繡莊的東家，以後嫁過來，這日子還能好過嗎？

她呆愣著沒有挪腳，年掌櫃也不能真讓人推搡她，遂讓年小貴把她帶出去。

楚鶴榮看錢芳兒走了，面色才好看些，開始數落年掌櫃。

「年掌櫃啊，我一直覺得你挺機靈，可你就是這麼管鋪子的？隨便放人進來，對我姑姑出言不遜？」

年掌櫃被說得不敢回嘴，雖然不知發生什麼事，但想來肯定是錢芳兒又冒犯了姜桃。之前已經發生過這種烏龍，如今再來一次，他實在沒臉再辯解。

姜桃見狀，輕輕拉拉楚鶴榮的衣袖。她討厭錢芳兒，但年掌櫃的面子還是要賣的。

「姑姑，妳幹啥啊？」楚鶴榮小聲嘟囔。「我這不是替妳出氣嗎？」

兩人說著話時，年掌櫃叫人把打好的樣呈上來。

姜桃一邊檢查繡線和格布、一邊小聲解釋道：「那是年掌櫃未過門的兒媳婦，不好做得太過了。」

楚鶴榮一聽，更是糊塗。「不可能啊，老年的家在京城，而且只有一個女兒，他媳婦每年都帶著閨女來府裡拜年的，我有印象！」

姜桃挑眉，沒想到還牽扯出一樁桃色緋聞來。

「難道年掌櫃還敢搞豢養外室、養私生子這一套？」楚鶴榮說著，驚叫起來。「本少爺到現在還打著光棍呢，你居然享齊人之福?!」

他的聲音陡然拔高，年掌櫃聽到了，忙拱手求饒。「少東家，這是誤會！小貴不是我親生的孩子，是我收養的，官府那邊有文書可查，我夫人也知道，您可別糟蹋我這老骨頭的名聲了。」

年小貴確實是多年前年掌櫃被派到這小縣城後收養的孩子。以往楚鶴榮每年只過來查查帳，待個一、兩日，年掌櫃就沒特地跟他說。這也是為什麼年小貴格外跟錢芳兒聊得來，因為小時候都是孤苦無依長大的。

楚鶴榮搔搔頭，想了想，道：「那也好辦。那個女的對我姑姑不敬，你讓你兒子把親事退了吧。」

年掌櫃還未應答，送走錢芳兒的年小貴回來了，聽到楚鶴榮這話，登時急了，撲通一聲跪下。

「少東家，爹，我不能退親啊！退了親，芳兒的名聲就毀了！」

楚鶴榮本是隨口說的，年掌櫃也知道他心性和孩子似的，說兩句好話哄哄，不會死咬著不放。但是年小貴鬧出這樣的動靜，搞得楚鶴榮真像個逼別人退親的惡人似的，事情反而不好辦了。

「你不想退親，就不退吧！」楚鶴榮摸著下巴笑。「那你也別來我鋪子裡就成。」

年小貴驚得不知道說什麼了，只能無助地望向年掌櫃。

芙蓉繡莊要做新的生意，年掌櫃本就忙得上火，一個人恨不能掰成兩個人用，沒想到自家兒子不僅幫不上忙，還老是聽著錢芳兒的攛掇壞事。幸虧姜桃肚量大，換成旁人，說不定就不和他們合作了。

所以，年掌櫃沒替年小貴求情，板著臉對他道：「你是個大人了，該像個男人一樣，自己取捨。回去想想清楚吧。」

年小貴不敢跟年掌櫃頂嘴，應了一聲站起來，失魂落魄地離開。

這時候姜桃也檢查好繡線和格子布，滿意道：「年掌櫃真是有經驗，我不過描述一番，就真的做出來。」

說到正事，便沒人再去關注錢芳兒和年小貴了。

年掌櫃不敢居功，笑道：「是您描述得仔細。不過，還是想問姜繡娘一句，光憑這些東西，真能讓沒做過刺繡的人很快上手？」

姜桃點頭笑笑。「年掌櫃且放心等著吧，最多十日，我就能送一批繡品到繡坊。」

「年掌櫃，你別瞎操心了，我姑姑本事大著呢！」楚鶴榮儼然成了姜桃的追隨者，無奈實在不會捧人，搜腸刮肚也沒想到一句好話，只得老實道：「反正你相信她準沒錯！」

年掌櫃見狀，也跟著笑了。

眾人又商議幾句，姜桃拿著打好的樣先回去。楚鶴榮則是中午吃完飯，藉口要去瞧瞧鋪子溜出來的，還得趕回衛家上課。

年掌櫃送走他們之後，讓夥計看好店鋪，繼續去找供貨的鋪子。既然姜桃說這次打的樣沒錯，那得多備一些出來。

等三人都走了，夥計們便各忙各的。

有個夥計突然說自己肚子痛，跟其他人說一聲，跑去了茅房。

茅房對著繡莊後院的後門，夥計出了後門，一路小跑，繞一整條街，竟是去了牡丹繡莊的後院，把方才發生的事，全告訴牡丹繡莊的夥計。

消息傳到李掌櫃的耳朵裡，李掌櫃眉毛一挑，親自去了後院廂房。

牡丹繡莊的廂房是用來招待貴客的，此時房內並無客人，只有一個錦衣玉冠的青年。

青年一手把玩拇指上的玉扳指、一手翻看繡莊的帳冊，旁邊還有兩個美貌丫鬟，一個給他捏肩、一個蹲在旁邊幫他捶腿。

這愜意氣氛，讓李掌櫃進屋之後，不覺放輕了自己的呼吸。

青年聽到他的腳步聲，抬起頭，溫和地笑了笑。

「何必如此拘謹？我不過是順道來查查帳而已。這幾個月，你經營得不錯，這間雖然是最後開的，位置也不好，但如今已經有了盈利。相信再過不久，就會和其他分店一樣，徹底壓制芙蓉繡莊。」

李掌櫃忙道不敢，又恭敬地說：「小的可不敢居功，是東家經營有方。不說其他的，只說咱們繡莊的繡品進價，就比對面低四成，打垮芙蓉繡莊只是早晚的事。」

青年笑著嗯了聲，又聽李掌櫃接著道：「只是，小的聽說對面和一個姓姜的繡娘合作，繡娘讓年大福做了一堆特別的線和布，說能讓初學刺繡的人很快上手，做出繡品來賣。可惜那線和布全是年大福親自包辦，連他兒子都碰不得，不知其中到底有什麼玄機？」

青年從帳冊中抬起頭，笑道：「李掌櫃，你也是在這行浸淫多年的老人，可相信這世間有讓初學刺繡的人立刻做出繡品的方法？」

李掌櫃立刻搖頭。「自然是不信的。」

青年繼續笑道：「那不就得了。想來不過是他們被逼得沒辦法，死馬當活馬醫，受人誆騙而已。」說著，面上和善的笑淡下去，眼神中流露出一絲狠厲。「畢竟我那鶴榮堂弟，不中用的很哪！」

事關楚家人的爭鬥，李掌櫃不敢多言，又稟報了年小貴被年掌櫃責備的事。

青年聽完，玩味地笑了。「這倒是有趣。咱們店裡不正好缺個副手？想辦法把年小貴挖過來吧。」

年小貴是年掌櫃的養子，雖不是親生的，但也是多年如親父子般相處。僅憑今日這樁事，肯定不足以讓他們父子反目。

但李掌櫃聽到青年這樣說了，立刻應承。「東家放心，小的一定努力辦好這件事！」

與此同時，姜桃帶著繡線和格子布回了茶壺巷。

隔壁大門敞開著，王氏正坐在門口摘豆角，一見到她，立刻擦了手，站起身笑道：「妳說的繡線和格子布，可尋到了？」

姜桃揚揚手裡的包袱。「都在這裡呢。」

「那妳稍等一下，我這就去喊李姊姊。」

等兩人過來，姜桃沒給她們看繡線和布，而是道：「我有法子讓妳們半個月之內就上手，做出繡品。但這法子如今外頭還沒有，得答應先簽契書，我才能教妳們。」

早在幾天之前，姜桃就把準備開繡坊、收學徒的事情告訴王氏。

王氏聽了，立刻說想學，隔壁的李氏肯定也樂意跟她學。

不過，姜桃告訴王氏，她的繡坊學徒不像其他地方，想學就學，想走就走，而是要簽一份契書，契書裡的規定還不少。她拿了一份讓王氏回去看，說這幾日需要的繡線和布料還沒到，正好先讓她回去想清楚。

王氏識字不多，但家裡的小子正在念書，便幫她解釋契書的內容，再讓她去跟李氏說。

「我早就簽好了！」王氏拿出姜桃之前給她的那一份，連保人都找好，一併畫押，可見是真的很想學。

姜桃拿過王氏的契書，檢查沒問題後，自己也畫押，收了起來，再去看李氏。

雖然辦繡坊這想法是李氏啟發她的，但一碼歸一碼，李氏不簽契書，她也不會教。

李氏咬著嘴唇躊躇，王氏急忙勸她。「李姊姊，妳簽吧。我兒子都和我說了，規定雖多，違約的錢確實是很大一筆，但只要咱們行得端、坐得正，什麼壞事都不會有的。

「而且，妳別光想著那些管著我們的，裡面還有不少是管著咱們師傅。不說旁的，只說簽了就教，頭兩年只上繳一半收入，何曾見過這樣的好事呢？」

契書上可是寫了，簽契之後就會開始教授繡藝，還不要她們先繳銀錢。

李氏被王氏說動了，為難道：「那我一時間尋不到保人，可怎麼辦？」

保人不能是丈夫或兒女、父母，王氏找的是住在附近的表姊。李氏娘家沒人，還真想不到找誰作保。

「我給妳當保人！」王氏說著，看向姜桃。「師傅，這樣成嗎？」連稱呼都改了。

姜桃答應，但也提醒王氏。「妳可想清楚了，替人作保這種事，可大可小。」

王氏點頭。「師傅說的，我都明白。我和李姊姊認識半輩子了，我知道她是什麼樣的人。」說著，回家去拿自家的印泥過來。

王氏都做到這分兒上，李氏便不再猶豫，兩人很快畫好了押。

一會兒後，姜桃檢查完李氏的契書，把繡線和格子布拿出來。

「今天我先教妳們十字繡，這種繡法相對不難，妳們做慣了針線活，更好上手。」

十字繡確實不難，沒拿過針線的現代人都能在幾天內上手，所以她才能在養病時學會。

不過，現代的十字繡有配套圖片，讓人比對著繡。如今沒有，她便親自示範。

姜桃要王氏和李氏仔細看著，一個多時辰後，便在巴掌大的格布上，繡出幾朵盛開的牡丹花。

她故意放慢動作，王氏和李氏不錯眼地看著，都看明白了。

接著，姜桃又去姜楊屋裡拿了一枝很細的毛筆，將圖上的繡線標上順序，如此一眼就能知道步驟，便讓王氏和李氏來繡繡看。

王氏和李氏有些緊張，但這些步驟實在不難，在姜桃的指導下，傍晚時，就已經繡得差不多了。尤其李氏，她是真的擅長做針線活，雖比不過姜桃的示範繡品，卻比王氏繡的好上不少。

王氏有些赧然地對姜桃道：「師傅，我的手不如李姊姊巧，白糟蹋了好東西。」

姜桃搖頭。「不會。本就沒準備賣得多貴，繡得不好的，咱們就當練手，不算糟蹋。」

兩人說話的工夫，姜楊和蕭世南他們回來了，楚鶴榮也跟著一道過來。

四個人身高、衣服各不相同，但都揹著一只墨色書袋，書袋上繡著一片竹林，一眼就能讓人明白，他們是一道上學的同窗。

書袋自然是姜桃做的，仿的是現代雙肩書包的樣式。

本以為楚鶴榮這見慣好東西的少爺肯定看不上，姜桃也就是表達一份心意罷了，沒想到他卻很喜歡，和姜楊他們一樣，每天早晚揹來揹去，很是愛惜。

姜桃見狀，忙放下手裡的針線。「都累了吧？我去準備晚飯。」

楚鶴榮看她在忙，笑道：「姑姑活計要緊，我讓小廝去隨便買點吃的就成。」

這倒不是客氣，姜桃忙的可是刺繡活計，事關芙蓉繡莊的未來，怎麼能讓做飯這種小事耽誤呢？

姜桃看王氏和李氏還有問題要問她，就沒有堅持，只說少買些，別浪費銀錢。

王氏和李氏聽了，不好意思多待，把手裡的繡品收尾，又問兩個問題，便回家做飯了。

至於她們的繡品，姜桃沒讓她們帶回去，就留在桌上，明日再早些過來繼續繡。

第四十八章

等李氏跟王氏走後，楚鶴榮跑過來瞧繡品，然後臉上的笑就垮了，嘴唇囁嚅好幾下，說不出話。

「裝什麼怪樣子？有話就說。」

楚鶴榮看姜桃一眼。「那我說了啊，您別生氣。」

姜桃點點頭，聽他道：「這做的也忒粗糙，和街邊的刺繡有啥兩樣？能賣出錢嗎？」

姜桃抿唇笑了。「這本不是賣給你這樣的人的。」說著，拿起李氏繡得相對好的那一幅。「這樣的小圖，尋普通木料做成小桌屏，一架只賣二錢銀子。」

楚鶴榮驚了，挑起眉。「街邊便宜的帕子，一條都得一錢銀子呢！賣二錢銀子的話，這繡線和格布、裝裱的木料，本錢不就一錢？這沒有賺頭啊！」就算這圖樣不差，賣價也太過便宜。

「二錢還是我多說的，因為這種繡線和格子布剛開始生產，本錢較高。等之後可以產得多了，本錢更低，說不定還能再降個半錢銀子。」

楚鶴榮聽得連連點頭，那樣便宜的價格，連他身邊攢不住錢的小廝都用得起，更別說其他家有餘錢的百姓。

這時，楚鶴榮的小廝買好飯菜提著食盒進屋，沈時恩也從採石場回來，看他們在討論刺繡的事，就沒有上前打擾。

姜桃便道：「先吃飯，吃完飯我再和你細說。」

小廝布好飯菜，一家子依次落坐。

楚鶴榮太激動了，他這姑姑真不是吹牛，想法也新奇得很。從前他素來不關心生意，不過是當一天和尚、撞一天鐘地應付家裡。今天聽她說了那麼幾句，還真好奇起來了。

不過，他很懂眼色，沒在吃飯時問起，想著今日不如住下來，一邊繼續和雪團兒培養感情、一邊繼續向姜桃討教。

孰料，一頓飯還沒吃完，楚家的下人就來了。

那下人是看守別院的，進屋就稟道：「小少爺，請回去一趟吧，京城來人了。」

楚鶴榮扒著飯，不悅地說：「沒看見本少爺在吃飯嗎？來人就來人，今晚本少爺不回去，讓他候著！」說著，掃自己的小廝一眼。

小廝心領神會，不等那下人多說，把他趕走了。

姜桃見楚鶴榮這孩子似的作派，無奈笑道：「許是你家裡真來了人，或者是你家長輩捎信來，真不回去看看？」

楚鶴榮放下筷子，拿了桌上的乾淨筷子替姜桃挾菜。「姑姑別操心，我家的人都是大忙人，我是最得閒的，不然過年時奶奶也不會讓我送蘇師傅來縣城。這次來的應該是家裡管事，讓他在別院好好待著就行。」

聽他這樣說，姜桃便沒再勸。

等他們吃完，雪團兒也從廂房悠哉悠哉地邁著貓步過來。

從前小傢伙最是貪吃，每回吃飯都在桌子旁等著，各種賣萌鬧騰，就為了一口吃的。但自從楚鶴榮來過就不同了，他每天派人送肉來茶壺巷，一送就是十來斤。小傢伙胡吃海喝幾天，身量長大一圈不說，連姜桃他們吃飯，也不怎麼愛湊熱鬧了。

之前，牠看楚鶴榮還跟仇人似的，現在被楚鶴榮熱情餵食幾天之後，雖然對楚鶴榮還談不上親熱，但總算不凶了。

楚鶴榮看牠過來，殷勤地用手幫牠梳毛，牠也不躲，昂著下巴享受他的伺候。

一人一虎的玩樂沒能持續多久，楚家的人又上門，領路的還是之前那個被趕走的下人。

「煩不煩啊?!」楚鶴榮暴躁地站起來。「催催催，催魂哪！本少爺今天就不想回去，天王老子來了也讓他候著！」

下人低眉順目地沒接話，只往旁邊讓，一個錦袍玉冠的青年從他身後走進屋。

別看方才楚鶴榮還跟被踩了尾巴的貓似的鬧騰，一見了那青年，氣焰頓時消了，蔫蔫地賠笑。

「大哥，你怎麼來了？」見是楚鶴榮家裡的兄弟，蕭世南往旁邊讓了讓，笑道：「楚大哥，你請坐，吃了嗎？」

楚鶴榮連忙對他狂使眼色，然後跟姜桃他們說：「這是我大哥楚鶴翔。」又向楚鶴翔介紹在座的人。

楚鶴翔漫不經心地點點頭，算是對眾人問好，也沒有落坐，只輕笑道：「弟弟頑劣，給大家添麻煩了。我這就把他帶回家。」說著便轉身走了。

「姑姑，你們慢用，我先回去。」楚鶴榮哭喪著臉，小媳婦似的跟著楚鶴翔離開。

等楚家兄弟走了，蕭世南坐回原處，道：「沒想到小榮哥這麼不拘小節，他哥哥倒是個倨傲的人。」

別看剛才楚鶴翔似乎還挺有禮貌，但那種目空一切、不把眾人放在眼裡的態度，卻是瞞不住的。

楚家的事情，姜桃聽蘇如是提過一些，解釋道：「小榮是他爹娘的獨子，今天來的那個應該是他大堂兄，楚家的長孫。」

在鄉間，堂兄弟、表兄弟的稱謂和親兄弟不同，而大戶人家的規矩，若沒有分家，就一道論序齒，顯得親熱。只是，高門的陰私多，這種親熱的稱呼能不能拉近彼此的關係，就不得而知了。

另一邊，楚鶴榮跟著楚鶴翔走出茶壺巷，上了馬車後，便討好地賠笑。

「我不知道是大哥來了，還當下人誆我呢，大哥千萬別同我一般見識。」

楚鶴翔彎彎唇，對他和氣地笑了。「咱們自家兄弟，你事先也不知道我要來，不知者不罪，沒什麼好怪的。」

「還是大哥待我好。」楚鶴榮放鬆地往引枕上一躺，很快就調整好了心情。

家裡堂兄弟多，哪個都不怎麼喜歡他，生怕楚老夫人疼他疼過了頭，私房全貼補他，唯有楚鶴翔對他還有幾分好臉色。可惜，兩人差了快十歲，楚鶴榮還在楚老夫人懷裡撒嬌時，楚鶴翔已跟著長輩在外頭學理事，談不上有多深的情分。

「大哥怎麼過來了？是出門做生意經過這裡，還是幫奶奶送東西？」

楚鶴翔彎唇笑道：「奶奶聽說蘇師傅認了義女，你又拜人為師開始讀書，讓我過來瞧瞧你們，也順便把你要的東西送來。」

楚鶴榮聽了，一個鯉魚打挺坐起來。「我要的床褥、衣服、銀錢，還有家裡的廚子、我養的那些雞犬，全送過來了？」

楚鶴翔看他樂得和孩子似的，心中越發不屑，就這麼個不上進的東西，也只有楚老夫人那樣上了年紀、腦子不清醒的人，才格外疼他。

想是這麼想，楚鶴翔面上不顯，和藹地道：「都送來了。不過我也說你一句，若非你沒定性，奶奶他們沒幫你說親，我在你這個年紀的時候，你嫂子都懷上了。」

楚鶴榮搔了搔頭。「大哥，你扯這個幹啥？是我自己不想成家，奶奶和爹娘疼我，才不逼的。」

楚鶴翔不置可否地笑了笑，然後狀似無意地問：「方才你喊姑姑的那個女子，就是蘇師傅的義女？」

如果楚鶴翔像大人那樣，和他說什麼成家立業的，楚鶴榮還真不知道該怎麼接話，但是說到姜桃，他可就打開了話匣子。

「可不是嘛，姑姑可有本事了。你別看她和我差不多大，又會刺繡、又會做什麼麵包，現在還自己辦繡坊。有些想法，我聽都沒聽過，聰明極了。

「她家兄弟也多，那個和我一般高、長得精緻得像姑娘似的，叫小南。矮我一個頭的叫阿楊，最會讀書。還有那個小胖子，叫阿霖，是個貪嘴的鬼靈精。坐我姑姑旁邊，英氣十足的是姑姑的夫君，我倒不知道他叫什麼名字，只喊他姑父。姑父可厲害了，起初我跟他們不熟，帶人挑釁，姑父三拳兩腳就把咱們家那些家丁全打趴了，哈哈……」

楚鶴榮提到姜桃時，楚鶴翔還聽得十分認真，但他越扯越遠，楚鶴翔的眉頭就漸漸蹙了起來，聽到後面，慣有的溫和笑容都快維持不住，尤其是最後那兩聲哈哈，讓楚鶴翔的嘴角跟著微不可見地抽了兩下。

「姜娘子倒是個有本事的。」楚鶴榮努力地維持笑容。「我聽說芙蓉繡莊最近出了些問題，有家牡丹繡莊在各地跟你的繡莊打擂臺，就沒想著讓她幫幫忙？」

楚鶴榮驚訝地說：「大哥，您真是神了啊，才來這裡半日，就什麼都知道了！這知道的說您縱橫商場多年，洞察先機，不知道的還以為那牡丹繡莊是您開的呢！」

楚鶴翔聞言，面上的笑又裂了幾分，但隨即鎮定道：「既然奶奶讓我來看看你，我自然該多關心你一些。」

他說著，親自遞了熱茶，放到楚鶴榮面前。「你有沒有想好應對的計劃？說出來，我幫你參詳參詳。」

「當然有。」楚鶴榮接過茶盞飲了一口，而後笑道：「不過是秘密，不能說！」

楚鶴翔氣結，深呼吸幾次之後，才維持住自己的笑容。

「跟我也不能說嗎？」

楚鶴榮把手往頭後面一枕，蹺著二郎腿，晃啊晃的。「不能。」

之前他一直不在乎繡莊的經營狀況，但現在不同了，他被姜桃和年掌櫃他們認真辦事的態度感動，旁人都那樣了，他這當東家的，總不好再不上心，那也太說不過去了。

年掌櫃去找人製繡線和格子布，都是親力親為，就怕過了旁人的手，洩漏出去。姜桃那邊也是，今天來時，他看到放在桌旁的契書，而且她們討論十字繡的事情時，沈時恩和姜楊他們都特地避開了。

大家這麼鄭重，他怎能隨便往外透露消息呢？

何況，他和眼前的大堂兄又不親，相較之下，還沒和蕭世南、姜楊他們走得近呢！

楚鶴翔看他說完話就把眼睛閉上假寐，不再理人，氣得差點把手裡的茶盞砸了。

這蠢豬向來口無遮攔，如今瞞得還挺嚴的！

但楚鶴翔隨即又想，楚鶴榮怕是根本沒什麼好計劃，不過是虛張聲勢，騙人罷了。

他轉過臉，陰沈地笑了笑，至多半年，他就能徹底打垮芙蓉繡莊，到時候，楚家也差不多該分家了。他倒要看看，楚鶴榮連個繡莊都護不住，楚老夫人還能怎樣繼續偏疼他，多分家產給他！

這時，姜家一家人用完晚飯，各自回了屋。

姜桃又拿起針線，想著今天已經將十字繡的手法教給王氏和李氏，剩下的就是多繡幾幅充當範例，讓她們照著繡，先做出一批繡品。

等她們賺到第一筆銀錢，就會更努力，也能幫她宣傳，再招三、五個人進來，這小作坊也算是初具規模了。

她手下不停，想著事情，抬眼時發現，沈時恩已經幫她打好洗腳水，端到面前。

這是之前大夫說過的，睡前多用熱水泡腳，能祛除身體的寒氣。她的月事雖然過了，但沈時恩還是監督她，每天都要泡上兩刻鐘。

「我自己來吧。」姜桃放下針線。

沈時恩沒同她多說，蹲下身去脫她的鞋襪。「妳忙妳的，別沾手了。」

「我今天在外面奔走一天，腳上有汗味呀！」姜桃連忙把腳縮起來，越說越小聲，耳根都跟著發紅了。

兩人還是新婚，她很想注意自己形象的！

她那躲避的力道，在沈時恩面前不值一提，伸指在姜桃的腿彎處輕輕一點，她的腿立時一軟，只能任由他脫了她的鞋襪。

沈時恩把她的腳丫子捏在手裡，故作不解地道：「我怎麼看妳的腳像玉似的？既然是玉做的，怎麼會有汗味呢？」

姜桃的腳確實生得很好，雖然小巧，卻是白白胖胖，幾個腳趾也圓圓潤潤。白皙軟嫩的腳掌托在沈時恩粗礪寬大的手裡，對比之下，還真像玉做的一般。

姜桃被他逗得咯咯直笑，軟綿綿地蹬了他一下。

那一下實在太輕，沈時恩連身子都沒晃，但不知怎麼了，被她蹬到的地方酥酥麻麻，一直酥到心裡，連小腹也麻麻的。

姜桃見他眼神變了，立刻暗叫一聲糟糕，忙把腳放進熱水裡。

「我沒再吃那個藥了。」她雙頰酡紅，低垂著眼，聲如蚊鳴地提醒他。

沈時恩看著她的腳，沒挪眼。「其實……用別的法子，也是可以的。」

別的法子是什麼？姜桃納悶了……

第二天，姜桃起身時，再次累得腰腿痠軟。

而且這種累和之前不同，她不用自己出力，只是維持著姿勢，因為僵硬而痠痛。

昨夜則不同，沈時恩拿著她的腳……她還是得出力的。

剛成婚時，她還覺得沈時恩生澀得很可愛，兩人都沒經驗，誰也不用嫌棄誰，只按著最原始的本能來。

後來，她知道孫氏給的藥不能吃了，還覺得挺對不住沈時恩。

古人守孝三年，肯定不可能三年無房事，只是要小心些，不能懷上孩子，不然一家子都要受人指點，若被族裡親戚告發，還得蹲大牢去。

原本姜桃以為，怎麼都要委屈沈時恩。

沒想到，這才過了多久，沈時恩這青澀得很的毛頭小子，居然學會搞花招了……

姜桃感覺自己像踩了一夜的縫紉機似的，起身後，腳步都是虛浮的。

吃早飯時，姜楊見她臉色不太好，問道：「昨兒看著妳倒是還好，怎麼休息了一夜，反倒像累著似的？可是晚間又做針線了？」

在他印象裡，姜桃就是個拚命三娘，他未經人事，也想不到別的，以為她熬夜幹活。

姜桃不好解釋，只能垂著眼睛說：「是啊，我想先繡幾幅做範例，沒注意就累著了。」

這應該不算說謊吧，畢竟她確實做了繡品，不過十字繡對現在的她來說算是很簡單，並不會累到，害她累到的，是別的事情。

姜楊沒收回探究的目光，姜桃被他看得有些心虛，正好蕭世南吃完一碗粥，就藉口幫他盛粥，想先離開一下。

孰料，她一站起來，腿上一軟，差點跪倒。還好沈時恩撈她撈得很熟練，才沒讓她在人前出醜。

蕭世南笑起來。「嫂子一看就是騙人的。做刺繡應該是眼睛和手累，怎麼會腿軟？」

姜桃臊得都想找地縫鑽了，又聽他接著說：「是不是我二哥晚上帶妳出去玩了？唉，你倆不夠意思，只顧自己玩。」

姜霖跟著開口道：「小南哥哥別瞎說，連我都知道城裡晚上不許亂跑，姊姊他們怎麼出去玩啊？」

「這你就不懂了吧，我二哥會飛簷走壁呢，巡城的那幾個守衛算什麼？他倆肯定是跑到屋頂，看星星、看月亮來著。」

「我也想上屋頂！」姜霖眼睛亮晶晶地望向姜桃。「下回姊姊也帶我一起玩好不好？」

姜桃真的尷尬得想死的心都有了，偏這三個小子啥都不懂，不知道避諱，她還得故作鎮定地訓斥。

「整日裡就知道玩，我還沒問你們呢，最近跟著衛先生讀書，讀得怎麼樣了？」

聽到讀書，蕭世南第一個蔫了，搶了姜桃手裡的空碗。「嫂子坐著，我自己盛粥去。」然後就一溜煙地跑了。

蕭世南是旁聽，也不能參加科舉，讀書只是為了識字懂事，姜桃就沒追著他問，轉頭去看姜楊。

「這兩日，先生已經在教我作文章，昨日作了一篇比較滿意的。」姜楊說得很含蓄，但上揚的唇角出賣了他的好心情，當即背誦起自己的文章來。

他背的每一句話，姜桃都能聽懂，但是句子一連起來，她就懵了，只依稀聽出這是一篇講勤農的文章。

她在現代時，沒有上學，是請了家庭教師上課，大概只有普通高中生的程度。而且因為她愛看各種雜書，精力被分散掉。

至於上輩子，倒是有女先生教導，但教的都是在家從父，出嫁從夫之類的女子戒條。

原身就更別提了，只識得幾個字而已。

不過，她看姜楊興致挺高，就硬著頭皮聽他背。

姜楊背完，嘴角噙笑地問姜桃。「妳覺得如何？」

姜桃立刻捧場地點頭。「好！很不錯！」

還好姜楊沒問她哪裡好，只是有些羞澀地垂下眼睛。「衛先生也覺得我作文章有些天賦，不過還不夠老練，需得沈澱。」

姜桃繼續拍馬屁。「衛先生說得不錯，你不過十三歲，就能寫出這樣的文章，往後閱歷多了，肯定能作出更好的。」

這倒是真心實意，在現代，姜楊還是剛上初中的年紀，作文還在寫什麼「我的夢想」、「我的家人」這樣的題目，而姜楊都能寫分析農政的艱深文章了。

等蕭世南又吃完一碗粥，三個人就一道去上課了。

第四十九章

沈時恩多留了一會兒，陪著姜桃收拾碗筷。

沒了旁人在場，姜桃不用給他留面子，沒好氣地說：「現在知道來發善心了？要不是昨夜你這般亂來，我至於在弟弟們面前丟臉嗎？不丟臉，我就不會問他們的功課，也不會硬著頭皮聽阿楊背文章。他那麼聰明，肯定看出我沒聽懂了。」

沈時恩看出來了，別看姜桃平時做事有股雷厲風行的成熟氣勢，但很多地方還是很孩子氣，比如特別注意自己的形象，不論在他面前，還是在弟弟們面前，都只想展現自己好的那一面。

他不覺得這有什麼不好，反而覺得她這股彆扭勁兒可愛極了。

姜桃看他笑起來，更是惱得直瞪他。

「我們是不是來得不是時候？」王氏和李氏已經走到天井裡，聲音傳了進來。

今日是姜桃讓她倆早些過來的，而且姜楊他們走的時候沒關門，大門敞開著，以為是姜桃給她們留的門，想著不好讓當師傅的等，才趕緊進來，卻沒想到會瞧見姜桃和沈時恩收拾個碗筷，還你看我、我看你的眉目傳情，尷尬得走也不是，進也不是。

姜桃聽了，又瞪沈時恩一眼，然後轉頭對著她們笑道：「妳們先進來吧，我把桌子收拾好，咱們就開始。」

沈時恩端走她手裡的碗。「妳忙吧，我來洗碗。」說著話，伸手在姜桃的掌心撓了下。

王氏和李氏在場，姜桃不好發作，只能佯裝不覺，拿著抹布，先把桌子擦乾淨。

片刻後，沈時恩出門去上工，姜桃便收了心思，專心教王氏與李氏做刺繡了。

王氏和李氏都做慣了針線活，今天再一番訓練，連程度稍差的王氏都掌握了技巧。

姜桃看她們對著範例都能自己繡了，便不管她們，坐到一旁開始繡自己的。

十字繡是讓王氏與李氏入門的，走薄利多銷的路子，做的是普通百姓的生意。

以姜桃的功夫，做十字繡實在有些大材小用，她要繡的是精緻的、賣給高門大戶的繡品，這樣才不至於讓芙蓉繡莊只能賣平民產品，失去原來的客人。

王氏和李氏本來還想著，沒想到刺繡這般簡單，學了一天半天就算上手，好像沒有想像的那麼困難。

但兩人還來不及高興，眼角餘光看到一旁的姜桃穿針引線，手指在繡布上快速翻飛，瞧得人眼花撩亂，沒多久，一朵富貴無雙的牡丹就在她手下成形，而且花瓣紋理清晰可見，一眼看去，讓人覺得是把真花放在繡布上。

兩人驚訝至極，再看看自己手裡對著範例繡出來的圖樣，不由一陣無語。

得，入門什麼啊，還有得學呢！

幾天之後，姜桃揣著一包袱繡品來找年掌櫃。

年掌櫃早望眼欲穿了，尤其是前兩天得到消息，知道京城那幾間慣來合作的繡坊又想提價，愁得晚上都睡不好，正等著姜桃送繡品來救命呢！

年掌櫃略顯急躁地打開包袱，先是看到姜桃繡的繡品，自不必說，一草一木、一花一樹，都是精緻無比，栩栩如生。不過數量不多，只有三條帕子、兩個荷包和幾條抹額。

而下面大大小小的十字繡繡品，加起來足有二十來份，與姜桃做的相比起來，遜色得不只一星半點。不過楚鶴榮早將自己知道的轉告給他，所以年掌櫃曉得這是賣給普通百姓的，也沒有看不上。

「姜繡娘，您看您徒弟做的這些，該訂什麼價呢？」

姜桃道：「這個小一些的，做成桌屏，一幅賣二錢銀子。這個大些，做成抱枕，裡頭填棉花，賣五錢銀子。這個最大的，裱起來當掛畫，賣八錢銀子。你看這個價錢可以嗎？」

年掌櫃盤算一下，姜桃訂的價錢基本可以把利潤控制在一半有餘，但勝在數量多，光這一批，若全部賣出去，怎麼也能賺四、五兩。當然這點錢對芙蓉繡莊來說，還是不夠看的，而且還要和姜桃五五拆帳呢。

可這些繡品是要讓客人知道，他們芙蓉繡莊有了其他繡品，不是無貨可賣。吸引客人，穩定了客人的心，才好做其他生意。

至於姜桃繡的，值錢多了，她也敢開價，讓年掌櫃將帕子和抹額訂成一條十兩銀子，荷包則是一個二十兩。

兩人湊在一起，商量好價錢，姜桃還給年掌櫃出主意，既然推出新品，就得做做促銷，可以在顧客買了貴的繡品後，加買十字繡繡品只算九成的價，或是買多少銀錢的十字繡繡品，也能來個折扣。

這種促銷手段在現代很常見，但在這時就很新奇了。

年掌櫃琢磨一宿，想通了姜桃說的「促銷打折」，連夜刻出一塊木牌，第二天便豎在繡莊門口。

「新品到店，二錢起售」的木牌剛豎上沒兩刻鐘，芙蓉繡莊的門差點被擠爆。

開玩笑，芙蓉繡莊往常賣的繡品，最便宜的也得二兩起跳，這二錢銀子的售價，豈不是只要原來的十分之一？

這價錢實在便宜，城裡做雜活的，一個月都能賺三、四錢銀子呢，人人都買得起！

夥計們被擠破頭的客人嚇一跳，還是年掌櫃臨危不亂，同眾人介紹道：「新品在這個櫃檯，貴客們請隨我來。」把客人引到單獨闢出來的櫃檯，上面全是十字繡繡品。

別看十字繡這樣的東西在楚鶴榮那裡得了個粗糙的評價，可是在普通百姓眼裡，這紅紅綠綠，像年畫似的，看著就喜慶吉利。

有人先前買過其他繡品，不滿意地說：「年掌櫃，你這批繡品品質不行啊，你家難道要倒閉了嗎？進這樣的次品來便宜賣？」

年掌櫃樂呵呵地，也不惱，讓夥計拿出姜桃繡的東西。

兩種風格的繡品擺在一處，一個如雲上仙，一個如地上人，根本不能相比。

等眾人都看清了，年掌櫃才道：「不同品質，不同價錢嘛，這位客人想要非凡之物，可以去旁邊櫃檯買這樣的，帕子一條十兩。」

那客人倒不是真的有錢，一聽十兩，頓時閉上了嘴。

其他人聽見年掌櫃這話，兩種繡品的價格是十兩比二錢，好看的程度是特別好看比一般好看，價格差了不知多少倍，不買就是傻子！

「我要一架桌屏，下個月我女兒成親，放進嫁妝裡好看！」

「我也要一個，我媳婦就喜歡這種花稍的東西。」

「下個月我娘做壽，我買來當壽禮！」

二錢的桌屏最先開賣，這種尺寸正是王氏和李氏剛開始做的，數量最多，一共十五個。

接著，年掌櫃剛把八個抱枕拿出來，還沒上架，又被搶購一空。

只剩最後一幅兩尺長、一尺寬，繡著「家宅平安」字樣的百花圖。姜桃說賣八錢，但她不知木框價錢，這樣的大圖，裝裱也得費些銀子，所以年掌櫃標價一兩整。

這是李氏後來掌握十字繡的技巧做的，天亮就去姜桃那裡繡，繡到天黑，以她多年針黹功底為基礎，在姜桃的指點下，足足繡了三天才完成。

一兩銀子的要價，對普通百姓來說就不便宜了，抵得上兩個月的工錢。年掌櫃也沒指望今天能把這圖賣出去，想著反正已經裝裱好，店裡先掏錢買下來，掛在牆上當招牌。

排在前頭買好東西的客人不想走，還想看看其他的，排在後頭的都急死了，可年掌櫃卻對眾人抱歉地笑笑。

「今天的貨全賣完了，各位下回請早吧。」

人群中發出一道道失望的嘆息，有清楚芙蓉繡莊上新品極慢的客人更急了，說：「年掌櫃，這不會像往常那樣，等一、兩個月才有新品吧？」

年掌櫃立刻道：「現在我們繡莊和新的繡坊合作，供貨極快，十天之後就會有新貨。」

眾人這才高興了些，暗暗記下日子，想著下次一定要來買。

十字繡繡品從開賣到賣完，總共只花了不到半個時辰。姜桃想的那些促銷手段，根本沒用上。

而這段時間，不少經過長街的、或者本來要去牡丹繡莊買東西的人，都被吸引，進了芙蓉繡莊，問問發生了什麼事。

當然也有不愁銀錢的客人，過來瞧瞧熱鬧，知道賣的不過是些很普通的繡品，看不上眼，心想難道芙蓉繡莊真的不行了，以至於開始走這麼平民的路線？再來買東西，會不會跌了自己的身分？

這時，夥計察言觀色，便呈上姜桃的繡品。

如今姜桃不再藏拙，繡出來的東西，京城繡坊的繡娘還真比不上。看到這樣的繡品，誰還能說芙蓉繡莊不行了？人家是做了改變，高級的更高級，再發展一條賣給平民的路子罷了。

不過，十兩銀子的價錢確實不便宜，儘管被熱鬧引來的客人不少，一早也只賣出一條。到了快中午，看熱鬧的、問話的客人才漸漸少了，年掌櫃的心情激動得不得了，叫夥計看好鋪子，小跑著親自去給姜桃報喜了。

一進屋，年掌櫃見到姜桃就笑。「姜繡娘，我在這裡先給您賀喜了，您今早送去的那些平價繡品，已經賣完了！」

這速度倒是比姜桃想的快許多，但也不算意外，所以並不驚訝。

那批十字繡繡品一共賣了八兩，一兩的大圖算是芙蓉繡莊出錢買下的，年掌櫃先把裝裱的木框和抱枕的棉花等本錢扣了，再將所用的繡線和格子布的本錢算給姜桃看。

扣除那些，盈利正好四兩，繡莊和姜桃這邊各分了二兩。

王氏和李氏在旁邊聽著年掌櫃算帳，樂得頭腦都發暈了。

她們小繡坊得了二兩盈利，要分給姜桃一半，剩下的一兩，就是她倆掙的了。

兩人十天掙一兩？要是以前，她們想都不敢想啊！

姜桃也不同年掌櫃客氣，拿了二兩銀子，笑道：「不愧是經驗豐富的老掌櫃，這麼一會兒就全賣完了。」

年掌櫃不敢居功，忙道：「哪裡是我的功勞呢？是您送來的繡品本就不愁賣。您繡的帕子，今早也賣出去一條，扣除本錢，掙了快九兩，我還得給您四兩半。」

姜桃說不急，既然打算長期供貨，就不好賣一件算一件，還是定期結算才方便。

「按咱們之前說的，一個月結算一次。今天十字繡的盈利，我先收下，讓這些繡娘們安安心。」

「好好。」年掌櫃許久沒有這樣開懷，自然是姜桃說什麼就是什麼。

送走年掌櫃後，姜桃把銀錢分給王氏和李氏。

王氏和李氏捏著銀子，感覺像作夢似的。

姜桃看她們高興得發懵，便不幹活，讓她們先回去用午飯了。

過沒多久，姜桃突然聽見爭吵和摔東西的聲音。

李家的事，在茶壺巷已經不算秘密，大家司空見慣，除了王氏和姜桃，沒人來瞧熱鬧。

陳大生又喝了不少酒，醉醺醺地指著李氏叫罵。

「這麼點錢，抵得上別人給的聘禮嗎？還不夠老子吃幾頓酒！」

不過，李氏不同於以往的一味隱忍，一隻手護著看似十一、二歲的女孩，另一隻手抄了把菜刀，橫在兩人面前，所以陳大生只敢罵，不敢像從前那樣出手打她。

李氏看到姜桃和王氏過來，歉然道：「是不是驚擾妳們了？」

王氏說沒事，把她們拉出家門，問道：「怎麼回事啊？今天咱們剛賺到銀錢，他不替妳高興，怎麼又罵妳？幸虧妳知道抄傢伙了，不然他怕是要動手。」

李氏頓了頓，看看握住她的手的女兒，聲音比往常冷了不少。「他就是那樣的渾人。從前仰他鼻息過活，只能任打任罵，往後不會了。」

她說著，轉頭看向姜桃，神情少了一分決絕，欲言又止好幾次，才道：「師傅，我家丫頭也十四了，打小在家沒少做活計，求您讓她跟在身邊……」

李氏的女兒穿著一身半新不舊的衣服，聽到有人說她，頭也不敢抬，躲在李氏身後。

姜桃打量她兩眼。「我們本就是要招人的。若是手藝可以，妳也不算求我。」

李氏忙道，她的衣服就是女兒補的，扯了袖子給姜桃看。

姜桃看了看，針腳很是平順，又見那姑娘雖然瘦瘦小小，不愛說話，但她的繡坊是靠手藝吃飯，不需要交際，遂招呼她們進屋，尋來契書，讓王氏破格再當一回保人，算是收下。

簽完契書，換王氏開口了。

「師傅，我能介紹我表姊來學嗎？就是給我作保那位。她在家裡做慣了針線，比我厲害多了，人也老實。」

姜桃點頭。「那妳方便的時候，把妳表姊請過來吧。」

王氏笑著答應了。

一會兒後，商量完招人的事，姜桃嫌悶，開了門，見到沈時恩站在門口，便笑起來。

「你怎麼這時回來了？」

姜桃話落，隨即嗅到濃重的血腥氣，再看沈時恩的衣服上有大片大片的血跡，忙止住笑上前。

「是不是受傷了？」她一邊說、一邊仔細地將他身上摸了一遍。

沈時恩任由她檢查完，才淡笑道：「今天在山上遇到一隻老虎，就打了，讓大全幫著送去賣錢。我回來換身衣裳。」

姜桃沒在他身上摸到傷口，剛放心些，聽到這話，心又提到了嗓子眼。

什麼叫遇到一隻老虎就打了?!這話說得也太輕鬆，好像出門散步遇到小貓小狗似的。

「槐樹村那裡沒什麼凶猛野獸，採石場附近來往的人更多，哪裡來的老虎？」姜桃氣得直跺腳。「你把我當三歲孩子騙啊！」

沈時恩確實是騙她的，之前聽說遠處有座山頭經常發生老虎吃人的事，他特地請了一日的假趕去，從早上蹲到快中午，才等到的。那確實是一隻凶惡的老虎，吃人吃慣了，膘肥體壯，纏鬥快一個時辰，才被他打死。

姜桃看沈時恩光笑卻不多解釋，就知道自己說中了——根本沒有什麼「遇到」，是他特地去打的。

她要氣死了！三令五申跟他說家裡不缺銀子，不愁吃穿，她做針線活也不覺得辛苦，見沈時恩最近沒去獵什麼大隻野獸，便以為他聽進去了。

沒想到，這人一聲不吭地去打老虎，這是把自己當武松嗎?!

「哎，別哭。」沈時恩看姜桃急得眼睛都紅了，伸手想幫她拭淚，隨即想到自己手上髒得很，衣袖也破得不能用，又沒有隨身攜帶帕子的習慣，登時急了。

姜桃看他手忙腳亂的樣子，忍不住噗哧一聲笑出來。

「正屋不方便，你先去小南屋裡等著，我拿衣裳給你。」家裡還有外人，姜桃不好這個時候說他，瞪他一眼，板著臉裝出惡狠狠的樣子。「晚上再收拾你，哼！」

她氣鼓鼓裝凶的樣子，可愛得讓沈時恩想把她按在懷裡親，但是屋裡有人，自家媳婦又特別在意人前的形象，只好按捺住這股衝動，裝作被威懾到的模樣，老老實實地點頭，去了廂房。

方才開門時，王氏和李氏也看到了沈時恩，便待在正屋，沒有出去。

小姑娘拉著李氏的衣襬，輕聲問：「娘，姜姊姊要不要緊啊？我看她好像要哭。」

李氏笑著摸摸女兒的頭。「沒事的，不用操心。」

不怪小姑娘瞎操心，她性格內向，心智還如孩童一般。方才議事時，姜桃的神情很是沈穩，可沈時恩回來之後，她好像突然從大人變回少年，易嗔易怒，說話的工夫就紅了眼眶，便以為她遇到什麼不好的事。

這樣的孩子當然不明白，但王氏和李氏都是成婚的婦人，哪裡會不懂呢？女子只有在情郎面前，才會展現出這一面。

另一邊，姜桃進屋拿衣服給沈時恩換，沈時恩換好之後，也沒多待，又出了門。

姜桃很快收拾好思緒，回正屋指導李氏的女兒入門。因為小姑娘的底子很好，沒費太多心力。

下午的工夫一晃而過，天快黑了，姜桃送走王氏等人，隨即板起臉，等沈時恩回來。

別看方才沈時恩在她面前裝出一副知道錯了的樣子，但眼裡的笑意卻是騙不了人。

所以，姜桃打定主意，這次一定得給他長長記性。

一會兒後，姜楊兄弟和蕭世南回來了。

他們還沒進家門，姜桃就聽到姜霖歡樂的笑聲。

沒多久，姜霖炮彈似的衝進來，邁著胖腿跑到姜桃面前，眼睛亮亮地說：「姊姊，今天外面發生了好大的事情！有個人打了一頭老虎，送到縣衙，好多人都去看熱鬧！」

姜楊和蕭世南跟著進了屋，他們到底是少年人，也有英雄情結，雖然比姜霖克制些，但亦比平時激動許多。

「嫂子沒去看，太可惜了。」蕭世南說：「是一隻吊睛白額的成年老虎。衛先生知道之後，也放我們去瞧，縣衙看熱鬧的人都快把門擠垮了。」

姜楊面上也帶著欽佩，道：「聽說隔壁縣城出了告示懸賞這頭吃人的惡虎，多日以來沒有結果，沒想到被這裡的人收拾。知縣大人也很高興，告訴大家，那人立下這樣的功勞，破格提拔當個捕頭也不為過。可惜打虎英雄不愛出風頭，只託人把老虎送去，並未露面。」

蕭世南跟著惋惜。「沒能一睹打虎英雄的風采，實在遺憾。聽說隔壁縣懸賞五百兩，不知道咱們知縣給了多少賞銀。」

姜楊接著道：「老虎是隔壁縣懸賞的不假，但既然是這裡的人打的，政績自然記在咱們縣裡，知縣給的賞銀肯定不會少。」

他們說得興奮，沒注意到姜桃的臉越來越黑了。

第五十章

沒多久，打虎英雄沈時恩回來了。

他面色如常，手裡拿著一個紅色包袱。一進屋，立刻把包袱遞給姜桃。

姜桃懶得瞧他，隨手把包袱擱在桌上。

姜楊和蕭世南察覺到不對勁，蕭世南拉著沈時恩，小聲問：「這是怎麼了？你怎麼惹嫂子生氣了？」

姜楊也走到姜桃身邊，準備問她發生了什麼事。

姜桃也不瞞著他們，道：「都別猜了。剛剛不是還遺憾沒見識到打虎英雄的風采嗎？」朝著沈時恩努嘴。「打虎英雄在這兒呢，你們可以看個夠本。」

姜楊和蕭世南露出驚訝神情，沈時恩趕緊對他們使眼色。「什麼打虎英雄啊，只是遇上了，順手打的，可不是故意的。」

這種話，姜楊和蕭世南當然不會相信，但顧忌姜桃不高興的臉色，只好強行忍下問更多細節的衝動。

只有姜霖這看不懂眼色的，緊張得跑去抱沈時恩的腰。

「姊夫的運氣好差啊，幸好姊夫本事大，把那頭大老虎打死了。這麼說來，還是老虎的運氣更差。」

沈時恩訕訕地笑了笑，不敢接話。

姜楊忙把姜霖拉到身邊，要他少說幾句。

姜霖迷茫地看著他。「怎麼了？我說錯什麼了嗎？」

雪團兒聽到大家的說話聲，也伸著懶腰冒出來。

姜楊瞧見，順勢道：「咱們雪團兒聰明著呢，牠都來了，就別在牠面前說這些了吧，免得物傷其類。」

雪團兒再聰明也是獸類，此時被提到名字，迷茫地歪了歪頭，不明白他們在說什麼。

這氣氛實在尷尬，後來大家隨便吃了點晚飯，便各回各屋。姜霖還想纏著沈時恩說打虎的經過，卻被姜楊無情地拎著後衣領拖走了。

「還在生氣哪？」

沈時恩看姜桃用飯的時候都不說話，知道她是真的惱了，解釋道：「我沒事。這老虎看著凶猛，其實還不如上回那野豬難纏。」

姜桃輕哼一聲，心道這怎麼能一樣？上回他獵野豬是為了下聘，出於必須才去打的。如今家裡吃穿不愁，她的小生意也開始有進項，他根本沒必要去打老虎，簡直是拿自己的性命開玩笑。

而且打野豬的時候，她事先並不知情，和沈時恩也不算感情深厚。現在不同了，成了夫妻就是要過一輩子的，她都不敢想，萬一沈時恩出點什麼意外，她要怎麼面對。

「我知道妳是擔心我的安危。下回我真不去打老虎了。」沈時恩走到姜桃面前，蹲下身看著她。「而且妳看，我不是平安地回來了嗎？」

他的眼裡全是她，眼中是藏不住的溫柔耐心。

姜桃心頭一軟，嘟囔道：「是，下回不打老虎了，老虎也不是隨處可見不是？下回打什麼？打狼？打熊？你本事那麼大，也就天上飛的搆不著，地上跑的，哪個是你不敢打的？」

沈時恩看她氣呼呼說著孩子氣的話，忍不住又想笑，但還是把上揚的嘴角往下壓了壓。

「其實我也會射箭。這樣吧，妳給我買一副弓箭，下回我只打天上飛的，不打地上跑的，好不好？」

「你不是掙了五百兩，還要我買弓箭給你？這麼多銀錢，別說買弓箭，什麼刀叉劍戟、斧鉞鉤叉，買一套都使得。」

沈時恩見狀，暗暗掐自己一把，才憋住笑，正色道：「話不是這麼說。雖然得了五百兩賞銀，但咱們家的銀錢都是歸妳管的嘛。妳要是不肯，別說弓箭，我連飯都沒得吃呢。」

「我哪有那麼凶啊？」

「沒有沒有，是我亂說。」沈時恩抓住她的手。「妳看，我今天又做錯了事，還說錯話，妳打我，教訓教訓我怎麼樣？」

姜桃伸手，往他肩上輕輕一推。「慣會哄我。上回我拿著木棍，連阿楊都打不疼，還能打痛你？」

孰料她這一推，卻讓沈時恩嘶了聲，蹙起眉。

「你受傷了？」姜桃連忙抽回自己的手。

下午她沒摸到他肩膀，也沒盯著他換衣服，擔心之下，便解了他的衣帶。

脫去上衣，沈時恩精壯的肩膀上是三道可怖的血痕。

雖然不流血了，傷口也沒見骨，但皮肉翻了起來，讓人看著心驚肉跳。

姜桃立即落淚，埋怨道：「真把自己當鐵人了？受傷也不吭聲，你這是要急死我！」說著便起身去拿傷藥和紗布。

前陣子添置東西時，姜桃想著，家裡都是閒不住的男孩兒，沈時恩又在服役，說不定會受傷，所以備了一個小藥箱，塞滿各種傷藥，如今正好派上用場。

沈時恩乖乖地坐在炕上，任由姜桃替他上藥。

雖然肩上這點傷對他來說不算什麼，但姜桃幫他抹藥時，還是像剛才那樣，裝作痛苦地蹙眉。

他都這樣了，姜桃自然不好再說他，上完藥，慢慢用紗布包好傷口。

包完了，沈時恩拉住她的手。「還生氣嗎？要是生氣，妳打我肩膀，肯定能打痛我。」

姜桃根本不敢碰他，又無奈、又好笑地道：「你受傷我還打你，我成什麼人了？」

沈時恩捏著她柔若無骨的小手，看她由嗔轉笑，眉梢眼角不經意間流露出初為人婦的風情，心裡又開始癢癢的。

姜桃一看他這樣子，就知道他在想什麼了，心裡忽然有了主意。

要給他教訓，長長記性，也不一定非得打他不是？

她保准給他一個畢生難忘的教訓！

春日微涼的夜裡，萬籟俱靜。

姜家主屋的燈早吹滅了，但仔細去聽，就能聽到屋裡傳出的粗重呼吸聲，和奇怪的窸窸窣窣聲響。

兩道聲音交織在一起，到了深夜，才低下去。

翌日清晨，蕭世南和姜楊起床出了屋子，卻沒像往常一樣，見到在院子裡打拳或劈柴的沈時恩，心裡有些奇怪，難不成是打虎時受了傷？不然沈時恩素來是家裡起得最早的那個。

兩人交換了個眼神，正擔心著，正屋的門吱嘎一聲開了，沈時恩鐵青著臉走出來。

他平時不愛笑，雖然瞧著有些凶，卻沒有陰鬱的感覺。今天這臉色委實難看了些，讓人見了都不敢喘氣。

蕭世南趕緊向姜楊使眼色，讓他去問問。就算沈時恩真的心情不好，看在姜桃的面子上，也不會對姜楊發作。
姜楊只好硬著頭皮上前，問沈時恩是不是受傷了？
沈時恩從鼻子裡嗯了聲，不多解釋，抄起天井裡的斧頭，開始劈柴。
他素來有力氣，但今日這斧頭耍得格外虎虎生風，一揮下去，連帶墊在木柴下的石墩也被劈開了口子。
「這是……吵架了？」姜楊無聲地對蕭世南比個嘴形。
這時，姜桃從屋裡出來了。
她看起來也睡得不是很好，眼底下有一圈青影，但臉上帶笑，精神很好，連腳步都是輕快的。
姜桃看見沈時恩在劈柴，道：「你肩膀上的傷還沒好呢，別又扯著傷口。家裡的柴還夠用，先不劈了吧。」
沈時恩面色不變地應了聲，也沒瞧她，放下斧頭，進了灶房。
「二哥真受傷了？」蕭世南關切地問：「嚴不嚴重？」
姜桃搖搖頭。「只是皮肉傷，看著唬人，但沒傷到骨頭。昨天他回來時，血就止住了，已經清洗過傷口，上藥包紮。今早我又檢查一遍，沒有發燒，沒事的。」
她說著，也跟去灶房，幫著沈時恩一道準備早飯。
平時沈時恩見了她，眼裡便不覺泛起笑意，今天卻一直面無表情。

姜桃轉過臉，偷笑一下，也沒理他，各做各的事。

這時，姜楊、姜霖和蕭世南也洗漱穿戴好，坐在正屋桌前說話。

「聽嫂子說的，二哥受的傷應該不算嚴重，可是我想不通，今日他起來後，臉色為何那般難看？」

姜楊道：「肯定是姊姊說他了。她愛操心，你也是知道的，我們光想著打老虎如何風光，她肯定是後怕不已。」

蕭世南贊同地點點頭。「昨夜嫂子的臉色難看至極，我看了都發怵，難怪今天我哥整個人都蔫了。」

姜霖在旁邊聽了，插嘴道：「你們別瞎說，姊姊最溫柔了。」

正好姜桃和沈時恩端早飯過來，姜霖就跳下椅子，跑上前告狀。

「姊姊，哥哥和小南哥說妳壞話！」

姜桃挑眉看向姜楊和蕭世南，兩人趕緊搖頭擺手，說沒有的事。

「就是有嘛。」姜霖小聲嘟囔。「他們說妳把姊夫嚇壞了。姊夫連老虎都不怕，他們那話是什麼意思？分明在說姊姊比老虎還凶！」

姜桃放下手裡的碗筷，擰住姜霖的耳朵。「臭小子別瞎傳話，給我好好吃飯。再這麼不乖，我讓你見識見識什麼是母老虎！」

她沒使什麼勁兒，姜霖也不覺得疼，咯咯笑了兩聲，乖乖端起自己的小飯碗。後來趁著姜桃不注意，還挺起胸膛和哥哥們說：「看吧，姊姊擰我耳朵都沒出力，你們就是瞎說。」

姜楊和蕭世南無語了，他們說的不是那個意思，姜霖還是太年幼，根本不知道，力量並非是衡量一個人厲不厲害的標準。沈時恩能打老虎又怎樣，家裡除了姜霖，哪個力氣不比姜桃大？可誰能不怕她發脾氣？

兩個少年自以為發現真相，沈時恩在旁邊聽了，沒吭聲。

呵呵，要是能發脾氣倒好，這兩個也是年幼無知，根本不曉得女人能想出什麼殘忍的法子折磨男人。

這麼想著，他的眼神不覺地落在姜桃手上。

就是這樣一雙柔若無骨的小手，肆無忌憚地點了一整夜的火。到了某個點，這雙手就會突然放開，離得遠遠地，任他一個人自生自滅。

他服軟了，低聲討饒，這手的主人卻是鐵石心腸，不為所動，還跨坐在他腰際，壓著他的雙手，死活不讓他自己解決。

他捨不得對她使蠻力，只能靠著強大的自制力，把身體的躁動壓下去。

過了良久，他好不容易平靜下來，這雙小手又開始不老實了……

如此反覆數回，沈時恩身上的難受已經不足以用言語形容，就像一會兒被架在火上烤、一會兒被扔進冰裡一般。

可姜桃卻看不見他的難受似的，一直折騰到半夜，他身上的熱汗都把被褥沾濕了。

後來，姜桃覺得累了，才放過沈時恩，笑著對他神氣活現地昂了昂下巴。「長記性沒有？下回還敢不敢了？」

沈時恩額頭滿是汗水，不好發作，無奈道：「妳啊……我記下這次了，下次別這樣，不然長記性的，不知是誰呢！」

姜桃非但不怕，還抿嘴偷笑。「要是再有下回，我自然還有別的法子教訓你。」

回想昨夜的事，沈時恩仍覺得背後發寒。這種「教訓」多來幾回，要麼是他按捺不住傷了姜桃，要麼更可能是他被折騰壞了，生出毛病。真到那時候，可比打他罵他、對他發脾氣還恐怖千百倍。

吃完早飯，姜桃送他們出門，還不忘叮囑一早都黑著臉的沈時恩當心傷口。

沒多久，王氏和李氏她們過來了，大家坐在一起，開始做針線。

當天楊氏也來了，同行的還有一個頭髮半白的老婦人。

老婦人姓孟，是楊氏的鄰居，也是她的保人，楊氏喊她孟婆婆。

孟婆婆的男人和兒子先後因病去世，家裡只有她帶著小孫子討生活，做慣了漿洗縫補的活計。楊氏請了孟婆婆作保，也做個順水人情，帶她過來試試。

姜桃點頭，並沒有因為孟婆婆年紀大了，就看輕她。

姜桃考了兩人一下，發現她們的針線功夫真的沒話說，尤其是孟婆婆，除姜桃之外，在場的幾個人裡，連李氏都比不過她。

至此，姜桃的小繡坊算是暫時招夠了人。

十天後，新的一批十字繡繡品做好了，年掌櫃親自過來取貨。

這一批的數量是上回的兩倍多，種類也添了不少。

姜桃雖然知道十字繡能應用得十分廣泛，但一時間只想到桌屏、抱枕和掛畫這幾樣。後來，她看楊氏的鞋做得好，便讓楊氏負責在鞋上縫十字繡。孟婆婆會做小孩穿的小鞋子、小帽子，就讓她做小孩穿戴的東西。

兩人雖後到，但很快上手，姜桃先做出一、兩件當示範，她們馬上就能做出差不多的。尤其是孟婆婆，動作竟沒比姜桃慢多少，十天工夫做了二十來頂虎頭帽和十七、八雙虎頭鞋，是做得最多的繡娘了。

年掌櫃提著沈甸甸的包袱回去時，發現繡莊門口已經大排長龍，繡莊裡也是人滿為患，全擠在十字繡的櫃檯上。

他費了好大的力氣才擠進鋪子，剛拆開包袱，還沒開始推銷，排在前頭的人已經準備掏錢了。

年掌櫃乾脆不費口水，直接把繡品擺上櫃檯，讓夥計拿出寫好的價目牌。

這次數量多，所以沒有上回一拿出來就被搶售一空的情況，但因為來的人多，賣得亦是飛快。

於是，一個月後，年掌櫃又親自送來銀錢，跟姜桃拆帳。

姜桃的繡品賣得慢些，但也得了二十兩銀子。

李氏她們做十字繡的動作越來越快，做一批便能賣一批，尤其是孟婆婆，做小孩的東西真的得心應手，儼然成了主力。五人加起來，一個月也賺了二十多兩。

一通拆帳後，姜桃揣上三十兩銀子，李氏她們各分到二兩多，每個人的心情都很不錯。

孟婆婆和楊氏又推薦幾個人過來，姜桃便提拔成為主力的孟婆婆，與如今儼然成了她的擁護者的李氏，由她們負責帶新人入門。

兩人歷經人情冷暖，看人比姜桃還準，挑進來的人都是有功底，且腳踏實地。

於是，小生意算是上了軌道，姜桃也輕鬆了些。

這天，姜桃看天氣不錯，烤了麵包送去蘇如是那裡。

蘇如是搬到衛家隔壁已經有一段時日，瞧見姜桃便笑罵道：「妳這丫頭如今倒成了大忙人，這麼久都不過來，是不是把我忘了？」

姜桃連忙賠罪。「我怎麼可能把您忘了啊，實在是小生意剛開張，需要我一直盯著。如今有兩個人被我提上來，就能偷偷懶了。」

兩人挨在一起，親親熱熱地說了一會兒話，蘇如是道：「有件事我得提醒妳，有人把妳鼓搗出來的十字繡送去京城找人模仿，我用人脈暫時壓住了，但至多兩、三個月之後，肯定會有人琢磨出來。」

「我猜著，時間也差不多了，不過他們琢磨出來也不管用，因為我招的是普通人，埋頭做上一個月，也就得二、三兩銀子的進項。對方就算研究出來，去哪裡尋繡娘做這種沒什麼回報的活計呢？除非跟我一樣，招普通人從頭開始教。」

蘇如是自然也知道這些，接著道：「我提醒妳的不是這件事，而是這件事背後的人。」

姜桃收起笑，正色聽著。

「起初我只是覺得奇怪，小榮的芙蓉繡莊本就經營不善，怎麼還有人費心費力和他打擂臺？但奇怪歸奇怪，卻猜不到背後主使是誰。近來我讓人留意京城幾間有名望的繡坊，看看是誰送十字繡去給他們研究，總算尋到蛛絲馬跡。」

蘇如是也不兜圈子，直接點破，牡丹繡莊的背後主使是楚鶴翔。

姜桃見過楚鶴翔一次，對他還有些模糊的印象。「他們是同姓的堂兄弟，雖不是親的，卻也是血緣深厚。楚鶴翔這般做法，實在讓人不齒！」

「就是同姓的堂兄弟，才格外見不得對方好。小榮沒什麼才幹，卻是楚老夫人最疼愛的孫子。眼瞅著楚家這兩年就要分家，現在擊垮芙蓉繡莊，分家的時候自然是個由頭，再把小榮他們的那份壓薄一點。」

古來財帛動人心，楚鶴翔這種令人不齒的做法並不算罕見。

兩人說了一下午的話，臨分別前，蘇如是不忘叮囑。「楚鶴翔頂著替他祖母來照看我和小榮的名頭，已經在這兒留了一個多月。日前楚老夫人來信催他回京，他既做得出對付兄弟的下作事，對著旁人肯定越發肆無忌憚，這段日子妳千萬仔細些。」

姜桃點頭應下，回家去了。

到家後，姜桃還在思索這件事。等她回過神時，弟弟們和沈時恩都回來了。

現在家裡的飯菜不用姜桃和沈時恩準備，李氏和孟婆婆被提拔後，便幫著姜桃買菜做飯，反正對她們來說，只是做慣的順手活計，而且中午做了飯，她們也不用回家吃，省下的工夫，能做更多繡品。

姜桃要把菜錢結算給她們，兩人都不肯要，說帶人的額外進項已經夠付這點菜錢，怎麼都不肯收。

沈時恩去了灶房，把中午她們燒好的、另外盛出來的飯菜熱了，準備開飯。

姜桃幫著他端菜，一個沒注意，兩人的手背碰到了一處。

本是很普通的事，沈時恩卻立刻跳到三步開外，看色狼似的盯著她。

姜桃被他這反應唬了一跳，好笑道：「你幹什麼啊？我只是不小心碰到你而已，至於這樣緊張嗎？」

沈時恩沒吭聲，把手裡的盤子放到桌上，但行動間怎麼都透出一股小心翼翼、不願再讓姜桃碰到他的意味。

姜桃無語了，這怎麼有種夢回洞房之夜，惡霸調戲良家大閨男的錯覺呢？

不怪沈時恩反應大，實在是姜桃把他折騰慘了，現在看見她的手，便聯想到那晚的事，還不覺發怵呢。

畢生難忘的教訓，委實不是大話。

姜桃沒好氣地瞪他一眼，但弟弟們在場，也不好說什麼，只得先按下不表。

第五十一章

等用完晚飯，姜楊他們回屋寫功課，姜桃就拉住了沈時恩。

「怎麼見了我，比見了老虎還害怕？」姜桃笑著打趣他。「你不是打虎英雄嗎？」

沈時恩的手被她拉著，人卻坐得遠遠的，正色道：「還老虎呢，現在聽到這個詞，我就害怕！」

要不是見識過他在床笫間不知滿足的索取模樣，只看他現在正襟危坐的姿態，姜桃真要以為他是個不好女色的正人君子。

她笑著啐道：「只許州官放火，不許百姓點燈？你從前折騰我多少次，還讓我差點在弟弟們面前丟臉。我不過折騰你一回，怎麼還被你記恨上了？」

「記恨肯定談不上。」沈時恩揚揚唇，又忍住笑意，繼續保持無比正經的神色。「只是，兩件事不可混為一談。我折騰妳，是咱倆都舒服；妳折騰我，那是故意讓我難受。」

他都沒好意思和姜桃說，那天之後，他憋得感覺某處都快爆炸了。

偏偏姜桃又忙起來，累得直呼脖子痠痛，他每天晚上幫她按摩，大手撫在她光滑柔軟的頸項上，身體的躁動難以言喻。

加上蕭世南不知道從哪裡聽來的，說晚間讀書更能專注，他不想自行解決把正屋弄得氣味難聞，又怕去了別間房，被蕭世南那夜貓子撞破，冷水澡不知沖了多少次。

直到這兩日，沈時恩才恢復正常，生怕姜桃下次再使這樣的招數，所以裝出一副害怕碰到她的樣子，也讓她知道知道，男人某方面是不能隨便折騰的！

姜桃看他還躲著自己，收起玩笑神色，問道：「不會是真出毛病了吧？」目光不由自主地往下掃。

沈時恩被她打量得耳根都紅了，但還是挑眉。「毛病倒沒有，不過妳要是信不過，咱們可以試試。」

姜桃趕緊推開他的手。「試什麼試？難得我今天休息半天，晚上還想睡個好覺呢。」

兩人笑鬧一陣，各去洗漱躺上了床。

相比姜家這處的安寧和樂，楚家別院的氣氛就糟得多了。

楚鶴翔沈著臉坐在書桌前，面前攤著楚老夫人寄來的信。

信裡催促他回京，他也知道，在外逗留的時日過長了。

可是現在回京，他如何甘心呢？

芙蓉繡莊的生意紅火起來，在他看來一文不值的新繡品走進了家家戶戶，在本地賣夠了，還銷往其他城鎮。

芙蓉繡莊名氣大了，口碑更好，他的牡丹繡莊自然就失了一批顧客，雖不至於虧本，但他開這繡莊本不是為了盈利，那點銀錢，實在讓他看不上眼。

這一個多月裡，他也沒閒著，去了衛家好幾趟。明面上是以楚鶴榮的兄長身分感謝衛常謙，其實存的還是給楚鶴榮使壞的心思。

衛常謙到底是浸淫官場多年的人，起初對他還算客氣招待，後來瞧著不對勁，乾脆不見了，禮倒是照收。

楚鶴翔想著，能收禮總是好的，再使使勁兒，說不定就成了。

他太清楚楚老夫人多希望家裡能出個讀書人，要是楚鶴榮真改頭換面，就算他把芙蓉繡莊打垮，楚老夫人對楚鶴榮的偏愛只會多不會少，更別說現在打垮芙蓉繡莊也變成空想。

可楚鶴翔萬萬沒想到，他送去的衛家的禮，過沒幾天全在楚鶴榮身上看見了。

楚鶴榮穿著簇新的錦緞袍子，佩著上好的和闐玉，拇指上套著通透的翡翠玉扳指，樂顛顛地特地來別院向他道謝。

「大哥，你太客氣了，怎麼還想著給我送這些？我讀書是辛苦些，但沒辛苦到那個分兒上。你別送了，燕窩什麼的這幾日我吃得快吐了，這些穿戴之物，我一個人也用不完。」

楚鶴翔氣得想吐血，偏偏還不能表現出來，得裝成友愛模樣，笑道：「不過是些身外之物，你喜歡就好。」

楚鶴榮高興地笑笑，再次作揖致謝，而後一手負在身後、一手打著扇子，規行矩步地離開了。

從前楚鶴榮素來言行無狀，如今還真有了幾分書卷氣，一言一行判若兩人。

楚鶴翔看著，更是氣得不知如何發洩，等人一走，就把手邊能砸的東西全砸了。

接著，楚老夫人的信就到了。

楚鶴翔臉上的神情冷得能結出冰來，身邊伺候的人都知道他的秉性，平時看著脾氣好，其實根本不好相處，很有眼力地退到門邊，免得被無辜牽連。

可偏偏還真有不會看臉色的人趕著過來——蘇如是身邊的玉釧求見。

玉釧還在楚家時，就跟楚鶴翔勾結，替他打探楚老夫人的事。

因此，玉釧寫信回去，說蘇如是這邊發生的事不對勁，楚鶴翔才尋到由頭，說不如去看看情況，楚老夫人才沒起疑心，讓他過來。

玉釧進屋行完禮，焦急道：「奴婢聽聞老夫人寫信催您回京，可這邊的事情還沒完呢，該如何是好？」

她快急死了，本以為寫信回去請來楚鶴翔這救兵，怎麼也能扭轉局勢，孰料蘇如是自打搬到衛家隔壁之後，就不願意見楚鶴翔了。

玉釧不敢貿然說其他的，只勸道：「大少爺是代老夫人過來瞧您，這樣避而不見，老夫人知道了，可要傷心。」

當時，蘇如是冷笑著道：「我給老夫人寫的信，把來龍去脈都交代清楚，小榮更別說了，素來報喜不報憂。老夫人為何會不放心，還特地讓大少爺過來呢？」

玉釧對上她清冷的眼神，覺得自己的心思都被她看穿了，再不敢多說什麼。

之後，她偶然得知姜桃開了自己的小繡坊，雖然規模不大，但肯定需要本錢。仔細一想，那不就是蘇如是的銀子嗎？姜桃的穿戴，還不如她這當丫鬟的光鮮呢，哪能出得起錢！

蘇如是用自己的印章調了起碼一萬兩來，不知道被姜桃套去了多少？玉釧這樣思量著，愁得一個月都沒睡好。

但她急也沒用，她離開了楚老夫人，就是個丫鬟，哪裡能管到其他人頭上。加上蘇如是把大半楚家下人留在別院，她更沒辦法動手，只能寄望於楚鶴翔。

如今聽說楚鶴翔啥都沒辦成，就要回京了，她哪裡還坐得住，才特地跑到別院來。

楚鶴翔正是一肚子邪火的時候，聽了她的話，喝斥道：「什麼叫『如何是好』？聽妳這話的意思，還怪本少爺沒把事情辦好？」

玉釧忙道不敢，囁嚅半晌，又道：「那個農家女姜桃的繡坊越辦越好，連帶小少爺的繡莊生意也越來越紅火。您看……」

她知道楚鶴翔打的是楚家家產的主意，就把話往楚鶴榮身上引。

楚鶴翔心道，看個屁啊！淨扯這些廢話，一個丫鬟能想到的，他會想不到？

可是他送到京城繡坊讓人模仿的繡品，石沈大海般杳無音信，不知是繡坊出了岔子，還是被人攔住，難道他真能叫整個縣城的人都別買姜桃的繡品？

兩人愁眉不展，外頭忽然喧鬧起來。

楚鶴翔不耐煩地派人去問，原來是一間荒廢院子不知怎的燒起來，下人都趕去救火了。春末時節，小縣城裡許多天沒下雨，天乾物燥，失火是稀鬆平常的事。發現得早，救得及時，便沒有釀成惡果。

玉釧忙道晦氣，煩躁地抱怨。「好好的竟會燒起來，不知道別院這些人都幹什麼吃的。」隨即小聲嘟囔。「燒燒燒，燒別院算怎麼回事？有本事，把那些該燒的都燒了啊！」

楚鶴翔本是對這種小事漠不關心，兀自想著自己的事，猛地聽到玉釧這話，眼中精光閃過，突然有了計策。

芙蓉繡莊的生意仰仗的是姜桃的繡品，如今姜桃是蘇如是的義女，他雖惱她橫插一槓，明面上卻不好對付她。

明面上不成，暗地裡呢？不能為人道的手段，可多的是。

楚鶴翔想通後，打發玉釧，隨即喚來幾個隨從，在他們耳邊輕聲吩咐起來……

這日，姜桃空閒些了，才發現兩個弟弟很不對勁。

首先是蕭世南，連著好幾天晚上不睡覺，說讀書格外有精神，深夜還在家裡遛達。

這一聽就是扯淡，他一個旁聽生，連衛常謙都不考他的。他也不是愛讀書的性子，去衛家讀書，就是當一天和尚撞一天鐘。

因為蕭世南不考科舉，所以姜桃先不管他學得如何，看他態度還算認真，就隨他去了。可現在蕭世南居然為了讀書，覺都不睡了，不是反常是什麼？

還有姜楊，這幾天突然像個鋸嘴葫蘆一樣。

從前他在家裡說話難聽，被姜桃說兩回之後，已經慢慢改了。有時候想出言諷刺別人，就乾脆不說話，整個人的氣質一下子變得沈穩許多。

但沈穩歸沈穩，不會像現在這樣成了半個啞巴，不論姜桃和他說什麼，都只回答「嗯」、「好」、「知道」等一、兩個字。

都是一家子，沒什麼好兜圈子的，這天用晚飯的時候，姜桃就直接問他們到底怎麼了。

蕭世南立刻道：「我們好得很啊，就是突然覺得讀書要緊，想開始用功了。」搶著回答的樣子，怎麼都有些欲蓋彌彰。

姜楊也言簡意賅道：「累，不想說。」聲音裡帶著不可忽視的沙啞。

兩人不想說實話，姜桃也不好直接逼問，用過晚飯後，偷偷把姜霖這耳報神喊到身邊。

姜霖憋了好些天，總算有機會開口，立刻竹筒倒豆子般的說了。

「姊姊，他們早就不對勁了。有一天晚上，哥哥尿床，然後嗓子就啞了，變得不愛說話，連上課的時候，先生讓他念書，他都不樂意張嘴。小南哥也是從那時候不睡覺的，還有小榮哥，嘴上長了好幾個大燎泡……」

「你哥哥這麼大，還會尿床？」姜桃覺得這話怎麼聽都挺荒唐，點點他的小腦袋。「該不會是你尿床了，栽贓到你哥哥頭上吧？」

「真的！」姜霖急了。「那天早上起床時，哥哥明明和我一道醒，卻一直躲在被子裡不起來，我催著他，一掀被子，發現他褲襠是濕的，不是尿褲子是啥？」

姜桃明白怎麼回事了，耳根子發燙，不許姜霖再接著說下去，打發他回房後，便看向也在場的沈時恩。

沈時恩聽到姜霖的話，比姜桃明白得還快些，當即去了廂房。

沒多久，沈時恩嘴角噙笑地回來。

「沒什麼大問題，我問了小南，說是之前小榮他哥哥送來許多補品，小榮一個人吃不完，就分他們，補過頭了，就……幸虧他們還有分寸，沒給阿霖吃，不然鬧出毛病的，還得再多一個。」

姜桃無奈地笑了。「難怪我怎麼問都不告訴我，敢情是孩子長大了。」

沈時恩又忍不住笑了笑。毛頭小子的火有多旺，他是過來人，兩個小子一個燒得嗓子啞了，一個燒得整晚不睡覺，相較之下，他身上的一點火氣，好像也不是那麼難以忍受了。

「沒事的。」過來人沈時恩道：「過幾天就好了。」

男孩子的私密事，姜桃不方便多說，只得感嘆一句「吾家有男初長成」，然後就洗漱上床了。

睡前，夫妻倆都是要說一會兒話的，姜桃想著，蕭世南年紀不小，而且不用科舉，不必擔心早成婚分他的心，又發生補過頭的事，就和沈時恩商量，要不要開始給他相看姑娘？

現在相看的話，明年能相中都是快的，然後訂親、過禮，定婚期，差不多在蕭世南十八歲之前能完婚。

沈時恩卻說不急。「他看著雖像個大人，性子還不如阿楊穩重，還跟孩子似的。」

這倒不是假話，從前蕭世南在京城的時候，就是愛笑愛玩的性子，後來出了京，和沈時恩在採石場相依為命，才不得不裝作老成的樣子。

後來，沈時恩和姜桃成婚，姜桃把他當親弟弟看，關心姜楊和姜霖時，從不忘了他。有人照拂著，蕭世南有吃有喝有得玩，不用再操心生計，也不拘束，便漸漸恢復本性。

沈時恩未和姜桃在一起的時候，有想過幫蕭世南說親，讓他定定性子，但成親後，想法卻變了。既然蕭世南本性如此，不用揠苗助長，強逼著他改變，對蕭世南未來妻子也不公平。娶媳婦是用來疼、用來愛，不是讓對方生養兒子的。

而且，日後他們可能要回京，面對的事情只會更多，他能護著姜桃，但蕭世南這孩子似的性子，能不能護住他媳婦還難說，沒得連累了人家姑娘。

當哥哥的都這麼說了，姜桃一想，十五、六歲在現代也就剛上高中的年紀，雖然古代成婚早，但只是對女子嚴苛，男子晚些說親無妨，就不再堅持。

兩人又說幾句話，便吹了燈睡下。

夫妻倆剛睡著沒多久，正屋的門就被人拍響，蕭世南焦急的聲音從門外傳來。

「二哥，嫂子，是我！」

沈時恩趕緊披了衣服下床開門，姜桃也立刻坐起來。

門打開後，蕭世南拿著點燃的火摺子進了屋，道：「剛剛我在天井裡遛達，感覺院門外頭有人，正想出去看，就發現這個火摺子被人從牆外扔入。」

沈時恩微微頷首。「你哪兒也別去，在這裡守著你嫂子，我出去看看。」

姜桃沒想到半夜會發生這種事，定下心神後，把姜楊他們都叫醒。

沒多久，沈時恩一手抓一個黑衣人回來了。

兩個黑衣人都快嚇死了。

原本的計劃是，他們一個往院裡扔火摺子，一個負責在外頭澆油，這樣兩頭夾擊，保准萬無一失。

孰料，火摺子剛扔進去，外頭的人剛開始澆油，還沒點火呢，便來了個形似鬼魅般的男人，無聲無息出現在他們身後，伸手往他們身上一戳，他們就動彈不得了。

兩人是江湖小賊，平時只做些偷雞摸狗的勾當，哪裡知道什麼輕功、點穴的，還以為撞鬼了呢！

等沈時恩拎著他們進屋，兩人才知道剛剛遇著的不是鬼，鬆了口氣。

「誰派你們來的？快說！」沈時恩沈著臉，直接開始審問。「晚了我沒耐心，你們的命就沒了！」

兩個小賊收了大筆銀錢，也講江湖道義，雖然怕死得很，但還是囁嚅著，沒吭聲。

沈時恩見狀，正準備使些拷問手段，姜桃卻冷笑起來。「還用得著問？我猜就是楚鶴翔幹的！」

她搬到縣城小半年，從未和人結怨。前兩天蘇如是剛提醒她要防著楚鶴翔狗急跳牆，今天便突然來人放火，這種巧合說不是楚鶴翔幹的，她都不信！

姜桃猜出來了，兩個小賊哪還有幫著瞞的道理，其中一人道：「您說的楚鶴翔，我們不認識，但給錢的，我們跟蹤去查了，是牡丹繡莊的人。那時我們在門口等了一會兒，有個錦衣玉冠的公子從那繡莊的後門出去，馬車上掛著『楚』字牌子，想來就是您說的人。」

姜桃嗤笑。「你們收人銀錢，替人辦事，倒打聽得挺清楚。」

那人訕訕道：「畢竟是放火這樣的大事，弄不好就要背上好些人命，不打聽清楚替誰辦事，咱們兄弟不就成了替死鬼？」

沈時恩聽完，當即伸手，兩下把人劈昏。

「天亮就去報官！」姜楊氣憤道：「這城裡還有沒有王法了?!」

沈時恩抿了抿唇，沒接話。

蕭世南搔著後腦勺，想著他和沈時恩的身分不能見光，若鬧到打官司，定會引起注意。

可是，沈時恩沒跟姜桃交底，但攔著不讓他報官，又說不過去。

姜桃看沈時恩不吱聲，再看蕭世南滿臉糾結，便問：「你們不想報官？」

蕭世南心虛地垂下眼，沈時恩開口道：「報了官肯定要審，一審就知道是我和小南發現了他們。我和小南是發配來的，戴罪之身不能成親，尤其小南是交了銀錢才能自由行動。這是早些年就有的不成文規矩，但私底下的約定俗成，不能放到明面上，萬一對方攀咬我們藐視朝廷法度，事情就不好辦了。」

姜楊沒想到這一點，捏著拳頭，不甘心道：「難道平白讓人這麼算計？」

沈時恩摩挲下巴思索一陣，突然笑起來。「這倒未必。」心裡有了主意，便吩咐他們去報官了。

這日，圍在公堂外看熱鬧的百姓聽完縣官審案，也極為激動。畢竟小縣城裡的娛樂太有限，出了這樣的大案，還牽扯到巨賈之家的暗鬥，如何不讓他們好奇？

趁捕快去抓人的工夫，住得離衙門近的人，立刻呼朋引伴，讓大夥兒一起來瞧熱鬧。

姜桃也在人群裡，因為沈時恩和蕭世南不便進縣衙，就在外頭等著，唯有姜楊陪著她一起進來瞧熱鬧。

看著捕快出去抓人，姜桃忍不住對姜楊低聲道：「之前倒不知年掌櫃的演技這麼好。那兩個小賊也是，演起蠢賊來活靈活現的。」

姜楊跟著彎唇，輕聲回答。「還是姊夫的威懾力大，兩個小賊害怕，自然不敢搞鬼。」

姊弟倆頭碰頭地輕聲說話，卻不知有個頭戴斗笠的少年正站在他們身後幾步開外，不錯眼地盯著他們……

第五十二章

縣官辦案這天，正是楚鶴翔回京的日子，一大早下人便收拾行裝，套好了車。

小廝進來稟報，說可以出發了，楚鶴翔卻兀自把玩著手上的玉扳指，沒有動。

前一天他已經做好安排，照理說，這個時辰應該有消息才對，怎麼到了這會兒，遲遲沒有動靜？

楚鶴翔正想派人去茶壺巷瞧瞧，門房急急進來道：「大少爺，外頭來了好多捕快！」

楚鶴翔面上一驚，來不及多問，捕快已經闖進門。

「楚大少爺，跟我們走一遭吧。」

秦知縣讓捕快們把楚鶴翔抓到縣衙，儘管楚鶴翔十分配合，但捕快們還是照著秦知縣的吩咐，要他戴上鐐銬枷鎖。

楚家別院地處僻靜，到縣衙的路程不算短，楚鶴翔被銬著，由人當猴戲似的瞧了一路。等他到縣衙，看熱鬧的百姓立刻給他們讓出一條道。他們伸長脖子等了快兩刻鐘，若非這次熱鬧實在好看，都要不耐煩了。

秦知縣忙了半個早上，回屋吃過早飯，此時面上倦容褪去，顯出幾分當官的威嚴。

楚鶴翔在外行走多年，不論到哪裡，旁人都敬他楚家大少爺的身分三分，此時被銬到公堂上，臊得連頭都抬不起來。

秦知縣可不管他臊不臊，驚堂木一拍，直接問：「你認不認罪？」

楚鶴翔不過二十出頭，但做生意的時日不短，卻是頭一遭做這種殺人害命的事，不由暗暗心驚。

他是被逼得沒法子，才放手一搏，此時心裡七上八下，想著肯定是茶壺巷之事東窗事發了。只是，那兩個小賊放完火，應該拿著銀錢遠走高飛才是，而且人是他讓李掌櫃喬裝去尋的，怎麼會牽連到他？

他強逼自己鎮定下來，反問：「小人奉公守法，不知道大人說的是何罪？」

秦知縣懶得同他囉嗦，命人將兩個小賊和李掌櫃帶過來。

為防串供，三人被堵上了嘴。

楚鶴翔看見李掌櫃受過刑奄奄一息的模樣，立刻知道自己猜得沒錯，真的東窗事發了！

他一邊在心裡唾棄李掌櫃辦事不力、一邊恨自己在這小縣城裡沒有人脈，不然也不會讓李掌櫃這熟悉本地的去聯絡賊人，此時根本無人能救他。

「大人明鑑，我不認識這三個人，更不知道您說的是什麼罪。」楚鶴翔硬著頭皮道。

秦知縣被他這死鴨子嘴硬的樣子氣笑了，指著李掌櫃道：「牡丹繡莊是你開的，你不認得自家掌櫃？」

牡丹繡莊確實是楚鶴翔開的不假，卻是以旁人的名義在官府留檔，鋪子裡認識他的人，從掌櫃到夥計，加起來不到十人。

「大人實在冤枉了小人，這牡丹繡莊和我家小弟的芙蓉繡莊打擂臺，怎麼會是我開的呢？您不信，可以查官府的檔案。」

師爺送上檔案，秦知縣一翻，牡丹繡莊老闆的名字還真不是他。

「那這姓李的掌櫃和繡莊夥計都冤枉你了？」

楚鶴翔裝出沈吟的樣子，然後一拍腦門。「我不知道這掌櫃怎麼說的，但夥計可能是誤會了。早些時候，一個朋友讓我入股他的生意，我想著他還算可靠，便給了銀錢。沒想到過來後，才知道他的鋪子居然和我弟弟的繡莊打擂臺。我看不過去，上鋪子幾次，夥計可能是看掌櫃對我恭恭敬敬，就誤會了。」

秦知縣本以為把楚鶴翔銬過來，這案子就算完結，沒想到反而越說越亂，煩躁地皺起眉頭，命人把李掌櫃嘴裡的布條扯掉。

不等秦知縣發問，李掌櫃立刻道：「小的沒有撒謊！楚大少爺就是小人的東家啊！」

夥計少跟楚鶴翔打交道，可能會認錯東家，但他這掌櫃肯定不可能認錯，要是照著楚鶴翔的說詞，就是他故意栽贓陷害。

「官府的檔案上寫的確實不是楚大少爺的名字，但幾個掌櫃都知道幕後東家是他。」怕背黑鍋的李掌櫃什麼都顧不上了，急急地道：「大人若是不信，可以派人去其他鋪子問。」

牡丹繡莊的其他鋪子都在外地，最近的來回路程也要五、六天。

而且，楚鶴翔有信心，其他鋪子開得早，掌櫃都是他暗中培養的心腹，不像這小縣城的鋪子，開得最晚，李掌櫃又是臨時找的人，對他不夠忠心。

他早交代過其他掌櫃，不能透露他的身分，其他掌櫃不知縣城發生了案子，就算官府派人查，一時間也查不出什麼來。

更主要的是，只要先拖一拖，等他的小廝傳消息回京，他爹娘自會想辦法來救人。

秦知縣被他倆截然不同的口供繞暈了，只得再傳牡丹繡莊的夥計過來問。

第五十三章

牡丹繡莊的夥計裡，只有一個見過楚鶴翔，秦知縣便問他，確不確定楚鶴翔就是牡丹繡莊的東家？

夥計搔搔頭，想了半天，道：「小的沒亂說啊，當時李掌櫃讓小的去對面繡莊買新繡品，打探敵情。小的買回去後，楚大少爺過來了，當時喊他東家，他也沒說不是。」

楚鶴翔故作迷茫。「你當時那樣喊了嗎？我怎麼沒有印象？」

夥計就是個粗人，被這麼一問，自己都不確定喊過沒有。

案情陷入膠著，看熱鬧的百姓也糊塗了，議論紛紛。

姜桃跟著皺眉，沒想到都人贓俱獲，楚鶴翔還能睜著眼睛說瞎話。這秦知縣也挺昏聵，這案子要審的根本不是楚鶴翔是不是繡莊老闆，而是他有沒有指使人去放火啊！

現下已經有人證，物證卻被忽視了。

前一夜，兩個小賊是帶著大桶火油過來，這種東西在小縣城裡用處不多，查一查誰去買的，自然能查到楚鶴翔頭上。

還有楚鶴翔給小賊的銀票。依他行事，不可能出京城時就想雇人放火，肯定是來了才打主意。這麼一大筆銀錢，也能查到源頭。

姜桃往前走兩步，正想上堂舉發楚鶴翔，姜楊卻一把拉住她，對她搖搖頭，低聲道：「這事，咱們不要摻和。」

如同之前沈時恩說的，他和蕭世南的身分不能見光。楚鶴翔不是好對付的，若狗急跳牆，胡亂攀咬，沈時恩兄弟會受到牽連。

所以，不用姜楊多說，姜桃也明白，只能無奈地收回腳。

過了大約一刻鐘，秦知縣還是沒審出個頭緒，正準備把人收押，容後再審。

此時，一人突然撥開人群，衝到堂上。

「公堂之上，何人無禮?!」腦子亂得跟漿糊似的秦知縣煩躁地喝斥。

「知縣大人，小人是芙蓉繡莊的東家楚鶴榮。」楚鶴榮跪下，稟道：「小人是來替我大堂哥作證的，他不是那樣的人。」

姜桃見楚鶴榮那幫著楚鶴翔急切辯解的模樣，頭疼得想扶額。

楚鶴翔的神情鬆快多了，面上立刻泛起笑。「小榮，你總算來了，快幫大哥和知縣大人解釋。」

楚鶴榮點點頭，接著對秦知縣說：「大人，我大堂哥和我情同手足，肯定不會開鋪子和我打擂臺，更別說做出讓人放火的事。」

秦知縣無奈。「你這麼護著他？萬一他就是那樣的人呢？」

楚鶴榮道：「小人以自己的身家性命作保，我大哥定不是那樣的人。」

秦知縣快煩死了，俗話說清官難斷家務事，誠不欺人啊！隨後又想，這次的縱火案，燒的是牡丹繡莊，雖然按賊人口供，要燒的本是對面的芙蓉繡莊，但楚鶴榮這苦主都來替人作保了，還審個屁啊！

一大早就把他吵醒了，結果審了一上午，居然還是一團亂麻。他煩躁地揮揮手，讓楚鶴榮先把人帶回去，從官椅上站起身，讓師爺把東西收一收，準備退堂。

楚鶴榮立刻膝行到楚鶴翔身邊，一面替他解開枷鎖、一面痛心道：「大哥受苦了！」

楚鶴翔心中嗤笑這蠢鈍如豬的行為，面上還要裝出十分受用的模樣。「還好你信我。」

楚鶴榮扶起他，心有餘悸。「幸虧這次只燒了房子，沒害到人，不然也保不住大哥。」

原來沒害到人命，難怪這知縣這麼簡單就放人。

楚鶴翔表情一鬆，帶著笑，道：「茶壺巷那邊房舍密集，失火卻沒傷到人，也算是不幸中的大幸。」

他剛說完，便見方才滿臉焦急幫他解鐐銬的楚鶴榮突然停下動作，笑了起來。

楚鶴翔一愣，楚鶴榮隨即推倒他，喊道：「大人，火是我大哥放的，快把他抓起來！」

秦知縣懵了。「你怎麼反覆無常啊？」

楚鶴榮撲通一聲跪下。

「我聽茶壺巷姜家的人說了，昨晚兩個小賊本是要去姜家繡坊放火，沒想到他家人睡得晚，發現動靜，才沒得手。

「今早，姜家的人知道芙蓉繡莊被放火，還鬧出燒錯鋪子的烏龍，就猜是不是兩個小賊臨時起意，反正有合作關係，乾脆跑去燒繡莊了？現在大家只知道牡丹繡莊出事，除了幕後主使，誰會知道茶壺巷姜家也差點失火？」

秦知縣看向兩個小賊，捕快把他們嘴裡的布條扯掉，兩人立刻點頭如搗蒜。

「對對，主使我們的人本是要我們去茶壺巷放火，沒想到那家人睡得晚，咱們兄弟也怕害了人命，才改變主意，沒想到卻燒錯了……」

都到了這會兒，兩個小賊還不忘幫自己說好話，減輕罪責。

方才還垂頭喪氣的李掌櫃也立刻接話。「沒錯，起初楚大少爺吩咐的，就是要燒茶壺巷的姜家！」

楚鶴榮比誰都高興，道：「茶壺巷那邊還有火油味呢，大人讓人一查便知。」

秦知縣被這麼一提醒，立刻命人去茶壺巷看看。

旁邊的師爺也總算清醒一回，提醒秦知縣，火油用處不多，城裡只有兩家鋪子在賣，也可以讓人查查。

秦知縣點頭，派人照著師爺的意思去辦。

楚鶴翔還保持著被推倒的姿勢，不可置信地問楚鶴榮。「你套我的話？」

楚鶴榮終於可以笑出聲了，扠著腰哈哈大笑。「可不就是套你的話？大哥素來覺得我蠢鈍如豬，若不是我來問，你能這麼順當地把肚子裡的話往外倒？」

屈辱、憤恨的神色顯現在楚鶴翔面上，一時間，表情精采極了。

楚鶴榮還嫌不夠，湊到他跟前，壓低聲音道：「我再告訴大哥一件事，你尋的人挑半夜動手，我姑姑他們白日忙得不得了，那個時候本該是睡死的。但之前你送了好些補品過來，我一個人吃不完，分給小南他們吃。小南受不住那些大補之物，半夜睡不著，所以兩個小賊還沒來得及動手，就讓人逮個正著，你說氣不氣人？」

當然氣人！還有什麼比搬起石頭砸自己的腳更氣人的？

楚鶴翔的胸口劇烈起伏著，氣息都不順了。

「大哥千萬保重自己的身子。」楚鶴榮好心地幫他拍背順氣。「這案子還沒審完呢，雖然大哥做的事骯髒下流，可罪不至死，別把自己氣死了。」

他不說還好，越說楚鶴翔越覺得胸口劇悶，一口氣提不上來，差點把自己給噎死。

過了沒多久，去茶壺巷的捕快先回來，說那邊確實有一戶人家，屋外被澆了許多火油，現在味道濃著呢。

火油店的老闆也被喊來了。火油是楚鶴翔的小廝去買的，因為要得多，又是陌生面孔，火油店老闆印象深刻。

楚鶴翔的小廝隨著主子一道過來，當下就被老闆指認。

照著楚鶴翔的盤算，小賊得手之後，肯定跑了，茶壺巷成了一片廢墟，知縣處理火災後續還來不及，一時間也逮不到人，無從追查。那時，他已經帶著人回京城，即便後來查到火油店老闆頭上，人家又不認識他的人，不可能指認到京城去。

孰料，事情居然發生反轉，人證物證俱在，牡丹繡莊被燒，他還被楚鶴榮套話，在公堂上說了不該說的話……這些證據全加在一起，再也不容他辯駁。

師爺很快寫好供詞，捕快抓著楚鶴翔的手畫押。

不過，對方到底是富商家的大少爺，雖意圖謀害人命，但沒得手，後來被燒的也是他自家的店鋪，怎麼判就有得說了，可以重判流放千里，也可以只蹲一段時日的大牢。

秦知縣沒什麼背景，七品小官的官位還是靠岳家花了大把銀錢疏通來的，也怕判得太重得罪人，遂先收押楚鶴翔，容後判刑。

百姓們看夠熱鬧還不肯走，說大家族的陰私事兒就是多，真是楚家這個大少爺命人放的火，不過楚家小少爺也不笨，居然想到當堂套他的話。

還有會起鬨的嚷道：「大人，鐵證如山，犯人都畫押認罪，怎麼不判刑啊？你不會是怕了楚家的權勢，要徇私吧！」

秦知縣的小心思被無情戳穿，立刻板起臉，喝斥道：「案子審完了，你們還湊在這裡做什麼？縣衙重地，無關人等速速離開！」

別看大家方才還你一言、我一語的，到底都是普通百姓，一看秦知縣動怒，還喊捕快趕人，當即往外頭退去，一個跑得比一個快。

姜桃被人群裹挾著往外走，姜楊有心拉她一把，但他只是個沒長開的小少年，能穩住自己就不錯了，根本救不了她。

姜桃的腳快被人踩麻，整張臉疼得皺起來。

這時候，一個頭戴斗笠的少年伸手護住她。而且說來奇怪，那少年旁邊的幾個人都沒往他身邊擠，反而替他把擠過來的人往旁邊推。

姜桃呼出一口氣，連忙道謝。

「不用客氣。」少年正在變聲，聲音說不上好聽。

總算到了縣衙外面，姜楊快步走到姜桃身邊，問她有沒有事？

姜桃活動一下自己的腳，搖搖頭。「沒事，還好有個小公子護住了我。」

兩人正說著話，楚鶴榮也追過來關心姜桃。

他面上的神情很輕鬆，但眼眶卻紅了。

姜桃知道他心性跟孩子似的，方才大義滅親，親自把楚鶴翔送進大牢，心裡肯定是不好受的。

「你乖啊。」姜桃沒什麼安慰大人的經驗，只能把他當姜霖哄。「這麼大的人了，可不興在外頭掉眼淚。」

「我不哭。」楚鶴榮不好意思地抹抹眼睛。「我知道楚鶴翔是活該！」

幾個堂兄弟裡，楚鶴翔算是對他最親厚的，只是沒想到親厚嘴臉的背後，楚鶴翔卻是厭他至極，開繡莊擠對他的生意不說，擠對不成，還起了放火要人命的歹念。

幸虧蕭世南發現得早，什麼苦果都沒有釀成。不然就算沈時恩本事大，可以護著姜桃他們安然逃走，但屋子和其他東西肯定保不住。而且近來天乾物燥，萬一火勢蔓延，不知要害了多少人命。

所以，楚鶴榮很快就不想什麼兄弟親情了，反正對方也沒把他當弟弟看。

見楚鶴榮心情好些了，姜桃想跟方才護著她的人道謝，但轉過頭尋人時，才發現對方已經混在人群中走遠了，遍尋不著。

「看什麼呢？」沈時恩領著蕭世南過來。

「沒什麼。」姜桃見了他，忍不住彎了彎唇。「小榮會來，不用想也知道，是你去尋他的吧？」

沈時恩頷首，壓低聲音道：「楚鶴翔狡詐，咱們這知縣也不夠英明神武，乾脆請小榮上縣衙。」

他說著，看楚鶴榮一眼，見楚鶴榮已經有心情和蕭世南說笑，才小聲地說：「我告訴他火油和銀票可以當物證的事，瞧他心軟，不太相信楚鶴翔會做那樣傷天害理的事，便教了他幾句，讓他去套楚鶴翔的話。」

姜桃抿唇笑起來。方才她還納悶呢，楚鶴榮不像有急智、能想到演戲去套話的人，果然是沈時恩教他的。

他們邊說邊往茶壺巷走，姜桃感覺到似乎有人在看她，忍不住又回頭張望一下。

「沒事。」沈時恩攬住她。「我已經看過了，都是一些普通人，想來是還在好奇方才的案子。」

也是，那案子多少和他們有些關係，姜桃創辦的小繡坊也有了名氣，算是小縣城的半個紅人，有人認出她，多看幾眼也正常。而且楚鶴榮和他們同行，自然更是惹人注意了。

一行人漸漸走遠，而縣衙附近的茶樓包間裡，蕭玨正悠哉悠哉地品著茶，手邊放著一頂平平無奇的斗笠。

不久，他派出去的暗衛回來，說：「卑職們看著人都走遠了，確保沒有歹人跟著他們，才回來覆命。」

暗衛說得輕巧，其實方才可是費了好大的功夫。沈時恩太警醒了，他們隱在人群裡，剛跟上姜家的人，就被他發現。好在他們人多，每隔一段路就換人跟上，加上沿途不少百姓都在一邊打量姜家人、一邊議論，才沒有引起沈時恩的懷疑。

蕭玨不置可否地微微頷首。

暗衛們退到門邊，蕭玨身邊的大太監王德勝替他倒茶，問道：「主子，接下來咱們該怎麼做？」

蕭玨沒接話，懶散地往身後的團花軟墊上一靠，兀自出神。

之前暗衛傳信回去，說這小縣城的苦役可能就是他舅舅，當時覺得是無稽之談，發了好大一通脾氣。之後他忙起別的事，就忘了撤走這處的暗衛。

月前，這處的暗衛又傳消息回去，說那苦役上山獵了一頭吃人的老虎，但獵完老虎之後，卻沒有去縣衙邀功，只託人送去，幫他領賞錢。

普通百姓可能覺得打了老虎，最大的賞賜就是賞錢，但熟悉官府的人卻知道不是。獵了老虎，等於救下許多可能會喪生虎口的人命。這是大功一件，上報朝廷，朝廷還會賜下旌表。那苦役是戴罪之身，得了這樣的功勞，說不定能功過相抵，恢復自由。

他這樣刻意、不肯張揚的行事，實在讓人不懷疑都難。

正好北方大旱，連著一個月沒下雨，承德帝讓蕭玨去巡視，看看各地的官員有沒有做好應對。

蕭玨出了京，往北方走，想著這小縣城離得不遠，就拐過來瞧瞧。

沒想到這一瞧，還真讓他找到舅舅了！

昨夜，兩個小賊動手時，暗衛早埋伏在茶壺巷周圍，只是怕沈時恩察覺，不敢太靠近。暗衛統領還在猶豫，是先把人制伏，還是讓人稟報蕭玨，由他來做決斷時，兩個小賊就被沈時恩抓了。後頭的事，自不需要暗衛摻和。

只是，雖然找到人，蕭玨卻沒想好下一步該做什麼。

「那個楚鶴翔……」蕭玨把玩著手裡的茶杯，漫不經心地吩咐。「找機會殺了吧。」

王德勝應是，退下了。

第五十四章

是夜，蕭玨又夢到了從前的事。

四年前，他的外祖父和大舅舅牽扯到謀反案中，被父皇十二道金令召回京城，不過數日便身首異處。他的小舅舅則押入死牢，他的母后於御前苦苦哀求，被禁足於長春宮。

他身為太子，沒有受到任何刑罰，但幾次御前求見，都被擋駕。

那段日子，是他畢生最惶恐不安的時候，連覺都睡不安生。

他還清楚地記得，那個清冷的雨夜。

淅淅瀝瀝的小雨下到半夜，整個皇宮靜得讓人心驚。

殿門被人從外頭推開，冷風灌入，燭火搖曳。

長春宮的大宮女來傳話，說母后讓他過去。

他心中納悶，自從母后被禁足之後，誰也不見，即便他去請安，也只是在殿外說話。

他隨宮女過去，見母后清減了幾分，眼底有一片濃重的青影，但嘴角噙笑，彷彿什麼事都沒發生過一般。

看到母后安好，他提著的心落回肚子裡。畢竟外祖父和舅舅再親，終究不及母親重要。

「玨兒，往後沒有你外祖父，沒有你大舅舅，你要學著長大了。」

母后笑著對他說話，只是那笑容實在太過勉強，看著像在笑，又像在哭。

那時他還不到十一歲，自打出生就被封為太子，被母親和外祖家的親人保護得很好。天之驕子，未曾見過這人世間的詭譎黑暗。

他懵懂地道：「外祖父跟大舅舅不在了，可是母后有玨兒，等玨兒再長大些，就能保護您了。」

母后笑著，沒接話，只是凝視他的眼神越發哀傷，溫柔地說：「好，母后的玨兒要快些長大。」

在母親跟前，蕭玨緊繃已久的精神漸漸垮下，不知怎的就睡著了……

再醒過來時，他已經回到了東宮。

王德勝守在他床前，見他醒了，哭著道：「殿下，娘娘歿了。」

他剛睡醒，腦子還懵著，聽了這話，更是迷茫。「哪個娘娘歿了？」

王德勝的眼淚直掉，哭得差點背過氣去。

很快地，宮人送來素服，讓他換上。

他像提線木偶般更衣，被人送到靈堂。

靈堂上的每個人都穿著一身白，都在哭。

他還是茫然，茫然地跪下燒紙錢，茫然地看著人來人往，弔唁上香。

直到停靈日滿，王德勝磕頭求他。「殿下，您哭一哭吧，哭出來就好了。」

他呆了好一會兒，仍不明白他在說什麼。

王德勝又讓他去看棺槨一眼，說棺槨馬上就要送入皇陵，以後再也見不到。

他木然地搖搖頭，說不想看。

為什麼要看呢？棺槨裡躺著的，只是陌生人而已。

他的母后性子火辣，愛笑愛鬧，才不是躺在棺槨裡、閉著眼不會動不會笑的人。

後來，棺槨被送走，靈堂撤了，他回到東宮。

一覺睡下去，他又忘記了時辰，起來時，外頭天色大亮，便責備王德勝。

「怎麼不早點喊我？都誤了給母后請安的時辰！」

連同王德勝在內的宮人全噤了聲，他穿衣服的手猛地頓住，這才意識到——

啊，原來他已經沒有母后了。

眼淚砸在手背上，他終於哭出來。

怎麼就沒有了呢？明明幾天之前，母后還那麼溫柔地對他笑，和他說話，叮囑他要快些長大。

後來，他很快地長大，成為少年老成、手段毒辣的太子殿下，再沒人敢輕視他。

但是，縱使他長得再快，又有什麼用呢？

他還是蕭玨，可再也不是「母后的玨兒」了……

一覺醒來，入眼的是普通的月白色細紗帳子，蕭玨閉了閉眼，理智回籠，方才想起自己不在宮牆之內，而是在偏遠的小縣城裡。

他伸手擦過眼旁的淺淺水漬，木著臉坐起身。

王德勝聽到動靜，過來服侍他更衣洗漱。

出京後，蕭玨帶著人一路向北，而後拐到這縣城。算起來已經趕路一月有餘，真的累了，下午說要歇個午覺，就睡到傍晚。

王德勝已經好些年沒看到蕭玨睡得這樣香甜長久。在宮中時，蕭玨時常驚醒，每天只能睡上兩、三個時辰。出了宮，倒是能睡得久些，只是也沒有像今天這般。

因此，王德勝大著膽子道：「主子可要用些東西？這鄉野之地無甚美味，一些點心倒是做得香甜可口。」

蕭玨嗜甜，直到十多歲，還很喜歡吃甜食。只是後來不愛吃了，不僅不吃甜食，而是從前喜愛的，他都不愛了。

蕭玨搖搖頭，問：「什麼時辰了？」

「申時末了。」

「我舅舅他們人在何處？」

「說是在酒樓裡。」

蕭玨點頭，又陷入了思緒。

茶壺巷這邊，姜桃他們從縣衙回去之後，開始忙起自己的事。幾個小的去衛家上課，沈時恩到採石場上工。

王氏和李氏她們一大早就來姜家趕繡活，沒去縣衙看熱鬧。

但捕快來姜家驗過火油的痕跡，小縣城裡沒有秘密，所以大家很快就知道了這件事。

「糟心肝、爛肚腸的渾蛋，就是見不得人好！」王氏最是氣憤不過，若非知道楚鶴翔已經被關進大牢，恨不能立刻去找楚鶴翔拚命。

如今李氏雖今非昔比，立了起來，但膽子還是小些，心有餘悸道：「幸虧那兩個蠢賊沒得手，不然我們這裡這樣多的房舍、這樣多的人，一把火放下去，後果簡直不堪設想。」

其他人雖然不住在這裡，但也十分生氣。

姜桃開繡坊時，想著眼下女人處境不易，能幫她們一點是一點，同時也能為自己牟利。她沒說非要處境困難的人才能來學，但巧合的是，後頭招進來的新人，都是從前過得十分不好的。

她們不像王氏跟李氏那樣認識姜桃，能信任她不是會設江湖騙局的人。普通人一瞧坐鎮的姜桃那樣面嫩，又要簽下厚厚一疊契書，總是有些猶豫。唯有境況實在不好，生活快過不下去的人，才能孤注一擲地嘗試。

她們要麼沒了丈夫或孩子，要麼窮得快沒飯吃，好不容易在小繡坊裡學了一點手藝，改善了生活，如何能忍受旁人意圖破壞她們得來不易的好日子？

於是，幾個女人湊在一起，商量了一陣，說要去聯繫親朋好友寫個萬民書，請知縣務必重罰楚鶴翔。

這是她們的心意，儘管覺得萬民書未必有用，姜桃也沒攔著。

楚鶴翔到底是楚家長孫，他成了重犯，對楚家多少有些影響，儘管他是罪有應得，但楚家的長輩肯定不會放任不管。

楚家雖在官場上沒有人脈，但錢多得很，楚鶴翔的惡行並未釀成難以收拾的慘劇，只要肯花大筆銀兩疏通，至多關上一陣子，就會被放出去。

惡人沒有惡報，那是姜桃不想看到的結局，但情勢就是比人強，她也沒有辦法。

等繡娘們都去忙活，她收拾一下，去找蘇如是了。

上午蘇如是已聽到消息，瞧見姜桃，才呼出一口長氣。

「妳沒事，我就放心了。」

姜桃也不瞞她，把整件事從頭到尾仔細說了一遍。

「以前我只覺得楚鶴翔市儈油滑，令人不喜，沒想到他竟然生了那樣一副黑心腸。」蘇如是沈著臉痛斥楚鶴翔，隨即想到，她留在此處是為了護著徒弟，沒想到引來楚鶴翔，差點害了徒弟的性命，一時間愧疚得無以復加。

姜桃看蘇如是心情不對，立刻笑道：「這不是沒事嘛！今遭是運氣好，小叔晚睡，在賊人還沒來得及下手的時候，就發現了不對勁。但我後來一想，即便沒有這樣的好運，想來也是沒事的。」

她說著，對蘇如是眨眨眼，俏皮得像個孩子一般。「我夫君武藝超群，耳力過人，其實那晚他也聽到了院外有人，不過我們那處巷子人多，以為是附近鄰居。就算小叔沒發現，賊人至多再停留半刻鐘，他也會起來瞧瞧。」

這不是瞎話，沈時恩就是這麼說的。加上姜桃故作輕鬆地轉述，才哄得蘇如是笑起來。

「妳啊，膽子比誰都大。」蘇如是點點她的鼻子。「遇事一點都不害怕的！」

姜桃確實不怕，如果說從前她是強行讓自己變得堅強，後來和沈時恩在一起，可能是知道他本事大，也可能是想著不論何種境況，他都會陪著她，便好像真的無所畏懼了。

姜桃陪著蘇如是說了一下午的話，知道她和楚老夫人是大半輩子的朋友，沒再提楚鶴翔，而是岔開話題說些輕鬆的，總算讓蘇如是的心情好轉。

傍晚，楚鶴榮和蕭世南、姜霖一陣風似的衝進來，後面是不緊不慢、閒庭漫步的姜楊。

自打蘇如是和楚鶴榮搬過來後，這處就成了他們放學後歇腳、吃點心的地方。

照理說，姜桃認了蘇如是當義母，蕭世南和姜楊他們該跟姜桃一樣喊人，但因為姜桃讓他們和楚鶴榮作平輩相處，所以他們不好在稱呼上占楚鶴榮的便宜，就和一起喊蘇如是為蘇師傅。

「沒規沒矩的，也不怕衝撞了人。」

姜桃知道蘇如是很看重規矩，不然上輩子的時候，也不會顧忌她侯府嫡女的身分，不敢和她太親近。

楚鶴榮是這裡的半個主人，隨意些也正常，但自家三個弟弟可是客人，這樣橫衝直撞，就怕他們惹了蘇如是不悅。兩邊都是她看重的親人，她還是希望他們能融洽相處。

可這話剛出口，蘇如是便輕拍她一下，說：「孩子們上了一天課，鬆快些才好，妳說他們做什麼？」隨即又壓低聲音道：「還敢說他們呢，忘記妳從前沒規沒矩的時候了？」

姜桃赧然地笑了笑。

丫鬟上點心來，幾人分著吃了。

楚鶴榮突然說：「難得今天高興，我請大家下館子！」

不年不節的，沒必要浪費銀錢吧？姜桃剛想張嘴，話沒出口，蘇如是輕輕拉她一下，對她使了個眼色，笑著開口。

「這孩子最近從他祖母那裡得了好些銀錢，現在不吃這大戶，往後說不定就花得連底都不剩。」

姜桃從她的眼色中回過味來，應該是楚鶴榮覺得自家大哥做的事實在不光彩，雖沒有造成太大損傷，但終歸差點害了他們，想藉機向他們賠罪呢。

於是，姜桃也不客氣了，站起身笑道：「那今天就讓小榮破費了。」

聽到有好吃的，姜霖立刻放下手裡的點心，直接站到門口去。

姜桃忍不住笑罵他一聲小饞蟲，大家準備動身，姜桃便去扶蘇如是。

蘇如是搖頭。「我年紀大了，酒樓的菜重油重鹽，不好消化，吃不了多少，沒得擾了孩子們的興致，就你們去吧。」

楚鶴榮向姜桃他們賠罪，肯定也要請沈時恩，而蘇如是不方便和沈時恩打照面。這麼想著，姜桃便沒有勉強，說回頭打包一些清淡的菜過來給她。

說完話，一行人熱熱鬧鬧上了酒樓，楚鶴榮還不忘派自己的小廝去茶壺巷候著，等沈時恩回來，就把他一道請過去。

待他們走了，蘇如是臉上的笑才淡下來。

她和楚老夫人相交多年，情誼深篤，一碼歸一碼，她不會因為楚鶴翔犯錯，就牽怪楚家其他人，但也絕對不會眼睜睜看著自己奉若掌珠的寶貝徒弟這麼被人算計！

她起身到了書桌前，研磨寫信。

這些年，她不理世事，但當年蘇家風光了幾輩，總還有些人脈。利用人脈揭發楚鶴翔的醜事，讓他在分家時自食惡果，總歸是不難的。

寫完信，她沒讓楚家下人幫著送，而是交代丫鬟明日尋驛夫來。

蘇如是的信兜兜轉轉被送到京城，彼時楚鶴翔已經被楚家贖回來，楚老夫人發了好大的脾氣，乾脆就此分家。

孰料，分家時出了一樁大事，有其他商戶找上門來，揭發楚鶴翔這些年做假帳，欺上瞞下，中飽私囊。

因此，楚鶴翔所在的大房，分家只分得薄薄一份產業，楚老夫人也不和長子長媳住，只把最疼愛的小兒子與小兒媳，也就是楚鶴榮的爹娘留在府裡。

楚鶴翔沒得到優渥豐厚的家產，不老實的名聲也在商圈裡流傳開來。

心情鬱悶的他，連著好些天在外頭喝酒作樂，最後不知怎的，居然在深夜死於馬上風。

照理說，楚鶴翔正值年富力強的年紀，不過短暫作樂幾日，如何都不會這樣蹊蹺猝死。但這死法實在不太光彩，楚家不好張揚，只得暗暗調查，查了許久也無甚結果，只能不了了之。

而另一邊，楚鶴榮說要作東就絕不吝嗇，請他們去了縣城裡最好的望江樓。

老闆是本地人，開酒樓後發了家，一家子搬到更大的地方開更大的酒樓，但也沒忘了自己的根基，小縣城裡的酒樓繼續開著。這些年下來，望江樓的菜色更上一層樓，價錢也直追大城市，一般人吃不起。

楚鶴榮是這裡的熟客，要了最大的包間。

夥計殷勤地斟茶倒水擦桌椅，問他們吃點什麼？

楚鶴榮想著，姜桃他們都客氣，雖答應來吃席，但肯定不會要昂貴的菜，而且身上戴孝，吃不得大魚大肉，乾脆直接幫著點了。

「招牌菜各來一份，再上幾個帶葷的菜。另外，先熱著灶，晚些燒幾樣清淡的菜裝進食盒裡。」

沒多久，熱菜一道道上了桌，沈時恩也被楚鶴榮的小廝請過來。

包廂裡沒有外人，幾個小子敞開肚皮吃喝，一桌子菜很快消失了一大半。

楚鶴榮還向夥計要了一罈子好酒，替沈時恩和姜桃斟滿，舉起酒杯道：「今天這事，是楚家對不住你們，我向你們賠罪。」

姜楊聞言，放下酒杯。「這是楚鶴翔自己做的，我們不會遷怒楚家，更不會遷怒你。今天這頓飯也不算是賠罪，只算咱們一家子在一處高興吃喝可好？」

沈時恩也道：「沒錯，你沒必要賠罪。」

楚鶴榮看他們真不像心有芥蒂的模樣，總算放鬆地呼出一口長氣。

他是真心喜歡姜桃這一家人，雖然起初只在情面上喊一聲姑姑、姑父，但幾個月下來，是真把他們當家人。而且他跟蕭世南最要好，要是有個親兄弟，也不過如此。

上午，他整副心思都放在如何套楚鶴翔的話，如何讓他伏法認罪，晚些冷靜下來，就怕這件事影響了他和姜家人的感情。

「是我說錯話。」楚鶴榮再次舉杯。「我這當姪子的，敬姑姑和姑父！」

姜桃和沈時恩這才笑著跟他碰杯。

溫酒下肚，姜桃品不出好壞，不過沈時恩難得露出饜足的神情，想來滋味是不差的。平時沈時恩在家並不喝酒，姜桃只看過他在訂親和成親時多喝了些，不知道他喜歡。

而後，楚鶴榮接著再敬，姜桃就沒攔著，想讓沈時恩也鬆快鬆快。

姜楊兄弟和蕭世南隔天還要上課，而且不像楚鶴榮那樣，自小被家中長輩帶在酒桌旁談生意，有些酒量，便只吃菜了。

第五十五章

沈時恩酒量好，與楚鶴榮很快喝完一攤，楚鶴榮又讓夥計續酒來。

姜桃看蕭世南跟姜楊兄弟都吃飽了，讓他們先回去寫功課，也去向夥計要食盒，把裝好的小菜送去給蘇如是。

因為他們來得早，所以離開的時候，外頭天色才剛暗下來。

時值暮春之際，天黑得晚，宵禁的時辰就跟著推遲了。而且城裡人不像鄉下人那樣，天一黑就睡覺，所以不少人家眼下才在燒飯。

裊裊炊煙混合著飯菜的香味，在小縣城的上空飄蕩，路上三三兩兩行人不緊不慢地往家走，微涼的風吹拂在面上，讓人不覺露出愜意的微笑。

「乖乖寫功課啊，我回去檢查。」

姜桃其實沒辦法檢查出什麼，尤其近來姜楊的功課越來越艱深，她更是看得雲裡霧裡。可三個弟弟還是乖乖地點了頭。

「我陪妳去吧。」姜楊不放心。「天都黑了。」

他這麼說了，蕭世南和姜霖也說要送她。

姜桃笑著連連擺手。「我又不是小孩子了，酒樓離那兒也不遠，我送了菜，還要把食盒拿過來。一來一回，你們淨陪著我折騰，哪裡來的工夫寫功課？好了，都回去吧。」

姜楊他們想著，路程確實很近，遂沒再堅持。

幾人分開之後，姜桃往蘇如是的宅院走去，走著走著，隱隱感覺有人跟著她。不過天黑下來，她只提著一只酒樓給的燈籠，實在看不清楚。

好在，一刻鐘後，她就到了蘇如是那裡。

蘇如是已經洗漱好了，正拿著一本繡花冊子看，見姜桃過來，還念叨她。「我當妳是隨口說說的，怎麼還特地跑一趟？」

姜桃笑道：「既然和您說好，可不能言而無信。不過，看樣子您是吃過了？」

蘇如是確實用過了晚飯，但姜桃特地送來，還是讓人布了菜，嚐了幾筷子。

姜桃也不想打擾她休息，沒有多留，拿著食盒離開。

蘇如是不放心她，喚小丫鬟和家丁陪她過去。

出了宅子的大門，那種被人盯著的感覺又來了。

偏偏小丫鬟和家丁半點感覺也無，姜桃覺得，可能是被昨晚的事影響，自己想多了。

待到望江樓門口，家丁和小丫鬟回去覆命，姜桃提著食盒，剛想進去，就撞上人。

她連忙說抱歉，抬頭看對方。

站在她面前的，是個身著玄色撒花緞面圓領袍、以黃楊木簪子束髮的俊朗少年。

少年面無表情，眉眼之間看著有些凶相。

「啊，是你。」姜桃退開一些，笑道：「上午沒來得及道謝，沒想到這會兒遇上了。」

少年挑眉，因為這個小動作，整張臉才顯得有了些生氣。「妳認得我？」

姜桃抿唇點頭。「上午在衙門裡，大家急著往外跑，你伸手護了我一把。你忘了嗎？」

蕭玨當然沒忘，只是那時他換了身寒磣衣服，又戴了斗笠，混在人群中。沒想到現在他摘了斗笠，又換過衣服，姜桃還能一眼認出他。

姜桃不是神仙，能過目不忘，而是眼前這少年的氣度儀態實在好，站在人群裡，鶴立雞群，其他人與之相比，立即失色。

上輩子的姜桃被逼著苦學儀態，學到後頭，一站一坐，舉手投足間都會展現，所以當時立刻察覺少年的不凡，再一想附近幾人護著他的舉動，猜到那些應該是他的家丁或護衛。

而且這少年身上有一股淡淡的檀香味，雖然淡，但上午兩人離得近，她就聞到了。方才兩人直接撞上，那香氣鑽進鼻子裡，更讓她確定，自己沒有認錯人。

「你家裡人呢？」姜桃往他身後張望，沒見到人，皺起眉。「你和家人走散了嗎？」

蕭玨搖搖頭，然後又點點頭。「我是和家人走散了。」

「需要我幫你找找嗎？我看你應當不是本地人。」

姜桃住在縣城的日子不算長，但打過交道的人也不少，像這少年這般長相和儀態非凡的，連秦知縣家的秦子玉都及不上一半。楚鶴榮雖然打扮富貴，但儀態差了少年不只一星半點，再聽他口音，越發肯定少年出身顯赫，並非本地人。

「我確實不是本地人。」蕭玨道：「我是來找我舅舅的。」

「原來是尋親。那我是先陪你找帶來的人，還是陪你去尋舅舅？」

蕭玨沒有答話，只沈吟道：「妳對每個人都這樣熱心嗎？」

姜桃搖頭。其實說來也奇怪，起初和這少年搭話，是想謝謝他上午護著她，但看到他的面容之後，卻覺得越發親切，忍不住就想幫幫他。

不過，她這份親切，在對方眼裡許是殷勤過頭，不懷好意了。

她有些不好意思地笑了笑。「可能是我家裡弟弟多，看到和他們差不多年紀的人，就忍不住多關心幾句。你別誤會，我沒有惡意。」

兩人正說著話，沈時恩的聲音從背後傳來。「怎麼還不進來？在跟誰說話？」

姜桃站在門口，少年的位置正好被大門擋住，沈時恩看不見她與誰說話，才出聲的。

「是我夫君來尋我了。」姜桃抿唇笑起來，將手裡提著的燈籠給少年。「你且等一等，我去跟他說一聲，我們一道送你去尋家人。」

她說著，轉頭去看沈時恩，他正從二樓下來，雖然步履很穩，但每一步都走得慢，不像平時那樣龍行虎步，看起來確實喝了不少酒。

「我遇到了上午扶我一把的小公子。」姜桃正想給他引薦，一個轉頭的工夫，身邊已經沒了人影。

難不成少年真把她當壞人了？看到來個人高馬大的幫手，所以瞅準時機跑了？

姜桃無奈失笑，對沈時恩道：「算了，人已經走了。」過去扶他，又問：「小榮呢？」

沈時恩輕笑起來。「他睡著了。」

夥計笑著上前幫忙，說：「客官好酒量，小店的陳年花雕，後勁大著呢，多少自詡有酒量的客人初時喝了不覺得，後勁上來，便得醉上好幾日。像您這樣喝了幾大罈，還能自己走路的，真是小的平生僅見。」

姜桃問夥計。「樓上的楚小少爺……」

夥計道：「娘子放心，楚小少爺是我們這兒的熟客，小的會跟他的小廝送他回府。」

出了望江樓，沈時恩說自己沈，不讓姜桃攙扶。

姜桃看他確實能走，便沒再堅持了。

兩人回到茶壺巷，弟弟們還在寫功課，姜桃瞧過他們，又去灶房燒熱水。出灶房時，看到沈時恩不知何時從正屋出來了，正裸著上半身，在天井裡用冷水沖澡。

要是平時，姜桃也不說他了，但今日喝了那麼多酒，就勸道：「你身上酒氣還沒散，小心著涼。我燒了熱水，等會兒用熱水洗漱吧。」

「我這就沖完了。」沈時恩眼睛發直地說。

「那我打熱水給你泡泡腳。」

從前都是沈時恩服侍他，難得有機會，姜桃也想伺候他一回。

沒多久，熱水燒好，她喊沈時恩回屋，打了一盆熱水端過去。

沈時恩確實喝多了，這會兒像個聽話的小學生一樣，端端正正坐在炕上，雙手還放在大腿上。

姜桃蹲下身，幫他脫下鞋襪，好笑道：「平時我倒不知道你喜歡喝幾杯，看來往後家裡還得買些酒水，不然下次像今天這樣喝多了，我可不是每回都樂意照顧你的。」

沈時恩垂著眼睛任她說，沒吭聲。

姜桃心道，沈時恩怕是真的喝傻了，連話都不會說了。家裡沒有蜂蜜，便去泡茶，端來給他解酒。

「來，喝了吧。」姜桃像照顧孩子似的，茶泡好之後，還吹涼了才遞給他。

沈時恩乖乖地接過茶盞，很快喝完了熱茶。

姜桃又蹲下身，用布巾替他擦腳，催著他上床休息。

沈時恩躺進被窩，姜桃替他掖好被子，正準備起身去收拾其他的東西，卻被沈時恩伸手拉住。

「今天，是我長姊的生辰。」他啞著嗓子道。

姜桃本來還有些納悶，雖然楚鶴榮難得作東，但沈時恩是挺克制的人，之前兩人訂親、成親，他也沒有喝得這樣多。

原來今天竟是他長姊的生日。

姜桃不知道該說什麼才能撫慰他，乾脆在床沿坐下，一邊隔著被子輕拍他胸口、一邊問：「那要不要祭奠姊姊一番？」

隔了好一會兒，沈時恩才道：「她不喜歡這些，還是算了吧。」

他幼年喪母，每到母親生死忌日的時候，便悶悶不樂。

那幾天，長姊就會帶著他到處玩，同他道：「先人已經去了，咱們活著的人，做這些苦樣子給誰看呢？況且，若是娘親地下有知，你說她是想看你愁眉苦臉，還是想看你活得恣意快樂？」

他知道長姊說得沒錯，可當時年紀還小，實在笑不出來。

長姊沒辦法，頭疼地扶額。「往後我死在你前頭，逢我的生辰死忌，你可別做出這種苦樣子。我在地下看到了，都不能安生。」

長姊如母親般照顧他長大，他立時急了，說：「姊姊不會死的！」

長姊忍不住笑起來。「怎麼不會死呢？是人就會死啊。而且我比你大這樣多，肯定走在你前頭。總不能等我們小時恩都成了老頭，姊姊還活著，那就成老妖怪了。」

那些都是姊弟倆之間的戲言，卻沒想到一語成讖。

「阿桃，我是不是已經很老了？」沈時恩聲音發澀，眼神也有些渙散。

姜桃聽著他的糊塗話，不知道該怎麼接，只能繼續輕拍著他，哄他睡覺。

「是啊，你老了。你現在要睡覺，等睡醒後，一切都好了。」

哄了好一陣，沈時恩終於閉上眼，很快地沈沈睡去。

姜桃又守了他一會兒，以目光仔細描摹著他的眉眼。

她終於想起來，為何之前會覺得那少年格外可親，原來他眉眼間和沈時恩有三分相似。

不過，世間好看的人，大抵都有些相似之處，而且那少年還沒長成，不是特別明顯。

沈時恩雖然很少說起從前的事，卻是提過長姊幾次，其他親人絕口不提，想來應該都不在了。

今天他已經這樣傷懷，沒必要再提起跟他有相似之處的人，惹他回憶起痛苦的過往。

這麼想著，姜桃便去收拾洗漱了。

另一邊，蕭玨聽到沈時恩的聲音後，對附近的暗衛擺手示意，讓他們隨他一道離開。

王德勝守在遠處，回程路上，忍不住勸道：「殿下怎麼不見見沈大人呢？」

「有什麼好見的？」

此時他們已經走遠，連望江樓的招牌都看不見，蕭玨卻停下腳步回頭凝望。

「知道舅舅活著，還活得那樣好，我就很高興了。」

王德勝聽著這話，心裡更是一陣揪疼。

沈時恩是活得很好，即使身分是見不得光的苦役，但成了親，有了家人，一大家子熱熱鬧鬧。

他們一行人很早就到望江樓附近，看著他們一家子在臨窗的包間裡和和樂樂地吃飯，然後姜桃帶著幾個小子下樓，也是有說有笑。

可是他們殿下呢？只能孤身站在暗處看著，背影蕭索得讓人心疼。

而且，若只是那些人便罷了，王德勝還看到了蕭世南——名義上已經死了三、四年的英國公長子。

從前沈時恩和蕭世南、還有蕭玨是形影不離的，如今他們兄弟還在一處，獨獨把蕭玨撇下了。

「沈大人見到您，會更高興的。」王德勝斟酌著道：「如今沈大人的身分雖見不得光，但若混在咱們的隊伍裡一道回京，由他暗中相助，殿下肯定如虎添翼。」

從前十歲出頭、還懵懂的蕭玨自然護不住沈時恩，可如今他已經長大，羽翼漸豐，想藏著沈時恩，還是不難的。

蕭玨卻收回了目光，繼續向前。「不用，這樣就很好。」

為什麼要讓他舅舅冒著生命危險來助他呢？儘管他知道，若能幫上忙，舅舅肯定會赴湯蹈火，在所不辭。

可是，京城局勢波詭雲譎，一瞬萬變，他一天沒有坐上那至高無上的位置，就一天不算有完全的把握可以護住他。
就像他母后自縊前召他說話，卻刻意沒提起還被關押的舅舅一樣，大概也希望舅舅可以遠離這些，好好地活著吧？
蕭玨坐進馬車，再撩車簾看了這靜謐安詳的小縣城一會兒，放下簾子吩咐。「今夜咱們就離開此處，回到往北的隊伍裡。」
一行人趁著夜色離開，直到出了城門，蕭玨的聲音才從馬車裡傳來。
「那只燈籠，幫孤留著。」

第五十六章

入夏之前，小縣城裡終於聚起了雲，雷聲轟鳴，隱隱有下大雨之勢。

春雨貴如油，之前連著兩個月沒下雨，莊稼人早就發愁了。

之前清明節，姜桃回去拜祭原身父母，見了姜老太爺和孫氏一面，二老一直在念叨今年的天氣不對勁，怕是要大旱。

要是發生旱情，不管鄉下種田的還是城裡做工的，生活肯定都會受到影響。

好在，如今終於要下雨了。

因為天色陰沈，下午的屋裡就沒什麼日光。

姜桃很愛惜眼睛，下雨之前，天光不好就放了針線，後頭聽到雷聲，便去收衣服。

王氏和李氏在繡坊做了幾個月，掙了十幾兩身家，不像從前那樣不肯休息，遂跟著放下針線，幫著姜桃收衣服，收完湊在一處說話。

知道這場雨是好事，所以大家的神情還挺鬆快。

王氏的男人消息靈通，這會兒王氏就跟眾人說：「聽說皇上讓太子去了北方體察民情。咱們這兒都下雨了，不知道其他地方如何？如果其他地方還乾旱著，不知道小太子能不能辦好差事。」

老百姓雖沒見識過皇帝、太子這些高高在上的人物，但本朝言風開放，只要不是說什麼犯上作亂的話，朝廷不會追究，所以茶餘飯後免不了提上幾句。

小縣城地處偏遠，對京城的動靜了解得慢，但太子來北方體察民情這樣的大事，還是有所耳聞。

「王姊姊操心那些幹啥？皇帝多喜歡太子，難道妳沒聽說過？」

四年前，沈國丈謀反的事街知巷聞，百姓們都在私下議論，說沈家是太子的外家，這肯定會牽連到太子，儲君的位置多半要換個人來坐。

可那些事過去了四年，沈國丈和沈皇后一干人等早已入土，太子卻還是之前的太子。

近幾年，承德帝年邁，漸漸讓太子接手政務。

「也是。」王氏點頭。「就算其他地方真發生大旱，太子走上一遭，都算是頭功一件，百姓們只會念著他的好。」

姜桃不是很想談起京城的事情，總讓她回憶起自己糊裡糊塗的上輩子，便沒插話。

不過承德帝都肯讓太子出京，在百姓面前露臉，想來是真的沒打算換繼承人了。

像王氏他們說的，天災這種事，大家不會怪到太子頭上，就算是最迷信的朝代，天象不好，只會怪當政的皇帝。所以，不管太子此行順不順利，都能在百姓面前樹立關愛人民的好形象。

民心如水，能載舟，亦能覆舟。

歷朝歷代忌憚太子的皇帝，只會把太子拘在宮裡，不讓他接觸百姓，更別說建功立業。

承德帝這是在替太子蕭玨做臉，樹立威望，就是不知道蕭玨到底什麼時候能即位。

姜桃對現在的安穩小日子很滿足，盼著太子早些繼位，好讓沈時恩從苦役中解脫。

不過，這種話就不是閒扯了，涉及皇權紛爭，再開放的言風都不好說這些。所以，她只在心裡期盼著，並未表現出來。

沒多久，外頭雷聲大作，瓢潑大雨傾盆而下。

這已經不是大雨，而是暴雨了。

這時代，雖然城裡人大多住瓦房，但房子到底不如現代那樣穩固，漏雨透風是很常見的事，若是經年不修葺的老房子，屋頂被暴雨沖垮都有可能。

於是，王氏她們不再閒聊，各自起身回家去了。

傍晚的時候，弟弟們回來，各打了一把傘，但半邊身子還是濕了。

尤其姜霖，他要強地不肯和哥哥們同打一把傘，可風大雨大，他小小一個人根本撐不住傘，整個人像從水裡撈出來似的。

「你怎麼不讓哥哥抱你回來？回頭著涼吃苦藥的時候，可別在我跟前哭鼻子。」姜桃無奈地說他，拿了乾布巾分給他們。

兩個大的自己擦身子，姜霖則由她幫著。

「這有什麼啊！」姜霖挺起胸脯，自豪道：「男子漢大丈夫，風裡來雨裡去！」

話音剛落，姜桃就把他滴著水的外褲扯下來。

「姊姊，妳做什麼?!」姜霖頓時急得胖臉蛋通紅，連忙捂住褲襠。

「我還能幹什麼？」姜桃好笑。「我摸著你裡外都濕透了，擦也擦不乾，乾脆幫你脫了衣服，換身乾的。」

眼下姜霖年紀還小，外褲裡還穿著姜桃縫給他的四角棉布內褲，姜桃不知道他為什麼要大驚小怪。

「我自己換！」姜霖把外衣脫掉，扯了炕上的小被子，裹住自己白胖的身體。

姜桃拿乾衣裳來，他還不肯在人前穿，非要拿進被子裡慢慢換。

「濕內褲也要換啊！」姜桃見他是真的羞了，轉過身去，沒看他。

蕭世南和姜楊都在旁邊，樂壞了，蕭世南還對著姜霖擠眉弄眼。「男子漢？我看你這男子漢也不怎麼樣。」

姜霖梗著脖子道：「你們光會笑話我！讓姊姊脫褲子，看你們怕不怕？」

姜桃看兩個大的光顧著說風涼話，不去換衣服，點頭道：「是啊，你們是不是也在等我幫你們脫？」

她剛往前走一步，蕭世南和姜楊就見了鬼似的，拔腿往自己的屋子跑。

沒多久，沈時恩也回來了，他比蕭世南他們淋得還濕，連把傘都沒尋到，說是在水裡泡了也不為過。

不過他身體底子素來好，日日用涼水沖澡，不會讓人擔心。

姜桃在他們回來之前，就準備好了薑湯，換好衣服後，四個人排排坐在炕上，一人手裡塞了一大碗公。

家裡沒人愛吃薑的，因此一個兩個都是愁眉苦臉。

但姜桃就站在旁邊盯著呢，沒人敢耍滑頭偷偷倒了。

最後還是沈時恩先乾完一碗，其他幾個小的才跟著喝。

熱辣辣的薑湯下肚，身上的寒氣被驅散，幾人的手腳很快暖起來。

簡單用了晚飯，弟弟們依舊回屋寫功課，沈時恩收拾碗筷，姜桃擦桌子，拿抹布去灶房的時候，發現洗好碗的沈時恩正站在廊下發呆。

姜桃看他想事情，沒去打擾，只是等她洗好抹布，都過了快一刻鐘，沈時恩還在出神，便覺得有些不對勁。

「出了什麼事嗎？」

沈時恩搖搖頭，沈默半晌才接著道：「家裡還有銀錢嗎？」

「有的。這段日子繡坊一直有進項，之前你打虎，官府獎賞的五百兩也沒動過。」

「給我一百兩吧。」沈時恩望著天，若有所思。「我可能要離開一陣子。」

方才姜桃聽他說起一百兩，還挺高興，以為他終於肯從採石場贖身。但聽到後頭的話，忽然有些心慌。

「你要離開這裡？」

沈時恩輕輕地嗯了聲。「有些事情要去辦一下。」

王氏等人都聽說蕭玨出巡的事，他自然也知道了。

從前他們舅甥倆相隔千里，京城魚龍混雜，蕭玨困於宮牆之內，並不知他還活著。如今蕭玨離開京城，他就想去看看。

他知道自己現在是已死之人的身分，若是出現在人前，但凡走漏一點風聲，都會招來禍端。若是孤家寡人便罷了，現在是一大家子，更是不敢掉以輕心，貿然行動。

如今下了這樣大的暴雨，其他地方若也跟著下雨，旱情很快便能得到緩解，蕭玨就要回京去了。

他等了四年，才等到蕭玨出京，不去看一眼，怎麼都說不過去。

所以沈時恩想好了，他不在蕭玨面前露臉，只混在人群裡，遠遠地看他一眼。

看看就好，只要知道蕭玨好好地活著，他便放心了。

「要去哪裡啊？」姜桃見他沒接著往下說，頓時急了。

沈時恩見她神色慌亂，溫聲安慰道：「不會走很久，只是想去探望一個人，至多一、兩個月就回來。怎麼，擔心我就這麼跑了啊？」

姜桃有些赧然地笑了笑。

方才沈時恩那凝重的神情，只說自己要離開，卻不願多解釋，真讓她在那瞬間很沒有安全感。

兩人成親小半年了，她只知道他是京城人氏，受牽連被發配而來。因為沈時恩對過往緘口不提，她怕讓他回憶起傷心事，就一直忍著沒問。

現在，他忽然說要離開，她才發現對他了解得那樣少。

不過理智很快回籠，沈時恩是多好的人，她能不知道嗎？哪裡會做那樣不負責任的事，更何況他相依為命的表弟還在這裡呢。

想到蕭世南，姜桃問：「那小南跟你一道走嗎？」

沈時恩搖搖頭。「就我一人輕裝簡行。小南不算精通武藝，但會些粗淺的拳腳功夫。有他在家裡守著妳，我才能放心上路。」

姜桃連忙呸呸兩聲。「什麼上路啊，說得多難聽。」

見外頭的雨越下越大，夜風沾染水氣，涼意襲人，兩人便回了屋。

自打成親後，夫妻倆就沒分開過，突然知道沈時恩要離開一、兩個月，姜桃心裡還挺難受的。

但沈時恩不是不知輕重的人，既然他那麼說了，要去探望的，肯定是很重要的人，所以姜桃沒多說什麼，當夜為他收拾行裝。

沈時恩看她默不作聲忙活的樣子，心裡愧疚得發堵。

他不是故意瞞著她，可許多事情，不知道比知道安全。

全天下只有姜桃這樣全心信任他的人，可以不問他的來處，亦不問他的去向，無論他做什麼，都支持他。

得妻如此，夫復何求呢？

沈時恩從身後抱住姜桃，把臉埋在她頸項處深吸一口，悶悶地道：「有時候我覺得老天爺也挺公平，雖然之前讓我過得難了些，但讓我遇上妳，總算沒有太虧待我。」

姜桃從前就這麼想過，自己的好運氣，全用來遇上沈時恩了。

沒人不喜歡聽好話，現下她聽到這話，心裡也甜滋滋的，轉過身摟著他的脖子。

「知道就好，所以出門在外，自己小心些，可得給我平安回來。不然老天說不定就收回你這份幸運，把我許給別人了。」

「祂敢?!」沈時恩挑眉，故作凶狠道：「那我把天拆了！」

兩人溫情脈脈地挨在一處，耳鬢廝磨，沈時恩的手就探向姜桃的衣帶。

別看姜桃方才還一副捨不得他的樣子，此時一察覺到就立刻躲開，從他懷裡掙扎出來，有些僵硬地道：「還是早些睡吧，你還要趕路呢！」

開玩笑，平時的沈時恩就讓她招架不住了。今天氣氛這麼好，兩人又分別在即，沈時恩還不使出十八般武藝折騰她！

沈時恩看她躲得快，也沒有勉強她。

雖然他很想，但沒有避子湯，到底還是不安全。

接著，兩人洗漱一番，躺到床上。

外頭只聞風雨聲，天地間彷彿只有彼此。

這種時候最是好睡，但今夜的姜桃卻是無心深眠。

「在外的時候，自己小心，莫要仗著武藝高強，便掉以輕心。」

「好。」

「我幫你收拾了兩身換洗衣裳，還塞了些碎銀和一百五十兩銀票進去。一百兩給採石場的人，其餘的你自己收著。」

「好。」

「在家千日好，出門一日難。給你的銀子別捨不得用，委屈了自己。」

「好。」

姜桃忍不住嘮叨起來，回過神來時，嘴巴都說乾了。

但沈時恩半點也沒有不耐煩，一聲聲好地答應著。

姜桃說著說著，不知什麼時候就睡著了。

沈時恩聽著她均勻的呼吸聲，又等了好一會兒，確認她睡熟，起身穿好衣服，去廂房找蕭世南。

蕭世南正打著輕鼾，睡得香甜，猛地被人拍醒，睡眼迷濛看見炕邊坐了個人，驚得一個鯉魚打挺坐起來。

「是我。」沈時恩的聲音從黑暗中傳來。

蕭世南這才放鬆地呼出一口氣，帶著鼻音說：「二哥大半夜不睡覺幹啥？嚇死我了！」

出京來到白山採石場之後，很長一段時日裡，蕭世南都睡不好，不是噩夢纏身，就是被同睡大通鋪的其他苦役吵醒。

直到搬進茶壺巷，他才睡得好些，恢復成在京城時那樣，一睡下去就雷打不動了。

之前沈時恩沒說他什麼，眼下卻必須叮囑了。「我今日要動身去辦件事，大概一、兩個月不在家。這段日子，你警醒些，多看顧你嫂子和阿楊他們。」

聽到有正經事，蕭世南揉了眼睛坐直身子，正色道：「二哥要去哪裡？只讓我留在家裡？我覺得嫂子和阿楊他們沒事的，還有兩家鄰居照顧著，不如我和你一道去。」

沈時恩心想，他的目的倒是不用瞞著蕭世南，瞞他反而讓他憂慮，遂解釋道：「太子出京來北方體察民情，我想去看看。」

「小玨來了啊。」蕭世南的目光有了幾分火熱。「我也想去見見他。」

他們三個打小一起長大，雖然按著血緣關係，沈時恩和蕭玨是親舅甥，更親近些，但他們英國公府是開國功勛，被賜了國姓，他和蕭玨同姓，也比一般的表親親近很多。

加上蕭世南和蕭玨年紀相當，小時候都被保護得很好，不像沈時恩那樣，十來歲就被扔進軍營裡和士兵一起操練，在吃喝玩樂上更有共同喜好。

「你不用去。」沈時恩嘆了口氣。「你嫂子這邊，就算有旁人照顧著，我也不放心，你就當是幫我吧。」

蕭世南沒再堅持，知道沈時恩沒說正經理由——他身上這點三腳貓功夫，在家裡守著人還成，去外頭就不行了，尤其蕭玨是太子之尊，身邊侍衛、暗衛一大堆，他還真沒底氣能不露蹤跡，瞞過他們的眼睛。

「好，我聽二哥的，在家裡守著。」蕭世南點頭。「那二哥回來，也得跟我仔細說說小玨現在長什麼模樣。分開四年，他快十五歲了，宮裡人知事早，他不知道訂親沒有……」

兄弟倆說了一會兒話，眼瞅著就要天亮，沈時恩沒多留，提著包袱，穿上蓑衣斗笠，就出發了。

沈時恩先出城，去採石場交了一百兩銀子。

監工收到銀子，不怎麼高興，因為沈時恩沒交過這種自由錢，需要請假的時候，就獵些野味送來。

野味是稀罕東西，沈時恩本事也大，打到的獵物，皮毛完整，不論賣肉還是皮毛，都能得好價錢。

這樣斷斷續續加起來，他一年進貢的野物，價值早已超過百兩。

現在採石場最大的財神爺要離開這裡了，監工可不是不捨得他嘛！

好在聽說沈時恩只是請一、兩個月的長假，監工心情又好起來，很痛快地准了。

其實交了自由錢，也要定期來應卯，像蕭世南那樣，每隔三、五天過去一趟，斷然不能一、兩個月不露臉，那不等於把人放了嗎？

他們這處雖然紀律鬆散，但苦役名冊都是官府備案，有紀錄可查，要是苦役跑了，又運氣不好被官府查到，幾個監工也得跟著受罰。

可沈時恩不同，監工們知道他本事大著，還能打生猛野獸，卻在採石場一待四年。他若是想走，別說幾個監工，所有苦役加起來也打不過他。

而且，他在城裡成親安家，其他監工打聽過，知道他娶的是本地秀才家的姑娘，想也知道沈時恩不可能拋下嬌妻美眷，去當個逃犯。

所以，幾乎沒費什麼功夫，當天上午沈時恩繳完銀子，就出發了。

茶壺巷這邊，蕭世南跟沈時恩說完話，便沒再睡。

聽聞沈時恩要去看蕭玨，他先是久未見親人而覺得高興，接著清醒，想的就更多了。

他陪著沈時恩出京來當苦役，都是他爹的一手安排。

現在他還清楚地記得，臨行前他爹說：「你是家裡的長子，該擔起家裡的責任。此去凶多吉少，但若是成了，咱家就能更進一步。你不用擔心家裡，我這把老骨頭還熬得住，而且還有你弟弟在，咱們家倒不了！」

當時他也才十一歲，對外頭的變故一知半解，就被送出了京。

初到採石場有多辛苦，只有他自己知道。

可他就想爭一口氣，讓偏愛弟弟的爹娘看看，他這長子是能扛事的！

現在猛地想到，未來又要牽扯到那些他不懂的權力紛爭中，他和沈時恩有望恢復從前的身分，應該高興，但不知怎的，他忽然忐忑起來。

他真心實意地覺得，現在很幸福。

雖然窮了點，吃穿用度不能和從前相比，但兄嫂把家撐起來，他十五歲了，反而變得比從前在京裡還無憂無慮。

家裡三個少年，兩個是他嫂子的親弟弟，但嫂子從沒把他當外人，吃穿之物毫不吝嗇，後來熟悉了，對他和姜楊、姜霖一視同仁，該誇的時候誇，該罵的時候罵。不像在家裡，爹娘明顯待弟弟上心多了，雖然對他也好，但不患寡而患不均，總讓他覺得有些彆扭。

他想回京，先不說家門的榮光、爹娘的期盼，恢復身分後，也能帶著姜桃他們過上更好的日子。

可那時候，他就不跟他們是一家子了。

他是英國公府長子，嫂子他們會因沈時恩的關係，地位跟著水漲船高，但因沒有背景，身分依然低微。他不在乎這些，可是他爹娘很重視，肯定不願再讓他和他們待在一處。

這樣，他們再也不能像現在這樣同吃同住，親密無間了……

第五十七章

蕭世南想著心事，天亮了被姜桃喊起來洗漱吃早飯，都有些心不在焉。

姜桃見狀，用筷子敲敲他的碗。「想什麼呢，這麼入神？桌上油糕都讓阿霖吃完了。」

現在姜家的正餐由李氏和孟婆婆準備，早飯吃得簡單，熬一鍋粥，或下點麵條，然後去巷子口買些油炸鬼、炸油糕之類的佐著吃。

因為吃不完也是浪費，所以姜桃買早飯時，都是按著人頭買的。

蕭世南的粥都放涼了，也沒喝幾口，姜霖已經伸筷子去挾盤子裡最後那塊屬於蕭世南的油糕了。

猛然被發現，姜霖對蕭世南討好地笑道：「我看小南哥也沒啥胃口，我幫他吃一點。」

若是平時，蕭世南肯定會取笑兩句，把吃食搶走，在姜霖無奈又眼饞的目光中，一口一口吃給他看。

今天他卻沒有這麼做，挾了油糕放到姜霖碗裡，還和氣地說：「不過是一塊油糕而已，你想吃就給你。」

這友愛謙讓的作派並沒有讓姜霖高興，反而讓他覺得納悶，不覺道：「小南哥是不是病了啊？」

姜桃轉轉筷子，敲姜霖的頭。「給你多吃還不高興？」

雖然蕭世南沒說，但姜桃知道，沈時恩走之前，肯定交代過他了，所以他今天起身到現在，都心不在焉的。

可她不清楚沈時恩的背景，也無從勸起。

吃完早飯，她送弟弟們出門，囑咐姜楊和姜霖。「這幾天你們姊夫有事出門去了，下了課別瞎跑，早些回家。」又對蕭世南道：「別想太多，你哥本事如何，你比我還清楚。小孩子家的，想那麼多做什麼？」

蕭世南聽了，忍不住笑起來，姜桃才比他大一點點呢，說話卻老成得很。

但姜桃素來是家裡的主心骨，這話從她嘴裡說出來，還真讓他安心許多。

是啊，他想那麼多做什麼？天塌了，還有沈時恩頂著呢。就算日後他不能跟他們在一處，但這些時日相處的情誼，他都記在心裡。他們就是他的家人，一輩子的。

過完年後，各地都不怎麼安生。

乾旱了快兩個月，更北的地方，聽說只有過年時下了一場雪，之後再無雨水。

如今下了場大暴雨，從昨天下到今天，仍不見小，百姓都當旱情已經過去，個個臉上帶著笑。

但衛常謙他爹，也就是曾官拜內閣首輔的衛老太爺覺得事情不對勁了。

幾天前，他夜觀星象，又翻出古籍對照，今早告訴衛常謙，馬上會有大雨，而且怕是要持續半個月到一個月。

這樣大的雨，肯定能緩解旱情，但隨後帶來的洪澇，將成為新的災難。

衛老太爺還多提一句。「熒惑守心，紫微星式微，文曲、武曲二星卻熠熠生輝。這是要出大事了。」

觀星象斷天氣是古來就有的，俗語中便有「朝霞不出門，晚霞行千里」之類的句子。

衛常謙讀過這些書，聽得懂一點，但衛老太爺說的紫微星什麼的，就是星象占卜，唯有世代相傳的欽天監或江湖中的能人異士才懂，普通人根本無從學起。

儘管聽得一頭霧水，衛常謙還是選擇相信衛老太爺。尤其是這突如其來的暴雨，還真讓他爹說中了，更是叫人信服。

畢竟，沒人比他更知道他爹的能耐，不到二十歲就連中六元，不論看什麼書，都是過目不忘，不用人教，便能心領神會，舉一反三。在衛常謙心裡，他爹就是全知全能的。

熒惑守心，那就是要發生大災難。紫微星是帝星，式微帶來的後果，龍椅得換個人來坐。文曲星、武曲星格外耀眼，那是要出了不得的將領和文臣了。

新帝即位，必然大開恩科，前朝還有皇帝在風雨飄搖、人才凋敝之際，奪情天下學子的先例，如果真像衛老太爺說的那樣，先是災禍不斷，爾後新帝即位，還有能人輩出，可能也要發生這樣的事。

現在衛家蟄伏著，但改朝換代之後，可是未必。

不過，起復也不是那樣簡單的事，現在的皇帝能記得衛家，新帝可不好說。

尤其是當年那場風波裡，衛老太爺選擇不站隊，明哲保身。

當時，他身兼太子太師，同蕭玨還算親近。

蕭玨私下求過他，希望他幫沈家一把。

衛老太爺不為所動，不久後還上書自請致仕，卸下所有官職。

彼時，衛常謙很疑惑，問他爹何至於此？

衛老太爺道：「旁人看咱們家一門兩文臣，算是深得帝心，錦繡之家。但有什麼用呢？這點勢頭、榮寵，跟沈家一比，什麼都不是。沈家那樣的大廈傾塌了，你還不明白嗎？」

衛常謙不明白，沈家傾塌是因為謀反，證據確鑿，被數人告發，咎由自取，他爹不站隊是正常，何至於連官都不想當了？

衛老太爺見他還不開竅，氣得罵道：「你真是讀書讀傻了！」

但到底是唯一的親兒子，他換了更通俗易懂的說詞，解釋道：「沈家幾代掌管軍隊，祖上和英國公一樣是開國功勛。沈家軍只認沈家人，不認皇帝，他家要反早就反了，會選在儲君是自家外孫的時候反？吃飽閒著嗎？」

衛老太爺歎口氣，又道：「你再看看告發他們家的那幾個人，都是和沈家過從甚密的文臣。沈國丈腦子有問題嗎，跟文臣說自己想造反？還指望謀反後讓文臣給他好名聲啊？」

衛老太爺到底是鄉野出身，不講究的時候，遣詞造句有些粗鄙，但也確實通俗易懂。

衛常謙驚道：「爹的意思是，沈家謀反是假，功高蓋主，惹了皇上猜忌才是真？當初事發，是皇上安排的，所以爹才堅決不出聲？」

衛老太爺沒說話，但看他的眼神像看傻子似的。

被點醒之後的衛常謙替沈家惋惜。「沈國丈挺好的，這些年保家衛國，拯救無數黎民百姓，就這樣被誣衊致死，實在叫人不忍。」

「不忍也得忍著。」衛老太爺說：「沈家那樣根深樹大，卻說倒就倒。咱家根基淺薄，惹了皇上不悅，滿門覆滅，不過是眨眼的事。」

「可我們忍著，沒了沈家，沈家軍軍心渙散，苦的可是百姓啊！」

「這你就不用擔心了，沈家倒了，但沈家軍必不會倒。」衛老太爺老神在在。「你且看著吧，死牢裡的沈二公子，必然是不會死的。」

衛常謙還想追問，可衛老太爺嫌他太笨，不想跟他多說了。真覺得煩的時候，就算親兒子，衛老太爺也不給臉的。

那時，衛常謙已在翰林院當了好些年的官，翰林院裡沒那麼多勾心鬥角，大部分時間，大家都在想著怎麼寫好文章，著書立說。爭得最厲害的，也不過是爭一個在皇帝或太子面前露臉講經的機會。

而且，衛家還有衛老太爺，衛常謙活在其羽翼之下，還真沒怎麼見識過官場黑暗，難怪衛老太爺都說他讀書讀傻了。

後來，衛老太爺退下來，衛常謙支撐門庭，才發現一直以來的順風順水，全是靠著他爹的庇護，幾年裡慢慢成長。

去年，承德帝開始放權給太子，人人爭著在太子面前露臉。

衛老太爺卻要衛常謙趕緊以侍病為由退下，說得直白些，就是京城不好待了，快跑吧！

衛常謙也聽他爹的話，不明就裡地辭官歸鄉。

如今他知道朝堂局勢要發生大改變，心不由跟著火熱起來。

不過他也知道，辭官容易，起復難，而且他爹當年不站隊、不幫忙的，估計在太子心裡也沒落著好，不清算他們家就不錯，哪裡還會想著再起用他們家。

他是跟他爹一樣聰明有天分，考科舉必有所成，但那樣太刻意了，只差直接說：「我們家先後辭官，就是為了明哲保身。現在風頭過去，我們家又回來了！」吃相也太難看了。

他兒子一直跟著他爹讀書，衛常謙雖然知道自己是三代人裡天資最差的，但前半生他靠完老子，後半生靠他老子帶出來的兒子，到底也有些沒面子。

所以衛常謙希望姜楊能在恩科中嶄露頭角。姜楊可是他一手帶出來的學生，等他在科舉中大放異彩，新帝肯定會問，你一個寒門舉子能有這種成就，老師是誰呢？

接著，姜楊回答，再提老師的名號，於新帝心裡留下印象，回頭衛家再起復，就容易了，也讓天下人知道，他衛常謙也是有幾分本事的！

當天上課，衛常謙讓下人都離得遠遠地，還把門窗關了。

在場的幾個都是他學生，榮辱和他這老師綁在一塊兒，雖有個旁聽生蕭世南，但蕭世南和姜楊是一家人，不用擔心他們出去亂說。

衛常謙直接對他們道：「我得到消息，不久後可能朝廷要像前朝那樣開設恩科，奪情天下舉子。雖不知真假，但準備科舉之事宜早不宜晚，從今天開始，我會單獨幫阿楊上課，其他人按自己學的念書。」

姜楊面上一肅，他自是有抱負的，但因為身上戴孝，只能等三年下場。如今衛常謙雖說只是可能，但這樣的可能，還是讓他心頭澎湃！

楚鶴榮和姜霖無所謂，兩人的程度相差無幾，科舉和他們八竿子打不著關係。

楚鶴榮還挺高興，老師要給姜楊開小灶，那他不就能鬆快鬆快了？雖然他沒學得多認真，但在衛常謙的管教之下，還是只能夾著尾巴做人。

他兀自偷笑了一陣，等衛常謙把姜楊喊出去單獨說話時，趕緊轉頭去看蕭世南。

沒想到，一直跟他是一個陣營的蕭世南，沒像他一樣偷笑，臉上出現了無比激動高興的神情。

這是怎麼了？下場科考的又不是他，激動個啥啊？楚鶴榮不明所以。

蕭世南怎麼能不激動？今天他還想著日後回京，姜桃和姜楊他們會因沒有身分背景而被他爹娘看輕，也怕因為身分有別，和姜楊越行越遠，壞了自己和他們的親緣。

但現在衛常謙說，姜楊可能很快就能藉著恩科奪情下場了。

蕭世南不怎麼會讀書，但姜楊在他心裡是最厲害、最聰明的讀書人，一定能高中，說不定像衛家老太爺似的，來個連中三元、六元，成了朝廷新貴。雖然讀書人和他們勛貴不同，但一樣在朝中為官，肯定不會被人看輕。

蕭世南樂呵呵地想，戲文裡不老是寫公主喜歡招年少有為的狀元郎為駙馬嗎？他記得承德帝的女兒還挺多，長相大多隨了她們母妃，環肥燕瘦各不相同。有幾個公主，他還挺熟，小時候老跟在他和蕭玨屁股後頭跑，長大了應該不會差到哪裡去，到時候從裡頭選一個，給姜楊當媳婦！

雖然輩分可能有些亂，但是不管了，總之有了新貴的身分，姜楊很簡單就能跟他親上加親，想想就讓人高興！

姜楊還不知道自己的終身大事被蕭世南妄想著安排好了，衛常謙叮囑他幾句之後，兩人回到書房。

姜楊的書桌被調到最前頭，一整天下來，衛常謙大概只留了一個時辰給其他人，其他時間都在教導姜楊。

姜楊很認真，但時不時地感覺，有人在盯著他。

傍晚下學，衛常謙給幾人布置了功課，叮囑道：「這場雨會下很久，說不定要犯災。你們回去後，跟家裡人說一說，把該做的準備做起來。」

等衛常謙說完話走了，幾人才收拾書包，一道離開衛家。

出去後，姜楊尋了機會走到蕭世南身邊，小聲道：「你今日是不是有心事？怎麼一直盯著我瞧？」

「被你發現了啊。」蕭世南不好意思地搔搔頭。「影響你念書了嗎？」

姜楊說這倒沒有，又走了一會兒，道：「你不要難過，不管我日後如何，咱們總歸還是一家子。」

同樣是一道念書的，蕭世南看著有些漫不經心，但姜楊發現他的底子其實不差，而且字寫得格外好，和他一直練的館閣體不同，蕭世南的字頗有風骨，從字就能看出，曾經得過名師教導。

可現在蕭世南因為身分不能參加科舉，只有他能下場，蕭世南或許是不高興了。又覺得他日後高中的話，身分自然不同，苦役連普通百姓都不及，更別說和功名在身的讀書人相比，難怪整天都盯著他瞧……

不過風雨太大，兩人各打著傘，蕭世南根本聽不清姜楊說什麼，只聽到什麼「一家子」的，點頭如搗蒜。

「那是肯定的！」

說話的工夫，沒幾步路就到家了，姜桃這邊也提早結束一天的活計，熬好了薑湯。

大家進了屋，各自拿布巾擦過，便回屋換衣裳，連姜霖都格外乖，就怕姜桃嫌他動作慢，二話不說，又幫著他脫褲子。

用過晚飯，蕭世南和姜霖回屋寫功課，姜楊留下來幫姜桃收拾桌子。

姜桃一邊搶著幹活、一邊用肩膀頂他。「一點小活，我自己收拾就行。你回屋去吧。」

姜楊沒吭聲，還是陪著她收拾了，還一起去灶房洗碗。

姜桃和他相處有段時日了，只覺得他今天格外少話，遂打趣道：「這是怎麼了？小榮又亂給你吃補品了？」

想到上次的事，姜楊臉上閃現尷尬神色，隨即恢復如常，正色道：「我有話和妳說。」

姊弟倆回到正屋，姜楊把今天衛常謙的話轉述給姜桃。

能提前下場當然是好事，同樣也意味著，需要一大筆銀錢。縣試在縣裡考，不用花費什麼銀錢，但府試、院試等等，都不在本地。若是一路考到殿試，還得進京。

去外地的路費、生活費，到時候還有同窗之間必不可少的來往交際，都是必要開銷。花費的銀錢，自然不容小覷。

早上衛常謙喊他出去單獨說話，提的就是這個。若是姜楊湊不出銀錢，不要硬撐，他這當老師的可以幫忙。

衛常謙教他們兄弟念書，不肯收束脩，還命人準備午餐，姜楊如何好意思再讓他出錢，自然是說自己會想辦法。

可他冷靜下來想，自己並無辦法。打從跟著衛常謙開始念書之後，他就沒再做過抄書的活計，準備科考後會更分身乏術。而且他抄書賺的錢，也實在不夠。

一家子的吃用，全是姜桃一個人掙的，如今還要替他準備赴考的銀錢，實在讓他心裡不好受。他考中了，會十倍百倍地回報，但眼下還沒開始考，那些回報便是空口白話。

「這有什麼？」姜桃聽完，笑著道：「你遇上事，願意同我商量，我很高興。至於銀錢，你不用操心，我來想辦法。」

上輩子她攢的銀錢已經投入繡坊的後續發展，但是每個月繡坊能分給她二十多兩，她的繡品也差不多能賺到這些，一個月差不多有五十兩進項。

家裡五口人，一個月開銷在十五兩到二十兩之間，最大的開銷，主要是三個弟弟的筆墨錢和買書錢。

幸虧雪團兒的吃用都讓楚鶴榮一手包了，這幾個月牠吃好喝好，長得越發快了，現在已經快三十斤重，像成年狼狗那麼大，光是吃肉，一個月就得花二、三十兩。若是由姜桃獨力負責牠的吃喝，還真剩不下什麼錢。

所以，家裡現在每月的盈餘在三十兩以上。

衛常謙沒明說恩科的具體時日，但姜桃猜著，最快也要到今年年末或者明年年初吧？

幾個月攢下來，家裡怎麼也會有個二百兩。這筆錢雖然不多，但支持姜楊去赴考，還是夠的。

若是恩科開得再晚些，姜桃覺得銀錢還夠全家人陪著他一道去考。說起來，她一直很想去外頭走走看看，如能攢夠銀錢，到時候一家子熱熱鬧鬧地去州府玩幾天也好。

「好了，銀錢的事對我來說，真不算難。」到時候要是真的不夠，她就厚著臉皮去向蘇如是借一點，往後做活計慢慢還就是。

姜桃見姜楊還蹙著眉，笑道：「別愁眉不展的，這是好事啊。你該想的是如何備考，考個好成績，別讓我空歡喜一場。」

提到這個，姜楊面上的猶豫之色淡去，微微揚了揚下巴。「這是自然。」

簡單說了幾句，姜楊就回屋了。

之前他是和姜霖睡一間房，現在要開始準備科舉，姜桃便跟過去，收拾了姜霖的東西，讓他去和蕭世南一起睡。

是夜，姜楊屋裡的燈一直到半夜才吹熄，其他人都已經睡下了。

第五十八章

第二天，姜桃聽半夜起來上茅房的姜霖說了，才知道姜楊熬得這樣晚。

她有心想勸他注意身體，但又想到，姜楊大了，不用把他當孩子似的操心，而且，考試前哪有不熬夜的？她以前看新聞，聽說有些學生自從上高中後，每天的睡眠時間不會超過六小時，等到高三，睡眠時間更是被壓縮到只剩四、五個小時。

科舉比聯考更殘酷，千軍萬馬過獨木橋這句話，用來形容科舉更合適。

她在古代算個半文盲，並不能幫姜楊什麼，只能想辦法給他進補。

之前楚鶴榮頓頓給他吃人參、燕窩什麼的，現在的她負擔不起，而且也補過頭，但燉些湯水還是可以的。

於是，姜桃另外給了孟婆婆她們銀錢，買菜時也買些燉湯材料。

接下來的日子，茶壺巷裡每天都能聞到各種補湯的香味。

蕭世南和姜霖跟著一道喝，雖然喝的沒有姜楊多，但兩個人的下巴都圓了一圈。

姜桃不打擾姜楊念書，買了些話本子看，夜裡看到睏了，便上灶熱湯，送去給姜楊，看著他喝過，再叮囑幾句早些休息，就能安心入睡。

本以為日子就這麼順當平淡地過了，沒想到幾天後，某個深夜裡出了一件大事！

大雨已經下了整整半個月，因為衛常謙的提醒，姜桃早早在家裡備好一屋子的米麵糧食，就怕真像他說的那樣犯災，到時候糧食可就不好買了。

雖然花了不少銀錢，但家裡人口多，一屋子米麵也只夠吃小半個月，就算沒有發生災情，自家也能消化完。

那天晚上，一家子用過晚飯，姜桃拿起話本子，雪團兒卻一改慵懶的性子，焦躁地在屋裡走來走去。

如今牠越發大了，牙齒尖銳、爪子厚實，用後腿直立起來時，比人還高，很有幾分老虎的威勢。不過，王氏和李氏她們日日過來，看著雪團兒一點一點長大，也不怕牠，所以雪團兒還是待在家裡。

威勢是有了，但雪團兒自小被姜桃養大，在她面前，還是像小貓一樣乖順。

平常的這個時候，牠剛吃完一頓肉，都會趴在姜桃腳邊瞇著眼假寐，懶得動彈的。

姜桃起先以為牠哪裡不舒服，但用手摸了牠的肚皮，再幫牠捋捋毛，聽見牠響亮的呼嚕聲，並沒有發現哪裡不對勁。

但被順毛之後，雪團兒還是不肯睡下，反而顯得越發焦躁，不只在屋裡打圈，還去扒拉屋裡的門閂，想往外跑。

姜桃這才警覺起來——都說動物在災難來臨時格外敏感，會提前發出預警。

「是不是不能待在屋裡？」姜桃試著和雪團兒溝通。

但雪團兒到底不會說話，等姜桃起身打開屋門，就咬著她的裙襬，想把她往外頭拖。

姜桃見狀，立刻去喊弟弟們。姜楊還沒睡，蕭世南和姜霖已經睡熟了，被她喊醒，起來穿衣服。

幾人還納悶，聽到姜桃說雪團兒不對勁，頓時正經起來。

他們一起看著雪團兒長大，小傢伙聰明得都快成精了。平白無故地，斷然不會這樣。

於是，幾人各自收拾一些隨身要帶的東西，姜桃把銀錢全塞進包袱裡，讓弟弟們一人提一袋米麵，便出了屋。

一家人出去後，又去拍隔壁兩家的門，讓王氏和李氏也警醒些。

王氏二話不說，喊醒男人和兒子。

王氏的男人做了一天工，累得眼皮睜不開，不滿地嘟囔。「這大半夜的，能有什麼事？隔壁的姜小娘子是不是睡糊塗了？」

王氏一邊收拾包袱、一邊要他少廢話。「我師傅做事素來有分寸，聽她的準沒錯！再說，就算沒事，咱們也不過少睡一會兒，又不會掉塊肉！」

一家三口很快收拾好出門，隔壁李家只有李氏和女兒一道出來。醉酒的陳大生根本不理會李氏，李氏也懶得同他掰扯了。

大風大雨的，大家手裡的傘都被吹得東倒西歪。

姜桃看著在風雨裡還咬著她的裙襬，想拉著她往外走的雪團兒，道：「咱們先去巷子外等等。」

眾人說著話，往外走，沿途經過別人家，姜桃都會讓他們去敲門，提醒鄰居小心。

但是風雨交加的深夜，大家都睡得很沈，連王氏的男人那樣和善的，忽然被喊起來都一肚子氣，其他跟他們不熟的人更別說了，還有脾氣差的，扯著嗓子在門裡罵人。

到了巷子外，空曠街上一個人都沒有，天地間靜謐得只能聽到風雨聲。

站了約一刻鐘，連王氏都猶豫著開口道：「師傅，咱們是不是該回去了？」

姜桃掀唇，正欲回答，忽然感覺到地面傳來一陣強震，震得她連站都站不穩，還是蕭世南扶住她。

「不好，地牛翻身了！」王氏驚恐，聲音陡然拔高，打破了深夜裡的靜謐。

剛才姜桃看到雪團兒的反常，心裡已經有了猜想，如今被印證，雖沒有像王氏跟李氏那樣慌張地尖叫，卻也跟著心頭狂跳，一陣後怕。

但眼下不是害怕的時候，姜桃強行讓自己冷靜下來。「大家往空曠的地方走，小南和阿楊照顧好阿霖。」

說話的工夫，又是一陣強震，接著變成更輕微的震動。

時至深夜，睡夢中的人或許不能感覺到那短暫的強震，但好在姜桃出來時，就弄出不小的響動，吵醒了好幾家人。

這些人還沒睡著，立刻披了衣服，拿了細軟奔出家門。

這些動靜很快吵醒了更多人，發覺事情不對，不斷地有人跑出來，聚在巷口。此時，姜桃已經帶著其他人，一起退到空地上。

地震還在持續，她開始擔心蘇如是了，儘管蘇如是那邊不像茶壺巷裡房屋密集林立，身邊也有好幾個下人伺候，但到底是至親，在這樣的災難面前，不親眼確認她安好，姜桃還是不放心。

她和蕭世南商量，想過去那邊看一眼。

平時遇到大事，拿主意的肯定是沈時恩，但眼下沈時恩不在，蕭世南是幾人裡唯一會武的，遂由他拿主意。

蕭世南沈吟道：「那邊離咱們家不遠，而且更空曠，沿途沒有太高聳的建築，咱們沿著街道中心過去。」他和楚鶴榮像親兄弟似的，不去看看也不放心。

王氏和李氏則嚇傻了，回過神來，王氏想去通知自家親眷，李氏沒有旁的親人，就帶女兒跟著姜桃他們一道走。

一撥人分成兩批開始行動，姜桃正想舉步，雪團兒卻用頭拱她，拱得她一個踉蹌，雪團兒趁勢趴下，讓姜桃坐到牠身上。

蕭世南拿過姜桃手裡的麵粉，道：「嫂子坐上去吧，咱們兩條腿的，不如牠四條腿穩當。」說著話，單手抱起姜霖，不讓他自己走了。

姜桃跨上雪團兒的背，擔心牠會吃不消，但雪團兒幾乎不費力地站起來，而後載著她，開始拔足狂奔。

姜桃怕牠就這麼奔到城外，趕緊俯下身攬住牠的脖子，道：「咱們去找小榮！」

雪團兒和楚鶴榮還不算特別親近，但楚鶴榮每次來，都給牠帶好吃的，也跟著楚鶴榮去過蘇宅兩次，在那裡更是好吃好喝。

不過，雪團兒待不習慣，吃飽喝足之後，半夜還是跑回茶壺巷。

這段路，雪團兒熟得很，本來一刻鐘的路程，在牠狂奔之下，只花了片刻。

姜桃到蘇宅時，距離第一次強震還不到一刻鐘。

衛宅和蘇宅外頭站了好多人，尤其是衛家，全家人連同下人穿戴得整整齊齊，還堆了好多東西在外頭，像早有準備似的。

蘇如是也帶著人撤到外頭，不過準備就沒那麼充足了，臉上都帶著懼意，衣服也是胡亂穿著，披頭散髮，但應該是提前出來的，手裡打著傘，衣服是乾的，不像姜桃他們因為一路趕來，身上多少帶著水氣。

蘇如是看到姜桃和雪團兒，就衝上前，緊張道：「我正想去尋妳呢！幸虧衛家及時派人來拍門，不然現在我怕是還睡著。」

姜桃見她沒事，鬆了口氣，從雪團兒身上下來。「早些時候，發現雪團兒很不對勁，所以我們就出來了。那時候也不確定會發生什麼事，等到震完了，就立刻過來找您。」

沒多久，蕭世南和姜楊他們也來了。

幸好連續多天的暴雨漸漸轉小，不然光是站在空地上，都夠人受的。

沒一會兒又搖起來，周圍的屋子雖然搖晃，但至多是把牌匾晃下來的程度。

過了約兩刻鐘，地震漸漸減輕，幾乎察覺不到，不少膽子大些的人見沒事了，陸陸續續準備回家，畢竟風雨的滋味實在不好受。

「可以回去了嗎？」姜桃拿不定主意，跟雪團兒商量。

雪團兒渾身的毛都被打濕了，毛上滴著水，但聽到姜桃的話，卻是沒動，又咬住她的衣襬，不許她挪腳。

「都別動！」衛常謙身旁，一個頭戴斗笠、穿著蓑衣的老者沈聲道：「還沒結束！」

正是一直稱病，深居簡出，除了帶著孫子念書，從來不在人前露臉的衛老太爺。

因為他提前吩咐，衛家人才早早地做好準備。

不過，旁人可不像衛家人對他那麼信服，根本沒人理會他。

姜桃沒跟衛老太爺打過交道，但她相信雪團兒，便也沒動。

眼看街上的人又要回去，她心裡著急，卻沒有辦法，目光落在雪團兒身上。

姜桃重新跨坐上去，道：「我沿著街跑一跑喊喊人。」

話音剛落，雪團兒再次狂奔起來。

姜桃不敢冒險，一邊喊著還沒結束，讓鄰居們都出來，一邊只讓雪團兒在街道中間的空曠位置跑，房舍樓宇密集的地方，她是不敢去的。

雪團兒跑起來，風雨的衝擊就更大了，姜桃舉在前面擋風的油紙傘，終於不堪用地翻過去，乾脆把傘扔了，喝了一肚子冷風，喊得喉嚨都沙啞了。

可除了本來就在空地上沒敢進屋去的人，根本沒人理她。

無力感席捲姜桃的心，最後喊不出聲了，雪團兒便代她嘶吼起來。

這是姜桃第一次聽到雪團兒的吼聲，威風凜凜，帶著迫人氣勢，順著風聲相傳甚遠。

今夜先是地牛翻身，後頭又是虎嘯連綿，這下子真是沒人敢安心歇下了。

小縣城確實很小，雪團兒的腳程又快，不到兩刻鐘，姜桃就跑完主道，回去和蘇如是他們會合。

她從頭到腳都滴著水，嗓子也嘶啞了，嘴唇凍得發白，但並不後悔。若是明知地震還沒結束，卻眼睜睜看著旁人回去歇下，才是過不了自己那關。現在她盡力提醒大家，也算是問心無愧了。

蘇如是趕緊替她撐傘，心疼道：「冷不冷？」不等她回答，不顧她濕透的衣裙，一把抱住了她。

旁邊的衛常謙看不下去了，跟衛老太爺嘟囔。「爹，人家一個小娘子都做成這樣了，咱們啥都不管，是不是不太好？」

衛老太爺哼道：「地牛翻身，怎麼管？沒看我方才喊那些人別回家去，都沒人理？」

衛家沒有雪團兒這樣的珍獸事先預警，能早早做好準備，還是因為衛老太爺這幾天心裡不安，再次翻閱古籍去查之前觀測到的異象，才得出地牛可能要翻身的結論。

但連他都不確定的事，說出去更是沒人信。而且，傳言裡地牛翻身是當政者惹神明發怒降下的天罰，要是他提前出去說了，卻沒有發生，一個弄不好，就得背上「妖言惑眾、妄議當今皇帝」的罪名。

所以，這幾日衛老太爺只讓家裡人準備著，並沒有聲張。

雖是這麼個道理，可衛常謙還是覺得不是滋味。

「傻站著幹啥？把你的蓑衣脫掉，送去給人家啊！」

「啊？」

「怎麼，難道讓我這把老骨頭脫蓑衣淋雨啊？」

衛常謙不敢吱聲，立刻脫下自己的蓑衣，送給姜桃。

姜桃確實冷極了，道謝著接過。

就在這時，地面傳來前所未有的強烈震動。

眨眼之間，房舍坍塌、地表開裂，哭聲、喊聲、尖叫聲混在風雨裡，飄蕩在整個縣城的上空。

很多年後，這都是姜桃最不願回想的一個夜晚……

這場地震持續不到半個時辰，地震結束後，風雨也停了，可整個縣城卻陷入讓人喘不上氣的氣氛中。

秦知縣快頭疼死了，睡夢中，他被第一次短暫的強震震醒，而後趕緊拉著黃氏奔出屋子，秦子玉也跟出來，一家子大眼瞪小眼。

之後，地震漸漸停了，眾人才長呼出一口氣。

本來嘛，這地方從沒發生過地牛翻身，縣誌裡沒有記載，年紀大些的，小時候倒是聽老人提過，許多年前有過幾次，都是震過一瞬之後就停了。

老人的經驗口耳相傳多年，大家都覺得這就是結束，沒事了。

而且，地牛翻身相傳是老天爺不滿皇帝才會降下的處罰，他們貿然跑出來，好像篤定神已經懲罰了大家似的。

「都回家去！」秦知縣想著承德帝還算英明，不是昏君，遂故作鎮定地喝斥眾人。「大驚小怪！」

偏偏黃氏驚嚇得很，她祖籍所在之地發生過好幾次地牛翻身，因此對這種事格外敏感。

她尖叫著說不許回去，回去了，可能就沒機會再出來了！

秦知縣想拉著黃氏進家門，她扒拉著大門口的石獅子，死活不肯進去。黃氏身寬體胖，力氣格外大，秦知縣沒拉動她，自己還差點摔跤。

秦家所在的街道外還有民居，也有不少百姓跑出來，本是準備回去，看到這熱鬧的一幕，便停下了腳。

秦知縣對黃氏素來不敢大小聲，畢竟他的官帽還是黃氏娘家出銀錢疏通換來的，但眼下深夜鬧成這樣，跑出來的時候又淋了一身濕，本就是一肚子怨懟，加上再被百姓看笑話，便沈下臉，沒好氣了。

「妳想在外頭喝風，就自己一個人喝！子玉，咱們進去！」

黃氏聞言，立刻鬆開抱著石獅子的手，一手拉住一個，不讓他們進家門。

「妳放開！」秦知縣使出渾身力氣，也沒能扳開黃氏的手，到底是對他助益頗多的髮妻，捨不得讓下人來拉扯黃氏。

「娘，這是做什麼？」秦子玉也覺得頗為丟臉。「咱們這地方祖祖輩輩都沒有鬧出過大災，已經結束了。快進去吧！」

兩人正僵持著，便聽見遠遠傳來的虎嘯聲。

這下子，秦知縣和秦子玉都愣住了。

城裡怎麼會有老虎？

秦知縣頓覺事情不好，隔壁縣的老虎不是已經被打死了嗎？哪裡來的老虎？這聲音聽著不遠，別地牛沒翻身，倒先出了猛虎傷人，他這父母官可要遭殃！

秦知縣立刻讓人去通知捕快抓老虎，沒想到吩咐的話還沒說完，就地動山搖了……

第五十九章

慘況不必多言。

秦知縣一家因為黃氏的堅持，加上虎嘯，人還在宅子外頭的空地上，無一受傷。待地震停下後，放眼過去，街道上的各種屋宅都有不同程度的坍塌。

秦家所在的街道是城中富戶才住得起的地方，房子大多是真材實料，連這邊的房舍都這般了，其他地方更不用說。

秦知縣顧不上管這些，等天光大亮，地震完全停了，趕緊召集捕快，確認有多少傷亡。

好半晌之後，捕快回來稟報，說是不幸中的大幸，昨夜有隻老虎沿著幾條街咆哮，嚇住那些同秦知縣一樣，仗著老人傳下來的經驗以為地牛翻身已經過去，打算回到屋子裡的人，沒人敢再入睡，而後大地震時，大部分的人都逃出來了。

秦知縣越想越覺得那虎嘯實在及時，莫不是上天覺得他治下嚴謹，特地派遣神獸來提醒百姓們？不然平白無故的，城門都關了，哪裡來的老虎？而且自打那晚警示之後，老虎就憑空消失了，也沒聽說牠傷人吃人，那該怎麼渲染這件事，為自己的政績添光添彩呢？

等忙完，他才發現黃氏不見了，仔細回想，天亮後便沒見過黃氏，連忙召人來問。

下人道：「太太帶著咱們府裡的人出去，說去外頭幫人了。」

秦知縣喝斥道：「她一個婦道人家能幫上什麼忙？簡直胡鬧！」

秦知縣不知道的是，黃氏確實幫到了許多人，而且正和姜桃在一處。

街道中央的空地上躺著許多百姓，身上帶著大小不同的傷，呼痛聲和他們家人的關切聲、哭聲混合在一起，讓人聽著，心不覺跟著揪了起來。

此時已經有一些仁心的大夫趕來幫百姓包紮傷口，姜桃遇到那個經常替姜楊抓藥的老大夫，便過去給他打下手。

老大夫忙得焦頭爛額，恨不能多生一雙手，但醫人這種事，就算包紮傷口，也有講究，又不好隨意拉人來幫忙。

見姜桃過來，雖然她不懂醫術，但是人聰明，說一遍就知道怎麼配合，遂教她如何包紮傷口。

不知忙了多久，姜桃聽到熟悉的聲音，循聲望去，看到黃氏正指揮人去挖被埋在廢墟底下的人。嫌家丁手腳慢，黃氏搶了鐵鎬，自己動手，不過她下手有些沒輕沒重，差點把廢墟挖塌，就沒人敢讓她挖了。

黃氏頓覺挫敗不已，耷拉著肩膀走到一旁。

「秦夫人！」姜桃幫一個傷患包紮完，揚聲問她。「能不能幫幫我？」

「來了來了！」黃氏又燃起鬥志，捋著袖子衝過來。「讓我幹啥？」

姜桃領教過她的手勁，當然不敢讓她去照顧病人，但眼下正好有個傷患折了腿，痛苦地扭動著身子，不好接骨。這傷患是個壯年男人，姜桃和老大夫壓不住他，便請黃氏幫忙。

黃氏過來，一手按住男人的肩膀、一手按住沒受傷的那條腿，男人就動彈不得了。

老大夫按住傷腿，立刻把傷口裡的碎屑挑出來，而後接骨包紮，一氣呵成。

之後，老大夫醫治其他傷患，遇到傷口大的，便要用桑皮線去縫。但他年紀大了，此時已經快傍晚，天光沒那麼亮，眼睛實在看不清楚。

「妳來啊。」黃氏見狀，對著姜桃努嘴。「用針線嘛，妳在行的。」

老大夫這才想起，眼前的小娘子搬到城裡之後，辦了個繡坊，刺繡功夫很是了得，便把泡在烈酒裡的針遞給姜桃。

「不用緊張，權當是在繡花，把皮肉縫合起來就成。」

姜桃接了針線，其實縫合的方式，她從前沒少在醫療紀錄片裡看過，但自己上手，到底不一樣，拿著針的手微微發抖。

幸好這個腿上被劃了一條大傷口的傷患是個樂天開朗的，一面痛得嘴角直抽、一面還能同她開玩笑。「姜小娘子，我認得妳，我媳婦兒很喜歡妳的繡品，但妳親自繡的那些太貴，我家實在買不起。妳幫我縫個好看的傷口，算是免費送我一幅繡品了。」

他媳婦就在旁邊，被他護著沒受傷，但因為擔心丈夫，哭得和淚人兒似的，聽到這話，止住了淚，沒好氣地捶他肩膀一下。

因為有了這個玩笑，姜桃跟著笑起來，手也平穩許多。

人的皮膚質感和布帛不同，但只要想著是在做刺繡，便沒有什麼好慌張的了。

姜桃想像自己在縫皮口袋上的破口，眨眼間就縫好了。

連老大夫在旁邊見了，都稱讚道：「不愧是做慣了刺繡活計，這手法和速度，老夫還真無法匹敵。」

傷患也跟著誇讚。「姜娘子的手太穩了，還沒覺著疼，就結束了。」

這當然是誇張，因為老大夫來得匆忙，並沒有準備麻沸散，且針線是用烈酒泡的，這樣縫……不疼才有鬼！

不過傷患也不算說假話，而是醫館大夫會縫傷的本就不多，一般都是上了年紀、治外傷經驗豐富的大夫才會，但那些大夫眼力衰退，慢手慢腳地縫，滋味別提多銷魂了。

有了傷患這席話，旁邊其他受傷頗為嚴重的、需要縫合傷口的人，也顧不上呼疼了，都搶著要姜桃幫忙。

「姜娘子也來幫我縫！」

「我也要我也要，姜娘子也送我一幅繡品！」

這麼一打岔，病患裡的氛圍輕鬆了不少。

老大夫乾脆和姜桃、黃氏分工，他替人接骨上藥，姜桃負責挑揀傷口裡的異物和縫合，黃氏負責體力活，壓著傷患，不讓傷患因為疼痛而在醫治時亂動。

分工之後，三人的動作大大加快。

這個期間，許多被嚇破膽、不敢上前的百姓也終於冷靜下來，知道危險已經過去，出來幫忙了。

忙了好一陣的姜桃已經不知聽到多少感謝之言，趁休息的工夫，她起身看了看，百姓們或有條不紊地挖掘廢墟，或端水來餵傷患喝，或運了自家材料過來，在傷患這邊搭建簡易的工棚。

這就是最普通的人，和她一樣，平時可能想的只是自家的小日子，但在災難面前，格外團結，互幫互助。

天黑之前，工棚在眾人的幫忙下搭建好，不能挪動的傷患和附近家裡坍方、沒地方去的百姓，算是有了個臨時落腳的地方。

老大夫過來同姜桃道：「附近幾條街的傷患都在這裡，重傷的人，今天都治得差不多，其他地方有別的大夫照看，但天黑了也不安全，妳先回去吧。」

天黑之後確實不安全，人心難測，有好有壞，這種動亂的時候，搞不好會遇到居心叵測的人，便點點頭。

「那我明日再過來。」

話音剛落，雪團兒不知道從哪個角落裡跑了出來。

從前姜桃不藏著牠，但自打牠長得比狼狗還大，老虎的特徵越來越明顯後，就不好讓牠再招搖過市了。

今天姜桃來時，讓牠在附近找個地方躲著，現在知道姜桃要回去，便跳出來等她。

姜桃心道不好，雪團兒貿然跑出來，豈不把人嚇壞了？

人群確實躁動起來，反應卻不是驚嚇，而是覺得新鮮，一來雪團兒的體型跟寵物比是大過頭，但和山林裡的野獸比，還不值一提。二來大家聚在一起，人多了，膽子自然就大，而且雪團兒的神情一點都不凶惡，跳出來以後，便乖巧地蹲坐在地上。

昨晚的虎嘯救了大多數人，如今一看這瑞獸是姜桃的坐騎，感恩戴德的聲音此起彼伏。

「原來是姜娘子家的瑞獸，昨夜真是太感謝您了！」

「姜娘子不僅心善有本事，還救了咱們一命呢！」

「姜娘子別是仙女下凡吧，居然能驅策瑞獸？」

眾人越說越離譜，又有人要上前向她道謝，還有行動不便的，隔著一段距離作揖。

姜桃嚇一跳，連忙道：「大家不用客氣，先歇著吧，我這就回去了。」

她說完，招呼雪團兒，回了蘇宅。

另一邊，姜楊不放心住在槐樹村的姜老太爺和孫氏，蕭世南陪他去看看，兩人回來後，聽說姜桃出去幫忙，大半天了還沒回蘇宅，急得就要去找人。

而楚鶴榮和姜霖則被蘇如是送到衛家去。

衛家確實準備得很充足，糧食和藥材都夠，下人還被提前教導過，有條不紊地忙著。加上衛家去年搬回來之前，整座宅子徹底整修過，比一般人家的屋子堅固，只有一間空著的屋子倒塌，其他都好好的，生活並沒有受到影響。

楚鶴榮和姜霖在隔壁待了一天，沒出去，都以為外頭也是這般，吃過晚飯才回到蘇宅，聽說姜桃出去大半天還沒回來，也急了起來。

不過他們也不知道姜桃去哪裡幫忙，蘇如是勸他們不要輕舉妄動，說姜桃帶著雪團兒一起出門，雪團兒護著她，肯定不會有事。

但說是這麼說，其實她也很擔心，跟姜楊他們提著燈籠站在門口等。

隔得遠遠地，姜桃就看到蘇宅門口有一排閃爍微光的燈籠，照亮了回家的路。

瞧見姜桃，蘇如是他們總算放下心。

蘇如是上前，伸手幫姜桃抿了頭髮，道：「天都黑了，若妳再不回來，我可勸不住這幫小子了。」

說著話，一家子相攜著往屋裡走去。

蘇宅裡也倒了幾間屋子，但正屋沒倒，又因衛家提前來拍門，下人隨著蘇如是他們出去，沒擅自回屋，所以無人受傷，損失也算輕。

晚飯已經上桌，但這幾日外頭肯定買不到新鮮的菜和吃食，所以準備得很簡單。

姜桃端起肉粥，邊吃邊問姜楊槐樹村的情況。

姜楊道：「那邊的房子雖不如城裡的結實，家家戶戶幾乎都塌了。但整個村裡，幾乎沒人受重傷。」

姜桃點頭，心道這算不幸中的大幸，村裡只有少數磚瓦房，大部分人住的都是草木屋，更沒有鋼筋混凝土之類的材料，不然光是房子塌下來砸到人，都會造成很嚴重的傷亡。

不過姜家算是村裡的富戶，房子是實打實的磚瓦房，姜桃便問姜老太爺和孫氏如何了？

姜楊回答。「爺爺奶奶年紀大了，覺淺得很，剛感覺到地震就醒了，出去後沒敢進屋，在草棚裡歇了一整夜。爺爺被掉下來的木椿子砸了下，不過沒傷到骨頭，歇幾天就沒事。」

姜老太爺和孫氏確實沒事，卻被嚇到了，想留下姜楊，說城裡現在肯定亂得很。村裡雖然也遭災，但肯定不缺糧食和菜，而且同村的人熟悉得很，不用擔心誰在這個時候趁火打劫，行不軌之事。

姜楊不肯，實在不放心姜桃。既然二老說村裡比城裡狀況好，而且他們身體好得很，一般不怎麼做活的城裡人都比不上，遂把他們託付給相熟的鄰居，便跟蕭世南回來了。

飯吃到一半，下人說有人過來尋姜桃，請進來後，原來是王氏他們。

之前李氏母女和姜桃一起過來，王氏去找自家親眷，就和她們分開。之後，繡坊其他人也陸陸續續過來尋姜桃，王氏瞧見，便帶著他們一道來了。

看到大家都好好的，姜桃放了心，問他們家裡情況怎麼樣？

孟婆婆道：「昨夜聽到虎嘯聲，我想著城裡只有咱們雪團兒這隻小老虎，想著是您給我們示警，就拉著我家小孫子跑到外頭。房子雖然塌了，但家裡沒什麼值錢東西，銀兩都是貼身收著的，倒是還好。」

其他人也差不多是這樣，姜桃又問王氏，茶壺巷那邊如何了？

王氏道：「茶壺巷塌了大半，但附近鄰居都早早被咱們喊起來了。因為巷子口細窄，一大群人進去時推搡，兩家人在巷子口打起來，擋住了路。幸虧這樣，不然要是回屋，劇震時跑都跑不出來。」

姜桃聽他們沒地方住，就問蘇如是方不方便找間屋子給他們歇腳？

蘇宅不大，但也是兩進院落，加上蘇如是這邊下人少，空屋子倒是有好幾間。

姜桃擔心他們家裡還有男人，住進來不方便，但不等她說，王氏就開口了。

「師傅別替那些大老爺們操心，他們皮糙肉厚，哪裡不能貓一夜？您能借地方給我們這些女人、孩子睡，已經是幫了最大的忙。」

其他人紛紛應和。

姜桃和他們說完話，剛拿起碗，下人說外頭又來了一群人。

沒多久，老大夫帶著人進來。

原來是他跟負責其他地方的大夫見面了，他們那兒正缺人，聽說她縫傷的手勢和速度都很好，遂來找姜桃求助。

姜桃到底只有一個人，聽他們說，等著縫傷的傷患已逾百，她根本不可能忙得過來，便想到剛過來的王氏等人。

繡坊的人素來以姜桃馬首是瞻，曾經差點活不下去的，私底下還說她是再生父母，但姜桃不喜歡聽那些，她們就沒在明面上說，但總之對她是很信服的。

聽了姜桃的話，她們全答應幫忙。

姜桃和幾位大夫一合計，把繡坊的人分到各條街道，但也和他們說好，因為繡娘都是女子，勢單力薄，若在外頭遇到麻煩，他們也得負責把人照顧好。

大夫們紛紛以自己醫館的招牌立下保證。

這些大夫都是地震後開始出手救人的，人品自然不用操心。

說好之後，姜桃又叮囑王氏她們，比如針線雖用烈酒泡過，但縫傷時，自己也要注意衛生之類的話。

說起這些，姜桃又想起來，這種災難之後容易生出疫病。

萬一疫病蔓延，就古代這種醫療條件，不知要填進多少人命。

正好大夫們都在，姜桃便和他們商量著如何預防。

古時沒有消毒水，消毒靠艾草和雄黃，這些在醫經都有記載，大夫們並不是不知道，只是事發突然，今天光想著去救治傷患，暫時還沒想到這些。

商議完消毒和預防疫病的事，姜桃讓人送大夫們出門，王氏他們也去歇下了。

姜桃累極，匆匆洗漱後，躺下就睡著了，一覺到天亮。

第六十章

第二天一大早，大夫們來借人，黃氏也精神抖擻地過來了。

大家接著忙活，姜楊和蕭世南、楚鶴榮也不肯閒著，跟著姜桃一道去。姜霖和蘇如是也想去，但他們的年紀不適合在外奔走，被姜桃回絕，讓他們在家待著。

說話間，他們到了收治傷患的工棚。因附近的駐軍連夜派士兵過來，現在有軍隊維持秩序，所以情況比姜桃預想的還好些。

秩序沒問題，其他問題卻接踵而至。百姓們餓了一夜，普通人倒還好，但受了傷的挨不住餓，比昨天蔫了很多。

一看到黃氏，百姓們就嚷著讓衙門開倉放糧。

黃氏有些尷尬地沒吱聲，還往人後躲了躲。

士兵聽到喧鬧，很快過來，吵嚷聲就平息下去。

姜桃見狀，小聲問黃氏。「可是有什麼難言之隱？」

本以為涉及官糧，黃氏不會說，姜桃問完，自己也覺得不妥。

但黃氏不把姜桃拿外人，立刻在她耳邊道：「那些米糧被我借出去給米鋪了，每年秋天借出去，第二年多還兩成。現在才夏初，米還沒回來哪！」

姜桃聽了，驚得說不出話來，這……這不是等於拿官家的錢去放貸？

「我沒想吞銀錢！」黃氏連忙小聲辯解。「多收的糧，都發給縣裡生活艱難的人了。」縣城裡，每年年底都會放糧施粥，一施就是好些天。再窮困的人家，都能在年底吃好長一段時日的飽飯。

此舉由來已久，姜桃也知道，當時還感嘆秦知縣挺大方的。

「怎麼辦啊？」黃氏焦急地問姜桃。

「夫人借出多少糧食？」姜桃也知道，現下不是追究這些的時候，先解決問題要緊。

黃氏報出數目，姜桃算著，借個三天糧是撐得住的，便告訴黃氏。

「駐軍過來了，放糧肯定是早晚的事，宜早不宜遲，早了沒人會懷疑，晚了就怕歹人藉機鼓動人心生亂。

「這幾天，夫人先去找過去與您合作的米鋪商戶，能要回來一些是一些。而後再去相熟的富戶家，借錢也好，借糧也好，打著募捐的名義也成，先撐過駐軍在縣城駐紮的時間。等駐軍走了，您的動作就能大一些，捎信回娘家，從沒遭災的外地買糧食過來……」

其實姜桃想的辦法並不高明，但每一步都有講究，尤其要在駐軍來支援的時間撐過去，萬一讓駐軍發現縣衙發不出官糧，事情可就鬧大了。

但黃氏此時缺的就是替她拿主意的主心骨，畢竟平時在家都是她給秦知縣出主意，要是秦知縣知道百姓鬧著放糧，估計比她還慌張。

聽姜桃說完，黃氏就沒那麼慌了。

「夫人可得做好準備，您去外地採買糧食，肯定要出比平時貴上不少的價錢，才能填上這個窟窿。」

黃氏聽了，拉著她的手拍了拍。「妳這份情誼，我記下了，他日必定報答。」

姜桃輕笑著搖搖頭，她不想要黃氏的報答，幫她出主意，純粹是因為黃氏為人真的挺好。而且，發不出糧，被折騰的還是縣城的百姓。

如此，兩人商議完，就各忙各的去了。

姜桃繼續替老大夫打下手。前一天他們醫的是情況嚴重的傷患，今天治的是傷勢較輕的人。這一、兩日被挖出來的傷患，也會送過來。

楚鶴榮和蕭世南、姜楊都是少年了，便和捕快、士兵還有男人一起去廢墟挖人。三人記著姜桃的叮囑，格外小心謹慎。

從早上忙到中午，眼看午飯時辰就要過去，如姜桃所料，人群開始躁動了。

因為前一夜休息得不好，加上餓了兩餐，百姓們的臉色都不怎麼好看，更別說傷患了，一個個看著都比前一天虛弱。

挖廢墟也是體力活，在那邊忙著的人，也是一肚子怨氣。

幸虧有駐軍在，士兵們佩著刀，暫時沒人敢鬧事，只是氣氛隱隱不對。

老大夫也瞧出不對勁了，特地叮囑姜桃，說她再忙一會兒，傍晚前就回去。

不過，不到傍晚，黃氏便帶人抬粥桶來了，留下家丁施粥，和駐軍打個招呼，又風風火火地離開。

姜桃想著，黃氏應該是去借糧了。

在駐軍的維持下，百姓們有秩序地排起長隊領粥，工棚這邊不能挪動又沒有家人在身邊的傷患，則由老大夫和姜桃代領，一碗碗送到他們面前。

熱粥下肚，氛圍才漸漸好轉。

天黑前，姜桃喊上弟弟們回蘇宅。

大家累得不得了，進屋坐下之後，連話都不想說。

蘇如是已讓人準備好簡單的飯菜，幾人匆匆吃了一點，便各自去睡下。

姜桃比他們動作慢些，因為知道蘇如是在家裡肯定要擔心，所以特地放慢洗漱的動作，趁著這工夫，跟蘇如是說了外頭的情況。

聽到如今縣衙沒有糧，蘇如是道：「那我也捐點錢吧，讓縣官夫人拿著募來的銀子去收購，也算是名正言順，亦能早些讓她娘家幫著買糧來填窟窿。」

「我……」姜桃在算自己身上的銀錢，還沒想好要捐多少。畢竟姜楊考科舉要用一大筆錢，得算個準確的數字才成。

「妳別捐了。」蘇如是看姜桃洗漱好了，心疼地拉著她的手，坐到床邊。「妳身上能有多少銀錢？我捐一萬兩，算是咱們兩家一道捐的。」

姜桃被嚇得咳嗽起來。「您這是準備捐全副家當？」

蘇如是忍不住微笑，然後附在姜桃耳邊說了一個數字。「這才是我的全副家當。」

姜桃被嚇得愣是沒說出一句話來，她怎麼不知道她師傅這麼有錢?!

「我就說妳沒必要因為那麼點銀錢擔心，師傅不缺這一點。可惜之前只先調來這些，不然還能再多捐一點。」

姜桃忙道：「師傅捐得絕對夠了，再多怕是要惹眼。」

「既然說開了，現在肯拿師傅的銀錢了嗎？這東西生不帶來，死不帶去，我是半截入土的人，這些身家怎麼都花不完。妳幫著師傅花一點，就當是盡孝心了。」

姜桃忍不住笑起來。「天下還有這種好事？那我以後可得好好給您盡盡孝心。」說著，實在累了，就躺下。

蘇如是幫她掖了掖被角，心想著自己徒弟自己知道，姜桃說是這麼說，肯定還是不會花她的銀錢。這孩子就是這麼乖巧懂事，讓人心疼。

姜桃躺下來，沒一會兒就睡著了，連蘇如是什麼時候出去的都不知道。

等姜桃半夢半醒，微微清醒時，已經是深夜，窗邊月華傾瀉，一室靜謐。

她猛地察覺，床邊居然坐著一個人，對方隱在黑暗中，只依稀能見到輪廓，嚇得差點驚叫出聲。

對方立即捂住她的嘴，低沈疲憊的聲音同時響起——

「別怕，是我。」

姜桃認出是沈時恩的聲音，驚喜道：「你回來了？」

他說是要去一、兩個月，但其實只去了不到一個月。

「擔心妳，所以提前回來了。」沈時恩啞著聲音道。

姜桃看不清他的面容，但一聽他的聲音，就知道他肯定是不眠不休地趕路，雖有一肚子的話要跟他說，也不急在這一時，立刻往裡讓了讓。

「先歇著，等你睡醒，咱們再說。」

沈時恩卻說自己身上髒，守著姜桃睡就好。

「你老是這樣。」姜桃嗔道：「我又不是什麼天上仙女，碰不得一點髒。既不肯躺，抱抱我總成吧？」

她說著，不等沈時恩回答，就鑽進他懷裡。

沈時恩身上的味道不算好聞，混合許多別的氣味，但因為是他，且他是擔心她，才顧不上休息，姜桃半點都不嫌棄。

「你不知道，前兩天夜裡，雪團兒忽然就不對勁了，焦躁地直轉圈，還非把我往屋外拉……」

姜桃說起地震前的事，沈時恩耐心地聽。

等姜桃反應過來時，已經說了快一刻鐘，懊惱道：「不說了，快睡吧。」

看沈時恩還不肯躺，她乾脆動手，要把他往床榻上拉。

但剛碰到他的衣襬，姜桃就摸到一片濡濕，仔細一看，竟然是鮮血！

她嚇一跳，聲音都變了。「你身上怎麼帶著血？受傷了？」

看到姜桃驚慌的模樣，沈時恩忍不住笑出聲。「都說我身上髒了，妳非要靠過來。」

到了這一刻，沈時恩才知道今夜不是一場夢，他的阿桃還好好地活著！

半個多月前，沈時恩離開縣城，往北邊趕了快半個月的路，才打聽到蕭玨的行蹤。

不過，他一直沒有機會見蕭玨。

去的時候，他明明打算，遠遠瞧蕭玨一眼就好，但蕭玨到底是他長姊留下的唯一血脈，是他的骨肉至親。遠遠瞧過之後，不知怎的，他的心就不滿足了。

但蕭玨貴為太子，御前帶刀侍衛和暗衛加起來，數量逾百。

沈時恩不是神仙，行動不可能瞞過那些耳目。

當地官員和鄉紳都知道太子是代替承德帝來體察民情的，雖然多少弄虛作假，卻沒膽大到敢對太子下手，連沈時恩都不敢掉以輕心的侍衛、暗衛，旁人更不敢等閒視之，看蕭玨沒有危險，便動身回來了。

沒想到，回程路上，深夜裡遇上地牛翻身。

沈時恩自不用說，很輕鬆地躲開，可看著滿目瘡痍的大地，想到遠在小縣城的姜桃，整顆心都被揪起來了。

他只能安慰自己，姜桃福澤深厚，又素來聰明伶俐，家裡還有三個弟弟，跟雪團兒這隻珍奇異獸，肯定能安然脫身。

但想是這麼想，他的腳步不敢再停留半刻，腦子一片空白地飛快趕路。

他經過了其他地方，因為不止一處地牛翻身，連州府那樣大的地方都亂了，死傷過多，當地的衙門來不及應對，燒殺搶掠的事比比皆是。

他身上的血便是這麼來的——殺了一個趁亂打劫錢財不說，還意圖對少女不軌的男人。

今日他終於回到縣城，街道上有捕快和士兵巡街，百姓們的傷情看著也沒那麼嚴重，倒是比外頭安穩許多。

但還沒見到姜桃前，他提到嗓子眼的心還是放不下來，一路奔回已經成了一片廢墟的茶壺巷。

王氏的男人在巷口臨時搭建的棚子過夜，瞧見他就道：「沈兄弟總算回來了，你家娘子在蘇宅，我媳婦她們也跟著一道去了……」

沈時恩沒心思和他多聊，拱手致謝之後，便離開了。

而後，沈時恩尋到了蘇宅。

他進屋時，姜桃還睡得香甜，屋裡安靜得只能聽到她均勻的呼吸聲。

月光傾瀉，讓她本就秀美的面容蒙上一層白紗，頓時顯得有些不真切。

他不覺放輕了手腳，生怕打破靜謐美好的畫面，也怕眼前的景象不過是他的南柯一夢。

姜桃醒了，笑著同他說話，這種不真切的感覺還是那麼強烈。

直到看到她慌亂地小聲驚叫，那麼鮮活，那麼可愛，沈時恩才確定這不是一場夢，他真的回到他的阿桃身邊，而且她還好好的。

「不是我的血，沒有受傷。」沈時恩解釋著，隨後垂下眼，低沈沙啞地道：「對不起，我……我不知道會這樣。」

如果早知道他離開的這段時日會發生這樣的災難，便是刀架在脖子上，他也不會離開姜桃半步。

「說這些做什麼？」姜桃摸了塊帕子擦手，抿起唇。「天災這種事情，也不是你我能預料的。」

再說，發生地震之後，她也擔心沈時恩，知道以他的本事自保完全沒問題，而且孤身時，許是比在縣城拖家帶口還安全呢。

但知道歸知道，心裡某個地方到底還是揪著。

她都這樣了，沈時恩想著她一個手無縛雞之力的女子，不知會操心成什麼樣？

「我知道。」沈時恩拉著她的手，緊緊攥在大掌裡。「但……還是對不起。」

幸虧姜桃什麼事都沒有，若她真有個閃失，他實在不敢設想。

「不說這些了。」姜桃起身，打開衣櫃。地震前收拾細軟，她連米麵都帶出來，自然也替沈時恩收拾了兩身換洗衣物。

她拿出衣物，拋給沈時恩換上，坐到桌邊倒了杯冷茶，遞給他潤潤嗓子。

沈時恩脫下衣衫，露出精壯的上半身，姜桃仔細看過一遍，確認他沒有再添新的傷疤，才問：「你看的那個人可還好？地震可有影響到他？」

「應該沒事，他身邊的人很能幹。」

正是因為太能幹了，上百人分成兩班，十二個時辰值守在側，中間換班時，還有個老者盯著。他還認得那老者，是承德帝身邊的高手，早些年在江湖上很有威名。他試了幾次，都接近不了蕭玨，還差點暴露行蹤，這才無奈放棄。

「那就好。」姜桃沒有多問，看著他喝茶潤嘴，又問他要不要吃點東西。

沈時恩說不用。「我入夜偷偷過來的，別再驚動旁人。明天一早，我還要去採石場看看，小南也得跟著我一道去。」

他入城的時候看到附近的駐軍，雖然眼下駐軍忙著救人和安撫民眾，但後頭應該會去採石場清點人數，確保沒有苦役趁亂逃脫。謹慎起見，最近白天的時候，他和蕭世南都得過去待著。

姜桃也想到了這個，點點頭。「那你們自己當心點。我這裡不用操心，吃住都在蘇宅，有人照看，白日雖然會去外頭幫幫忙，但並不做危險的活計，就是照顧傷患。那裡有個老大夫，正好是之前幫阿楊看病的，對我頗為照顧。」

「妳去外頭幫忙了？」

「可不是，當時就覺得不做點什麼，心裡不安生，沒想到還真能幫到一些人。有個大哥腿上被砸得血肉模糊，還有心情玩笑，說讓我給他縫得好看些，權當是送他家一幅繡品。不過也因為這個玩笑，我的手立刻不抖了，後來也沒人因為我沒經驗而為難我，還排著隊讓我給他們縫傷……」

不知不覺，姜桃又打開話匣子，一邊說話、一邊收拾沈時恩換下來的衣裳了。

第六十一章

啪嗒！一聲輕響，沈時恩的衣服裡掉出一只荷包。

「怎麼用起荷包了？」姜桃俯身撿起，先是瞧瞧荷包的樣式，確認不是女子繡出來的，才掂著輕飄飄的分量道：「也不是銀錢。」

他自然不可能在姜桃面前用武，所以姜桃沒怎麼費力就避開了。

本是隨意家常的話題，沈時恩卻忽然面露窘色，起身要來搶。

「還不讓我瞧？」她被他這反常舉動勾起好奇心，隨後把荷包打開。

荷包裡放著十來片半透明、薄膜狀的東西，帶著一點若有似無的腥氣。

姜桃沒見過這個，拿到眼前仔細看了看，再轉頭望向沈時恩。「是外頭買的吃食嗎？」

沈時恩臊得耳根子都紅了，像個做錯事、等著挨訓的孩子一般，站在原地，不敢跟姜桃對視，眼神一個勁兒亂瞟，小模樣挺像剛談戀愛的愣頭青，怪可愛的。

姜桃忍不住抿唇笑了，隨即想通手裡的東西是什麼，不就是魚鰾嘛，古代版的保險套！

姜桃似覺燙手般的把手裡東西塞回荷包，而後把荷包扔到桌上。「這就是你說出去辦要緊事，然後帶回來的東西?!」

要不是知道沈時恩不是那樣胡鬧的人，姜桃都忍不住懷疑，他跑出去是為了搞這些。

「不是特地弄來的。」沈時恩整個人的氣勢都消了下去，解釋道：「就是巧合，看到有這種東西，想著咱們需要，就買一些來試試看。」

姜桃軟綿綿地斜他一眼，被他輕輕推著去床上。「我真沒騙妳，就是巧合。妳快睡吧，沒一會兒天就亮了。」

姜桃輕哼一聲，躺下沒多久，又發現不對勁。

古代不像現代那麼開放，保險套什麼的超市和藥房都能買到，沈時恩能湊巧去哪兒買？

「你不會去逛青樓了吧?!」

想通之後，姜桃翻身坐起，惡狠狠地盯著沈時恩。

她問完，頓時覺得自己想多了，可能是分開太久，所以才患得患失的。沈時恩哪裡是那樣急色的人呢？再正人君子不過了。兩人剛剛重逢，不應該因為這種無端的猜忌而拌嘴，應該好好溫存一會兒才是。

姜桃收起怒容，正想道歉，孰料話到嘴邊，還沒說出口，便聽坐在床邊守著她的沈時恩聲音低低地招認了。

「也、也不算逛吧……」

沈時恩的確沒有說謊。

他去青樓，是尾隨喬裝打扮的蕭玨而去。

蕭珏撇下承德帝賜下的高手，只帶著自己的三十個暗衛出營帳，進了城中最大的青樓。

本以為是孩子長大了，出宮便來尋個新鮮，沈時恩覺得又無奈、又好笑。

不過，那也給了他接近蕭珏的機會，兩人就在相鄰的兩個包廂裡。

沈時恩沒讓人作陪，只點了一桌酒菜。

本是準備乘機跟蕭珏相見，沒想到蕭珏不是來玩鬧，而是來辦正事——他接見了當地的一些書生。

書生們懷著一腔熱忱為民請命，揭露當地官員的陰私手段。

蕭珏絲毫沒有太子的架子，和他們一談便是一夜，還關心起當地讀書人的境況，拿出數千兩銀票資助他們。

沈時恩這才發覺，原來分開的這數年，蕭珏已經不是那個從前跟在他身後、只知道玩耍的稚童了。

他長大了，察覺官員和鄉紳勾結，只會粉飾太平，並不會說實話，便選煙花之地掩人耳目，接見書生，了解民情，更資助學子赴考。

幾千兩的銀子對蕭珏而言自然不算什麼，但只要這批書生裡出一、兩個有出息的，他日就能在朝堂上成為他的助力。

沈時恩看著，覺得自己真沒必要再出現了。

他在包廂裡待了一夜，在窗口目送蕭珏離開。

青樓裡的老鴇見狀，當他是那種格外挑剔的客人，拿著魚鰾來推薦，說只要有了這種東西，不用擔心紅牌姑娘身上有髒病，也不用怕弄出子嗣，被尋麻煩。

這倒是提醒了沈時恩，這不正是他需要的東西？

因此，拒絕老鴇推薦的紅牌姑娘之後，沈時恩買下魚鰾，先是貼身放著，後又覺得不妥，便在街邊隨便買了個荷包來裝。

隨後，他趕路回來，半路遇上地牛翻身，擔心姜桃而心慌，就把這荷包忘到了腦後。

「你還真去了？」姜桃又吃驚、又生氣，擰沈時恩胳膊一把。

沈時恩沒敢躲，老老實實地被她擰。

看他這悶不吭聲的樣子，姜桃更是氣不打一處來。

「你、你……」你了半天，也不知道說什麼好。

看她真惱了，沈時恩立刻解釋。「是我要探望的人去了青樓，我不好在人前現身，想著那處魚龍混雜，許能趁亂跟他見上一面。我什麼都沒做，只吃了一桌酒席。」

他坦坦蕩蕩地直接說，姜桃反而覺得沒什麼了。

而且相處半年了，她很信任沈時恩，只是一時拈酸罷了。

他真要是急色鬼，早些年還沒成親時，憑他的本事，打野物換銀錢，在縣城裡逛窯子，或尋個相好，不是更輕鬆簡單？沒得二十多歲了，於房事還是個毛頭小子。

但是，理智上明白是一回事，姜桃心裡還是忍不住吃味，酸溜溜地問他。「青樓的飯菜比咱們家的好吃吧？姑娘好看嗎？比我好看？」

沈時恩忍不住揚唇，隨即想到姜桃還在氣頭上，又忍住笑，正色道：「怎麼把自己和青樓的姑娘相比？我真沒撒謊，只讓人引著去了樓上包間。」

這的確不是假話，若非他目不斜視地進了包廂，還只要了酒菜，老鴇也不會把他當成格外刁鑽的客人，推銷魚鰾給他。

「哼！」姜桃還是氣鼓鼓地輕哼一聲，躺回床上翻了個身。「雖不知道你去探望的是誰，但想來肯定不是什麼好東西。」

地牛翻身之前，小縣城接連下了快半個月的暴雨，田地裡的秧苗都不能活了。聽說整個北方也是大旱的繼續大旱，大澇的大澇，百姓們愁得不成，就怕這反覆的天氣搞得來年顆粒無收。

這種時候還去青樓，不是不知人間疾苦的紈絝是什麼？

沈時恩憋著笑，一本正經地唾棄道：「沒錯！都把我帶壞了！」在心裡默默向蕭玨道了個歉。

孰料，姜桃聽了這話，又道：「這麼說重要的人，你更不是好東西！人家肯定是有正經事，才去那處掩人耳目。唯有心思不正的人，去青樓還想著弄魚鰾回來，哼！」

沈時恩。「……」

得，好壞都讓姜桃一個人說了。

但是有什麼辦法呢？自家媳婦兒耍小性子，只能寵著。

這叫閨房之樂。

沈時恩越看姜桃這吃味的樣子，越覺可愛，數日連夜奔波，也半點不覺疲憊了。要不是他尚未沐浴，身上不乾淨，真恨不得把她摟進懷裡親個夠本。

與此同時，相隔百里的太子營帳內，蕭玨突然打了一連串的噴嚏。

王德勝連忙幫他披上衣服，勸道：「夜深了，殿下早些休息吧。這些文書，一時半刻是看不完的。」

蕭玨確實覺得有些疲憊，捏著發痛的眉心道：「這一攤子事剛捋出個首尾，卻要回京去了，我實在有些不甘心。」

但不甘心有什麼用呢？發生了地牛翻身這樣的大事，京中肯定也亂了。不出幾日，承德帝定要發詔令讓他回京。他不回去，說不定就給了其他皇子可乘之機。

與其等詔令來，再急匆匆往回趕，還不如提前動身，掌握先機。

蕭玨下令，說第二日就回京，王德勝也不知道怎麼勸。

「我舅舅那邊如何了？」

王德勝被問住了，道：「自打上回殿下去了一趟，暗衛都被您撤遠了，奴才也不清楚。

殿下要是憂心，不如再派人問問？」

之前蕭珏覺得那小縣城裡的男子不會是沈時恩，暗衛守在那處，也沒什麼。

但確定那男子是他舅舅後，他便把人撤遠了，讓他們駐紮在京城去往縣城的沿途，這樣既不會讓有心人因為暗衛而注意到縣城，也能防著京城派人騷擾。

本是一番周全的安排，但沒想到會發生地牛翻身這樣的災難，反而不能立時知道那邊的情況。

「不用。舅舅本事大，不會有事的。」蕭珏說著，又想起離開縣城前，在夜色中把燈籠留給他的姜桃，頓了頓，吩咐道：「看看就看看吧，讓暗衛確保他家人安全，之後還是離開縣城駐紮。」

蕭珏吩咐完，就去歇下，翌日啟程回京。

一路上見了不知道多少家破人亡的慘況，蕭珏回到皇宮時，已經是大半個月之後。

承德帝身邊的大太監引著他去御書房。

承德帝正在寫詔書，見蕭珏來了，對他和煦地笑笑。「回來了？」

蕭珏並非承德帝的長子，在沈皇后之前，承德帝還有過一任元后與其他妃嬪。元后無所出，三十來歲病逝，承德帝才選了沈家女為繼后，生下蕭珏，封為太子。

如今，承德帝已年近五十，但看著格外年輕，感覺不過三十五、六歲。

他長眉寬目，氣質溫文爾雅，加上蓄了鬍鬚，對待蕭玨的時候，格外和藹，就像個疼愛孩子的普通父親。

但就是這樣一個看起來溫和的帝王，四年前面不改色地親自滅了沈國丈一派，沈家滿門逾百口人，都是他親自監斬。

那段時日，菜市場的地縫裡滿是鮮血。

朝中但凡有為他們求情的官員，也是流放的流放，貶謫的貶謫。

經過那次清洗，如今朝堂上下，再也沒人敢違逆他。

所以，蕭玨不敢在他面前放肆，口中應是，端端正正地行禮。

承德帝免了他的禮，輕笑道：「回來得比我預想中還早，路上可遇到麻煩？」說著，招手讓他上前。

蕭玨上前，道：「兒臣想著，父皇的詔令快到了，便提前動身。路上經過幾個城池，百姓的境況不太好，可惜兒臣出去得匆忙，只帶夠人，沒帶多餘錢糧，不能直接賑災。」

說到這裡，蕭玨看清了龍案上的詔書，上首赫然寫著三個大字——罪己詔。

他愣在原處，連本來想說的話都忘了。

「嚇到你了？」承德帝彎唇笑了笑，面目顯得越發柔和。「那另一份詔書，你可別看了，會更讓你吃驚。」

蕭玨聞言，轉過目光，看向桌上另一份詔書。

居然是傳位詔書！

蕭玨強迫自己鎮靜，立刻跪下。「父皇這是為何？您年富力強，兒臣也尚且年少。」

如果說，罪己詔是事出有因，畢竟今年天氣實在反常，加上國境發生地牛翻身這樣的大難，承德帝若是不做些什麼，也堵不住天下悠悠眾口。

但傳位之舉……蕭玨實在想不明白。

儘管那位置是他一直想要的，但依承德帝的年紀和身子，再坐十年皇位，是絕對沒有問題的。

難道是藉此試探他？

一時間，蕭玨越發惴惴不安，背後的冷汗都冒出來了。

承德帝擺擺手，讓御書房裡伺候的人全下去。

過了半晌，承德帝才讓蕭玨起身，面上的笑淡下去，問道：「玨兒，你有沒有覺得父皇看著越發年輕了？」

沒來由的一句話，讓蕭玨越發困惑，但還是老實道：「父皇乃真龍天子，得上天庇護，比同齡之輩年輕，本就正常。」

承德帝忽然笑了，像聽到什麼格外好笑的話，先是小聲笑了幾下，而後哈哈大笑，笑了好半晌，才收住。

「玨兒，父皇要死了。」

蕭玨的大腦有瞬間的空白，愣愣地問：「父皇，您在說什麼？」

這幾年，蕭玨成長得太快了，已經很少見到他這孩子氣的一面，所以承德帝看他的目光越發和藹。

「朕要死了。四年前就該死了。」

在蕭玨不敢置信的目光中，承德帝慈愛地道：「父皇幼時登基，太后並非父皇的親母，竇家外戚隻手遮天。父皇用了十年，才把權柄收歸到自己手中。那些年的苦楚心酸，不可為外人道，父皇自己嘗過便罷，捨不得讓你再承受一回。父皇會為你鋪路，待你明年登基，天下盡歸你手，無人再敢違逆你，你可高興？」

蕭玨回過神來，四年前，他父皇確實大病了一場，但那病只持續不到一個月，病癒之後，便把他外祖父和大舅舅召回來……

若他父皇說的是真的，四年前的風波，難道不是因為外祖家被人告發，鐵證如山？只是他父皇想那麼做而已?!

蕭玨頓時遍體生寒。

父皇只因年幼時在外戚手裡吃過苦頭，便在晚年時，將可能成為新朝隱患的外戚，盡數誅殺。

他父皇殺了他的外祖父、大舅舅全家，還問他高不高興？

他應該高興嗎？

接下來，承德帝說了一句讓蕭玨覺得更為可怖的話。

「沈時恩，也就是你小舅舅，這次出京，你應該見過他了吧？」

蕭玨額頭滿是細密的汗珠，一時間不知道如何作答。

「他比他老子和大哥好，本事不小，野心卻不大。當年朕賣了個空給英國公，讓他把沈家小子和他家長子送出京城。沒記錯的話，他應該待在白山採石場，這幾年過得怎麼樣？」

承德帝的口吻像問起他喜歡的、親戚家子姪一般，也不等蕭玨回答，又自顧自道：「等明年你即位，就親自把他迎回來，再替沈家翻案，你舅舅和沈家舊部只會對你感恩戴德，伏首貼耳，你再也沒有什麼好擔心的了。」

蕭玨心口劇痛，自古便有老皇帝退位前，會尋些由頭把得用的人貶謫到外頭，然後讓新帝即位之後起復，以此來收服人心。

但貶謫不就好了，就算把外祖父和大舅舅的兵權都卸了又如何？為什麼要他們的命呢？為什麼單要了他們的命還不夠，還要誅了沈家三族？

「為什麼……」

太多的問題問不出口，蕭玨抓著桌角，才穩住身形。

「你這孩子，都是再過不久就要登基的人了，怎麼還這麼經不住事兒？」承德帝笑著把蕭玨拉到身邊坐下。「像你母后似的。」

龍椅寬大，是蕭珏想坐卻從來不敢坐的位置。

但坐上去，他才知道這位置是如此冰冷，不住地發抖。

他父皇說他像他母后一般，所以他母后當年也是知道這一切，無法在兒子和其他至親之間做出抉擇，才在長春宮自縊嗎？

「你要習慣。」承德帝正色道：「習慣這一切。」

蕭珏不知道自己坐了多久，直到承德帝讓他先回東宮休息，才逃也似的出了御書房。

第六十二章

蕭玨走後，因為氣氛太過詭異，伺候的人都有眼力，不敢靠近，唯有大太監蘇全進了御書房。

方才蘇全見到蕭玨狼狽的背影，已然猜到承德帝對他說了當年的事，心中實在不忍，幾次掀唇，卻欲言又止。

他比承德帝小兩歲，還沒有桌子高的時候，就在當時還是皇子的承德帝身邊伺候。這幾年，承德帝身邊的人一直在變，只有蘇全的總管大太監位置沒變。

承德帝道：「有話就說。吞吞吐吐的，擾了朕寫詔書。」

「皇上沒必要和殿下說那些的。」蘇全嘆息。「當年，您也不想那麼做。」

承德帝垂著眼睛，看不出感情，從御案的暗格裡取出另一份詔書。

這份詔書看著已經有些年頭，是先皇的遺詔。

遺詔裡，只有兩句話——

榮國公之女為后，立其子為儲。沈家僅留一子，而後起復，餘者盡皆殺之！

本朝開國有兩位國公，一個是賜了國姓的泥腿子英國公，另一個是掌兵權的榮國公。後來承德帝娶了榮國公府的姑娘為繼后，旁人對榮國公府的稱呼便改成國丈府。

「玨兒什麼都好，比朕聰明，比朕能幹，唯有一樣不好。」承德帝說著便笑起來，但那笑透著無限淒涼和孤寂。「他的心太軟了。

「他早晚要坐上這龍椅，早晚會發現沈家是因為朕羅織的莫須有罪名才被滅門。那時，朕已經不在了，他只會怪到自己身上。與其讓他日後帶著無盡的愧疚過活，不如現在明確地恨朕。」

「可您……您也是被逼的啊，這是先皇的遺詔，您怎麼能不辦呢？」

「是該辦。」

承德帝看著遺詔，目光變得深遠起來……

被立為儲君、坐上皇位之前，承德帝已經有了皇子妃，在他登基後封后。

雖然看到遺詔，但他和元后感情甚篤，不想改立沈家女為后。加上沈家握著兵權多年，卻忠心耿耿、從未僭越雷池一步，他更是不想遵從遺詔，誅殺忠良。

但是，在沈家女長成、及笄之後，元后就開始生病了。

整個太醫院查不出病因，承德帝尋坊間名醫來看，名醫躊躇再三，才告訴他，元后並非得病，而是被下了奇毒。此毒會讓人日漸衰弱，卻查不出病因，他只在古老醫書上見過這種症狀，不知怎麼解。

承德帝不明白，誰會害他的皇后，更不明白對方是如何做到的。

直到元后臨終之際，才告訴他，當他還是皇子時，先皇召見過她，賜了一杯茶。

她身子原比一般人好，但喝了那杯茶之後，每次來月事都會疼得無比厲害，遂悄悄找了大夫來問。

大夫說，以後她再也不能有子嗣了。

若他的夫君只是尋常皇子，先皇怎麼會對他的皇子妃下手呢？

那時，她就有預感，自己的夫君以後會有大造化。

她沒再提這件事，連大夫都讓她找人滅了口。

「……先皇屬意的皇后必然不是妾身。是妾身貪心，獨占皇上這麼多年。」元后平靜地看著他。「皇上不必為妾身難過，是妾身的時辰到了。」

承德帝不敢置信地問：「是父皇那杯茶，害妳現在……」

元后搖頭笑了笑。「過了這麼些年，想來世間並沒有這種凶險，卻能潛伏多年的毒，妾身是近半年才開始不舒服的。臨去前，妾身斗膽提醒皇上一句，不論先皇留下什麼話給您，一定要照辦。妾身害怕，皇上也會如妾身這般……」

本朝是馬背上得的天下，相傳太祖屬意的儲君人選本不是先皇，但先皇的兄弟們，卻先後暴斃，只剩一個毫無野心的弟弟。

接著，太祖突然駕崩，皇位自然成了先皇的。

那樣一個對父親、對兄弟絲毫沒有仁慈的人，對不聽他話的兒子，又能有幾分容忍呢？

元后擔心，若承德帝不按先皇的意思辦，可能性命難保。深宮之內，朝堂之上，都是先皇留下來的人，她都能被下毒，那對他下毒又有何難呢？

而且，先皇可以留遺詔給承德帝，一樣可以留遺詔給其他人。和承德帝同輩的王爺還有十來個，對先皇來說，皇位換給其他聽話的兒子來坐，也是一樣。

承德帝說蕭玨心軟，其實他也一樣。

元后去世，迎娶沈皇后之後，他慢慢愛上了她。

沈皇后和他溫溫柔柔的髮妻不同，是個颯爽獨立的女子。

兩人剛剛成婚時，她察覺到他的冷淡和不情願，但不以為意，自己過得很好。

承德帝也不知什麼時候被她吸引的，總之慢慢地把她放到心上。

那段日子實在美好，美好得讓承德帝平復失去髮妻的傷痛。也在那段時間，他不動聲色地更換了宮裡上下的老人。

本以為可以高枕無憂，可四年前，承德帝病了。

之前替元后診治的坊間名醫，被承德帝留下研究奇毒，為承德帝診治之後，說承德帝中的是同一種毒。不過這次藥量小些，承德帝應該還有一、兩年的時間。

後來，名醫研製出可以延緩毒發的藥，但也只能延長三、五年的命數。

承德帝吃下名醫的藥，看起來容光煥發，越發年輕，但身體的虛弱感卻無時無刻不提醒著他，他已經是個將死之人。

他終於還是照著先皇的遺詔去辦。

他要死了，但蕭玨絕對不可以再重蹈他和元后的覆轍，更不想讓蕭玨知道，他的出生就是一個陰謀。就像四年前，察覺不對勁的沈皇后偷偷溜進御書房，在暗格裡找到這封遺詔，跪著求他時說的話。

「妾身什麼都不敢奢求，只求皇上垂憐玨兒，莫要讓他知道這一切。」

如果讓蕭玨知道，他的出生就是一個陰謀，一個預示沈家即將被滅門的信號，他該如何自處？

所以，承德帝對先皇的遺詔隻字不提。

蕭玨恨他一個人便好。

承德帝把遺詔放到火上燒了，又平靜地從暗格中拿出一丸丹藥捏碎。

那是四年前沈家滅門後，出現在御書房內的解藥，承德帝覺得他已經不需要了。

相比承德帝的雲淡風輕，蘇全立刻大驚失色，道：「皇上不可！」

承德帝先是一愣，而後笑道：「為何不可？朕早已讓人比對著這藥丸研製出配方。」

蘇全這才鬆了口氣。

承德帝卻又慢悠悠地問：「你知道這枚丹藥所為何用？」

蘇全登時呆若木雞，雙膝一軟，跪在地上。

元后和承德帝先後中毒之事，只有承德帝和坊間名醫知道，對外只說是得了罕見怪病。連名醫都不說中毒，僅說生病，旁人斷不會平白無故地懷疑。

這枚解毒丹藥出現在御書房之後，承德帝只是不動聲色地收進暗格，從未在人前提起與服用。

蘇全是他貼身的大太監，卻不是他肚裡的蛔蟲，如何會知道他秘而不宣的事？

那坊間名醫被承德帝藏在宮外，一家子性命全在承德帝手上，更是沒那個膽子，也沒機會跟外人通風報信。

除非……蘇全早就知道了。

「原來是你。」承德帝鬆散地往龍椅上一靠，頹然地笑了笑。

元后逝後，他徹底換過身邊的人，卻還是神不知、鬼不覺地被下毒。

他做了無數猜測，沒想到下毒之人會是蘇全——這個幼時就到他身邊伺候，這些年為他試毒，為他擋刀，看著最忠心耿耿的得力心腹。

或許不是沒想到，而是承德帝不願意想。

蘇全是他的臂膀，小時候不懂事的他，還拉著蘇全拜把子。兩人名為主僕，實則情誼不比血緣至親差。

承德帝又笑起來。「朕真可笑！」

蘇全以頭抵地，不用承德帝審訊，直接道：「奴才是先皇暗衛統領之子，五歲淨身入宮伴您左右。除了奴才外，還有……」說出了一串人名。

這些人裡，有的承德帝沒什麼印象，有些卻是記憶深刻。

承德帝的母妃出身不高，死得很早，他幼時便養在當時還是皇后的太后身邊。沒多久，太后有了自己的孩子，待他便疏於關心了。先皇更是全心經營朝堂，對後宮過問甚少，更別說承德帝只是他眾多兒子中的一個。

宮裡慣是拜高踩低，承德帝的境況並不算好。

但人的一生中總會遇到一些好人，他們隨手的善舉，會帶來莫大的溫暖。

就像蘇全說的那些人，有的在承德帝饑腸轆轆時，送來一盤點心，有的下雨天替他打傘送他一程，或者他調皮犯錯受罰時，為他說過一句好話……

承德帝以為自己承受這一切，是起於即位之後，原來他和蕭玨一樣，在他尚懵懂不知事時，就被安排好未來要走的路。

先皇真的很了解他，儘管他換掉絕大多數伺候的人，卻不是真的鐵石心腸，這些人有許多得了他關照，在宮中養老。

「若朕心狠一點，若……」

若他早察覺這些人是先皇的心腹，是不是不會走到今天這一步？

蘇全淒然一笑。「皇上心軟，先皇也知道。如果您真能心狠到那一步，遺詔上的事對您來說，也就不難了。」

「還有誰？」承德帝看著他問。

蘇全道：「還有福王爺和德王爺。他們手裡也握著先帝的遺詔。」

福王爺是先皇的弟弟，掌管宗室。德王則是承德帝的親兄弟。

不用蘇全明說，承德帝便知曉他們手裡的遺詔內容，若他不按著遺詔辦，江山之主便要換個人來做。

正因知道還有其他遺詔，蘇全才硬著心腸對承德帝下毒，逼他按遺詔去做。

在他看來，他會顧念和承德帝的情誼，其他人就難說了。而且毒能解，照著遺詔做，也可徹底收服整個沈家軍。

可一旦兩位王爺拿出遺詔，皇位之爭不知要填進多少鮮血和人命，鹿死誰手也是未知之數，連蘇全都不確定先皇還有沒有其他後手。

先皇一生步步為營，蘇全比承德帝知道得多，卻也不敢說了解他，就像身為暗衛統領的父親死前告訴他的那樣。

「先皇多謀善斷，一步三算。莫要猜測他，莫要想著對他玩弄心計，不論他吩咐你做什麼，都按著去做。」

暗衛統領跟著先皇最久，對先皇的信服和忠誠，已經刻到了骨血裡，也算是世間最了解先皇的人。這也是他唯一能為自己兒子做的了。

四年前，蘇全確實猶豫過，到底是按著先皇的吩咐辦，還是對承德帝和盤托出。但，他還是不敢去賭。私心裡說一句僭越的，承德帝仁心有餘，才智果決卻遠遠不如先皇，更不如先皇無情。

說來可笑，一個已死的帝王，竟比一個活著的皇帝還讓他忌憚害怕。

所以，他做出了自己的選擇，並不後悔。

他本是該死之人，也無須向承德帝解釋了。

「皇上留著藥方，配出丹藥吃上一個月，身體的毒便無大礙，也不會影響您的壽命。奴才……不，臣去了。」

蘇全言罷，咬爛了藏在牙裡的劇毒，頓時七竅流血，氣絕身亡。

一會兒後，承德帝列出一份名單，交給自己的暗衛去處置。

此時蘇全的屍首還留在御書房內，受過嚴格訓練的暗衛目不斜視，視若無睹，卻嚇壞了後頭進來伺候的小太監。

「蘇公公這是……」

隔了好半晌，承德帝都沒有說話，小太監自覺失言，立刻跪地磕頭請罪。

「蘇全為朕試毒而亡，厚葬了吧。」

小太監這才戰戰兢兢地應是，隨後喊來其他人，一道將屍身抬出去。

御書房內，又只剩下承德帝一人，空曠的殿內，靜得針落可聞。

不知坐了多久，承德帝才再次喚來暗衛，命他們去查先帝時的暗衛統領身分。

太監死後，只能葬入恩濟莊，他還是想把蘇全葬回自家祖墳。

做完這一切後，承德帝脫力地斜靠在龍椅上。

他不得不說，他的父皇把他算得死死的。到了此時，他依舊無法去恨蘇全。

所幸，等他再為蕭玨鋪一段路，就可以解脫了。

盛夏時，承德帝頒布罪己詔，開國庫賑災。

姜桃所在的小縣城經過兩個月的休整，已經恢復一些從前的樣子。

朝廷發的賑災錢來得慢，聽說一下子拿出數百萬兩，但受災的地方不少，分給家家戶戶的，不過十來兩銀子。

十多兩銀子，平時看著不少了，但此時用來重修房子，卻是不夠的。

好在黃氏用姜桃的法子，向富戶募賑災銀錢，有了效果，籌到七、八萬兩。其中一部分先填官糧的缺口，之後等駐軍離開，黃氏立刻寫信給娘家道明原委，不再放貸，把米糧和錢補回來。

小縣城約有萬人，加上附近十幾個村落，登記在冊的人口不到兩萬。

黃氏貼補一些，家家戶戶又分得五兩。

可不到二十兩的銀子，修葺屋子勉強夠，重新蓋房子卻是怎麼都不夠，更別說不少人家裡還有傷患，需要一大筆錢醫治。

一時間，不少人家都在賣地。雖然房子沒了，地契還是作數的。

茶壺巷這邊，賣地的人家也不少，姜桃和王氏、李氏都是有餘錢的人，自家屋子也堅固些，修一修便能繼續住，不在此間行列。

於是，孟婆婆和楊氏她們乾脆買了這裡的地，日後大家在一處做工也方便。

姜桃問過她們需不需要幫忙，畢竟茶壺巷的地也不便宜，她們做工是有段時日，但家底肯定不算豐厚。

不過，孟婆婆她們說什麼都不肯姜桃再幫忙，道先買地安頓下來，房子破敗些也無妨，先住著就是。

李氏便道，若是她們不在意，可以先去她家住，現在家裡只剩她跟女兒。

陳大生在地震裡死了，當時他醉得失去神智，李氏足足喊了半刻鐘，都沒把他喊醒，只好把他拖到天井裡，拿油布幫他蓋上後，帶著女兒和姜桃一道離開。

李家的房子損壞得不算嚴重，照理說，待在天井裡的陳大生，應該不會有事。但不知他後來怎麼想的，竟又回到屋裡，還正好睡在房梁下頭，實在是應了那句俗話：好言難勸該死的鬼。

但總的來說，除了陳大生這種自尋死路的，小縣城裡的傷亡已經比附近其他受災的地方少了數倍。

幾日後，秦知縣得了上頭的表彰，說他管理有方，還賜下二百兩賞錢。

二百兩銀子不值什麼，但得了表彰，可是讓秦知縣美得整個人飄起來，甚至還找來漂亮的紅木盒子，把那些銀錠子裝起來，準備放在縣衙裡讓眾人瞻仰。

但秦知縣怎麼也沒想到，這天一覺起來，二百兩銀子連帶著紅木盒子，竟然不翼而飛。

再大膽的賊也不敢偷到縣官家裡啊！秦知縣還不至於糊塗到立刻喊人抓賊，只尋了下人來問，有誰進過他書房？

下人說，唯有黃氏早上來過，抱著一只盒子走了。

得，原來是黃氏拿的。

從前秦知縣對黃氏便沒什麼脾氣，地震之後就更別說了。

先不說黃氏當時的堅持救了他和兒子，就說黃氏身先士卒出去幫助受災百姓，贏得一眾百姓的盛讚，還想辦法瞞著駐軍，把官糧補回來。

這兩件事，讓黃氏在家裡的地位越發高漲。

「那太太出去之後呢？待在後院，還是去別處？」

「太太讓人套車去茶壺巷。」

黃氏這是把賞銀送去給姜桃了。

秦知縣知道那銀錢是姜桃該得的，而且二百兩銀子確實不是大數目，但還是難受。

哪怕另外送更多銀錢去感謝姜桃也成，怎麼就把刻著朝廷印記的賞銀送去呢？賞銀代表的意義，比銀子本身值錢多了啊！

第六十三章

此時，姜桃正和李氏、孟婆婆商量以後繡坊的發展。

之前繡坊做得最多的是本地生意，除了孟婆婆跟楊氏他們，又陸續招了些人，繡品做得多了，才藉著芙蓉繡莊的商路，銷到外地。

如今縣城遭災，本地生意短時日內不好做，得把重心轉移到外地。

大家商議完，李氏等人見黃氏過來，很有眼色地先出去幹活。

黃氏樂呵呵地捧著木盒子說：「這是送妳的。」

姜桃笑道：「您太客氣了。」

因為這次的地震，兩人算是成了真正的朋友，

黃氏三不五時就來送東西，知道姜桃不愛銀錢，從前她要給姜桃一小袋金錁子作賞錢，姜桃都不肯收，所以動了腦子，沒送那些，給的都是時令蔬果。

之前縣城裡隨處能買到這些，但現在災後剛剛恢復，農家人怕自己不夠吃，很少拿到城裡來賣，反而稀罕。

對黃氏來說，這些吃食很容易弄到，而且家裡也需要，分一點給姜桃是舉手之勞。

姜桃收下後，會做幾樣小繡品送給黃氏，算是禮尚往來。

這次姜桃以為箱子裡也是蔬果，納悶怎麼換了個這樣好看精緻的木盒來裝，可接過的時候，差點被盒子的重量壓得站不穩，還是黃氏立刻伸手托住，才讓她穩住身形。

「這得有十幾斤重吧？」姜桃和黃氏把盒子抬到桌上。「您也送得太多，最近天氣太熱，蔬果這東西最不經放，浪費就可惜了。」

黃氏聽了，這才把盒子打開，裡面是碼得整整齊齊的銀錠子。

「不是蔬果，是朝廷給我家老爺的賞銀，說他這次管理有方，把咱們縣城的傷亡降到最低。但咱們都清楚，哪裡是他管理有方，分明是妳的功勞。要不是妳帶著妳家雪團兒繞城跑了一圈，不知會有多少人像我家老爺那樣，心安理得地回屋送死呢。」

「這銀錢……」姜桃想推拒。

她並不想邀功，而且二百兩雖對黃氏來說不算什麼，但也不是一筆小數目。

「當我和妳借個地方放吧，妳不知道我家老爺多得意忘形。」黃氏提到秦知縣就撇嘴。「昨晚沒回屋睡，抱著這盒賞銀，一個人待在書房裡偷樂！」

黃氏說著，注意到姜桃尷尬的面色，又道：「哈哈，我讓人仔細擦洗過了，這盒子確實怪好看的，我才沒捨得換。先擱妳家，省得他得意忘形，做出什麼糊塗事來。」

黃氏算是摸準了姜桃的脾氣，吃軟不吃硬，她這麼一說，姜桃還真不好板著臉說不收。

於是，姜桃清點數目之後，拿鎖把盒子鎖起來，放進箱籠裡，又將鑰匙交給黃氏。

黃氏收下，隨口問起雪團兒，說給牠帶了肉乾，怎麼沒見到牠？

說到雪團兒，姜桃就忍不住笑。「可別再餵牠了，這小傢伙不知道飽一樣，三個月長胖了十幾斤，大了好大一圈。再胖下去，家裡都快養不下了……」

這不是姜桃誇張，而是自從地震之後，雪團兒的瑞獸名聲便傳了出去。

當時，牠的虎嘯嚇住大家，都守在門口提防，劇震來襲時，才能立刻逃跑。

這次地震，砸死好多家禽家畜，肉價反而不貴，家家戶戶只要多一口吃的，遇上雪團兒，都會餵牠一口。

起初姜桃不知道，前陣子又忙著修葺屋子，不能時時刻刻盯著牠，等發現的時候，雪團兒已經胖了一圈，這才尾隨牠出門轉轉，見這傢伙居然從街頭吃到街尾，嘴就沒停下來過。

雪團兒自小跟人一起長大，知道怎麼討人歡心。得到吃的，也願意表演伸懶腰、甩尾巴之類的動作，把餵牠的人哄得高高興興。

姜桃隔得遠遠地看到雪團兒那副賣乖討吃食的嘴臉，都替牠臉紅。

片刻後，雪團兒討到極好的乾火腿，卻沒急著吃，叼著一路小跑，跑到躲在牆後的姜桃跟前。

接著，牠把火腿放到姜桃面前，還用厚厚的爪子推了推，示意她不要客氣。

得到好東西還先想著她的舉措，收服了姜桃，捨不得說牠了。

不過，這一個勁兒地吃別人家的東西，算怎麼回事？

姜桃只好帶著雪團兒挨家挨戶道歉，說要算錢給他們。

從前姜桃辦小繡坊已經有些名聲，地震後帶著一眾繡娘替傷患縫傷口的善心之舉，更是傳開來，大家都認得她。

「什麼錢不錢啊，姜娘子這般客氣，反倒是我不好意思了。」

「就是，當時若非您家雪團兒滿城跑著提醒人，現在咱們能不能活著，可是難說。」

「對啊，而且地牛翻身之後，您還幫我家男人縫傷口。我男人幼時頑皮摔傷過，老大夫縫傷縫得像條醜蜈蚣似的。可您縫出來的格外工整，如今傷口長好了，一點都不醜。」

還有人想得更深遠，同姜桃道：「姜娘子別擔心雪團兒被壞人餵了不好的東西。咱們縣城就這麼點大，都是熟面孔，要是有不認識的人想餵雪團兒，我們還不答應呢！」

「沒錯，誰敢害保護縣城的瑞獸，我第一個跟他拚命！」

其實這倒是姜桃不擔心的，一是這裡的民風淳樸，二是雪團兒鼻子靈著呢，別說下藥，連多放了半天的不新鮮吃食都不碰。

姜桃又想到，雪團兒小的時候，她誤把牠當成小貓咪，家裡又窮，給的最好吃食就是雞蛋。那時，雪團兒肯定很辛苦，但從沒有表現出嫌棄和不滿。

姜桃頓時愧疚起來，又被眾人七嘴八舌地一勸，哪裡還有辦法多說，只能道謝，又說真的不用這麼餵雪團兒，牠在家不愁吃喝。

眾人笑著答應，但接下來的日子，雪團兒仍以肉眼可見的速度發胖。

雪團兒越來越大了，茶壺巷的小宅子已經太小，牠學會扒拉門閂，還會翻牆。

姜桃心想，餵食是百姓們的善意，但大家應該只是熱情一陣，以後就不會這樣一直餵了。而且，多放雪團兒出去走走也好，總不能真把牠困在小宅子裡，不許牠出門。也讓旁人習慣牠，就像王氏跟李氏她們，看著雪團兒一點點長大，並不害怕，這樣日後雪團兒真的長成大老虎，也不用因為怕嚇到人而行動受限。

但姜桃大大低估了雪團兒的魅力，也低估牠對百姓們的影響。

地震之後，百姓們漸漸從災難的陰影走出來，但有些地方的陰影仍是揮之不去——相傳地牛翻身，懲罰的都是罪民。

附近縣城的百姓已經因為這個，被更遠些、沒有遭災的地方的人嫌棄，連不相信傳言的人都慢慢被影響，開始懷疑，難道自己真犯下什麼罪，所以才被上天懲罰？

但姜桃所在的縣城裡的百姓不一樣，誰要拿著這種說法來說他們，他們會立刻回嘴。

「你懂個屁！什麼神罰啊，這是天災！我們縣城傷亡少，是因為城裡有瑞獸，提前察覺到了，警示我們。真要有罪，老天爺還能讓瑞獸來提醒人？」

雖然縣城的百姓們還是離不開神神道道的迷信，但因為有了雪團兒，算是比別的地方的人更清醒些。

這種說法傳開來，大家對外的腰桿子硬了，全心全意重建家園，日子自然比其他受災、百姓變得消極的地方過得更好。

後來，一傳十、十傳百，連附近縣城都知道這地方有瑞獸，不僅保佑他們在地牛翻身這樣的大難裡脫險，日子還蒸蒸日上。

所以，有人特地趕路來見見雪團兒，想餵點東西給牠，好沾沾福氣。

但小縣城的百姓不答應，外地人存不存壞心還難說呢，就算不存壞心，萬一把他們的瑞獸哄走，去護佑其他地方怎麼辦？

他們不讓生人靠近雪團兒，自己還餵得越發起勁。

後來，某天姜霖早上起床，發現自己的雙肩書包不見了。

書包不值錢，卻是姜桃親手做的，而且款式和幾個哥哥一樣，每個人都很愛惜。

姜霖頓時急了，在屋裡翻找一圈沒找到，只能老老實實地告訴姜桃。

姜桃去他屋子一看，其他東西都沒丟，書散落在炕上，唯有書包不翼而飛，遂安撫姜霖幾句，先尋個布袋子給他用，之後再幫他做個新的。

姜霖這才委屈巴巴地應了，還特地說：「姊姊記得做一模一樣的，我得和哥哥們揹一樣的書包。」

姜桃應下，哄他去衛家上課。

中午時，雪團兒回來了，嘴裡叼著姜霖的書包。

書包裡裝滿肉食，還用油紙仔細包好，一看便知牠實在吃不完，只好拿袋子去裝。

不愧是跟姜家兄弟一起長大的，連審美都出奇地一致，家裡不是沒有其他袋子，但雪團兒偏偏叼走姜霖的書包，這也是因為姜楊和蕭世南會把書包放好，不像姜霖丟三落四地隨便放，才給牠可乘之機。

姜桃說雪團兒兩句，看牠耷拉著腦袋，快快地蹲到角落盤起身子，又心軟了。

下午，她把姜霖的書包洗乾淨拿去晾，再按著雪團兒的身形，縫了一個同樣式、可以固定在牠背上的包包，雪團兒才開心起來。

姜桃無奈地跟黃氏說著雪團兒過去幾個月的作為，嘆息一聲。

「真是等於多養了個孩子，偏偏我對上牠那烏溜溜的眼睛，就硬不下心腸。本以為大家只是餵個幾天，沒想到如今雪團兒真成了吃百家飯的。

「為了這件事，我不知道出去說過多少次，但大家當面應好，回頭還是照樣餵。」

黃氏聽得直笑，她沒養過寵物，卻也非常喜歡雪團兒。雪團兒救她家人在先，又生得那麼好看，還格外聰明，讓人不喜歡都難。

所以，她沒資格說人，每次來姜家，都帶著肉乾呢。

兩人閒聊一會兒，黃氏收起笑，對姜桃道：「對了，我聽到消息，來年大開恩科是板上釘釘的事了，說是這兩個月便要下旨。妳家阿楊聰明，因為有孝在身才耽擱考試，這回可得好好把握。」

黃氏娘家是大商戶，消息自然比一般人靈通。而且，衛常謙早已透露過，前兩天楚鶴榮也特地來說。

姜桃早已開始準備，當即點頭。「我曉得，多謝夫人提醒。」

如衛老太爺猜想，和楚、黃兩家收到的消息一般，這年秋天，承德帝下旨開恩科，奪情天下舉子，但凡有科舉資格的學子，無論是否戴孝，都可以下場。

這幾個月，京城的局勢又發生了巨變。

承德帝處置完宮裡德高望重的老人後，尋了理由，將福王和德王軟禁起來審問，抄檢兩間王府，終於找到另外兩份遺詔。

更可怕又可笑的是，兩間王府裡，竟也有先帝的人。順藤摸瓜查下去，發現先帝還留了後手，防著這兩個王爺無端篡位。

後手復後手，若是從前承德帝知道這些，怕要驚得說不出話來。可自打蘇全告訴他，他幼時遇到的人都是承德帝安排的，可見先帝已計劃十幾年，便沒有那麼吃驚了。

後頭牽牽扯扯一大堆人，光是收上來的遺詔，就堆滿御書房的龍案。而刑部、大理寺等處的牢房，都快人滿為患。

四年前承德帝已是那般對付沈家，還清洗朝堂，如今無人敢置喙，只是一時間風聲鶴唳，人人自危。有膽子小、年紀大的官員，乾脆乘機上書辭官，生怕扯進這次的風波。

於是，拔掉一些人之後，朝堂上頓時多了許多空缺。

若是平時便罷了，偏偏承德帝退位在即，不好把這樣的爛攤子甩給蕭珏，才乾脆仿效前朝，大開恩科，奪情天下舉子。

朝堂上的大動靜，自然影響不到姜桃所在的小縣城。

現在，她一門心思想當個好家長，幫著姜楊備考。

來年二月就是縣試，算起來只剩四個多月。而且縣試只是開頭，因為恩科的緣故，若考得順利，姜楊可以一路往上考，一直考到殿試。

雖然姜楊的聰明是有目共睹，但科舉的不確定因素太多，多少有才的學子在其中失利，然後一蹶不振。加上這個時代的醫療相對較差，運道差一些的學子，得個風寒都能沒命。

像姜楊這樣，先天比一般人弱些的，年紀也小，若按著姜桃先前所想，等兩、三年後，他滿十六歲再去考，就沒這麼擔心了。

但開恩科確實是難得的好機會，不能因為擔心姜楊，就不讓他下場了。

所以，姜桃又開始像地震之前那樣，煲湯替姜楊補身子。

不過，她繡坊的事情也多了。

雖然小縣城受災最輕，但到底是地震那樣的災難，還是有不少人因此沒了活計。家裡男人沒受傷的還好些，靠著一把子力氣去當苦力，也能養活一家子。若男人受了傷，房子還塌了，又沒有積蓄，拿著朝廷和縣衙發下的十幾兩銀子，只夠付湯藥錢，怎麼也不夠度日和重建房舍。

因為雪團兒和姜桃的名聲，不少女人求到她這裡，想加入她的繡坊。

這時，姜桃的小繡坊已經把心思轉到外地的生意，靠著芙蓉繡莊的商路，日常運轉和盈利並沒有受到影響。

而且年掌櫃還說，以前送出去的繡品不多，只在鄰近的鋪子銷售。如今那一帶都受地牛翻身影響，繡品被送到大地方的鋪子，賣得更快了。

所以，姜桃完全有能力招更多繡娘，但仍有些猶豫，怕人多了不好管。如果管理不當，便是對已經招來的人不負責任了。

這陣子，黃氏又往茶壺巷跑，看到姜家來來往往好多生面孔，便問姜桃怎麼回事？

姜桃把自己的為難告訴她。

「我私心是想幫她們的，但我也知道自己的斤兩。這十來個人，還是孟婆婆她們幫著我管的，人一多，事情自然也多，我怕生出別的事端來。繡娘們都是指望繡坊生意吃飯活命，總不好因為我一點善心，讓她們承擔風險。

「您也知道，我家就是普通人家，若只是十來個人的小作坊，不會成為其他大繡坊的眼中釘，若是辦大……」

這是姜桃第一次跟黃氏說起自己的苦惱，從前都是黃氏麻煩她，所以黃氏很高興，當即幫著出主意。

「妳想那麼多幹什麼？妳是東家，繡娘是妳家的夥計，就算做錯決定又怎樣，難道這世間做生意的人都不出錯？也不是雇了人一時，就要替她們籌謀一輩子，妳想得太遠了。

「妳家的繡娘，我全見過，看著性子都不錯。她們是苦過來的，如今自己有了好日子，哪能心安理得看著旁人受苦？真要是那種人，更不值得妳為她們考慮。」

其實姜桃隨口和黃氏提一提而已，因為她這人沒城府也熱心，所以很多時候藏不住話。

但她沒想到，黃氏能有條不紊地說出這番話來。

黃氏沒察覺到姜桃的吃驚，接著道：「而且，這是好事，我家老爺得了上頭嘉獎，卯足勁兒想讓咱們縣城成為附近的表率呢。妳這是為縣城百姓謀福祉，也算我一份吧。」

人多了，自然需要更多本錢，這也是姜桃猶豫的地方。她身邊不多的銀錢，還要給姜楊科舉用。若她去向蘇如是開口，蘇如定會想法子送銀錢，立下名目說和她合夥，但回頭算盈利，蘇如是肯定不要，等於是變著法子讓蘇如是貼補她。

如果跟黃氏合作，她們算是朋友，卻不沾親，誰也不占誰便宜。而且她是縣官夫人，光是這個身分坐鎮，就能減少許多不必要的麻煩。

黃氏說完，有些著急地站起身。「我還得招幾個人來。既然妳說不會管理，那這件事就得交給擅長的人來做。」

姜桃一愣，還來不及出聲，黃氏便風風火火地走了。

沒兩天，黃氏真領了兩個中年婦人來，把她們介紹給姜桃。

一個是黃氏的陪嫁，黃氏喚她花嬤嬤，早些年黃氏還沒立起來的時候，秦家大小事都是花嬤嬤一手包辦。等把家裡上下打點好了，花嬤嬤才讓黃氏開始管家。

另一個是黃氏在本地尋來的老繡娘，姓袁，早些年在州府的大繡坊做工，做了好些年，升到二把手，但東家倒臺，繡坊被人吞併，還把袁繡娘趕出州府，不許她在那裡討生活。袁繡娘年紀也大了，只能和一家子回故鄉。

這兩人，一位是巨賈之家培養的管家，一位是有大繡坊管理經驗的老繡娘，都是很合適、很難得的人才。

別看黃氏平時瞧著糊裡糊塗，說到做生意，還真有幾分頭腦，思路比姜桃清晰多了。

另外，黃氏還比對姜桃之前擬定的契書，琢磨出一份新的。

照著新契書，繡坊原來的繡娘，待遇被提高了些，和之後進來的新繡娘區別開來。

還有，孟婆婆和李氏已經管理原來的繡娘一段時日，做得很好，便正式被提拔，和黃氏帶來的花嬤嬤、袁繡娘待遇一致，四個人互相監督，共同管理繡坊。

再來，就是拆帳。姜桃出技術和人，但黃氏給的本錢多，就想著跟黃氏五五分帳。

沒想到，黃氏一口回絕，還替她著急。

「阿桃，妳這樣可不成啊！妳是東家，小繡坊的招牌，是妳打響的，我後來才加入，怎麼能這麼簡單地拆一半給我？妳建立的名聲，雖沒有成為肉眼能看到的銀錢，但那是隱形的財富。不然為什麼那麼多做生意的人想法子收購老店，不就圖人家的招牌？」

黃氏堅持，只要三成盈利。

姜桃後悔了，黃氏跟蘇如是一樣，根本不會同她親兄弟明算帳，都是想著法子給她送銀錢啊！

「妳也別覺得我吃虧，做生意講究的是細水長流，後頭自有我的賺頭。而且咱們本地的繡坊解決了這些婦人的困難，我家老爺說不定還會再受一次嘉獎，那也是我賺的。」

姜桃聽了，知道拗不過黃氏，只得接受她的好意。

第六十四章

黃氏的動作真的快，秋天時招夠了人，又在附近租賃一間大院子，給繡娘們做工。

這倒是又幫姜桃一個忙，之前十來個人在她家裡做事，平時倒也沒什麼，但姜楊最近忙著備考，有時候熬夜看書，姜桃就想讓他多睡會兒。但繡娘們住得近，很早就來，總是會弄出一些動靜，雖不怪她們，但到底有些不方便。

如今工作和休息的地方完全分開，倒是極好，她每天去繡坊指點新人一下，待上半天，其他時候就能做自己的事了。

等這一切忙完，姜桃還沒覺得光陰流逝，天氣已經開始變冷，眨眼間到了年底。

這是她和沈時恩成婚後的第一個新年。

這天，烏雲沈沈，天氣很不好，到了中午仍不見放晴，裹著襖子還讓人手腳發寒。

姜桃在繡坊待了一上午，回到家，家裡靜悄悄地，沈時恩去上工，弟弟們在衛家上課，連雪團兒都不知跑到哪裡蹭吃蹭喝。

姜桃想了想，挎上菜籃子，去外頭買菜。

之前孟婆婆和李氏她們在家裡做工，準備眾人的午飯時，會另外準備一份，如此姜桃便不用另外再準備家裡的晚飯。

後來，繡坊挪出去，她們還是照著老樣子，替姜桃多準備一份，讓她每日回家時，用食盒裝了提回來。

姜桃推拒過幾回，她們卻說現在得的月錢比從前還多，不知道如何報答姜桃，只能幫她做這些不值一提的事，請她不要嫌棄。

她們說得十分認真，姜桃不好再推拒，只得另外算好飯菜錢，讓管理月錢的花嬤嬤在月底發給她們。

但今天姜桃特地讓她們別做她家的飯食，準備做火鍋吃！

湯底是家裡現成的，最近一直替姜楊燉補湯，雞湯、骨頭湯、甲魚湯輪流來，準備起來很是方便。

起初，弟弟們肚裡油水不足，跟著姜楊一道喝，從秋天喝到冬天，就再也喝不下這些只加鹽、撇了油的清湯，連沈時恩都沒那麼賞臉地捧場了。

姜桃也喝煩了，所以不能強迫他們。好在姜楊還是很給她面子，每天早晚一碗湯，湯料裡的碎肉也會吃完。

今天家裡剩的是老母雞湯，姜桃買了白菜、豆腐、白蘿蔔等蔬菜，而後是最不能少的牛羊肉。

羊肉的價錢比豬肉高，但還是能買到。不好買的是牛肉，在這個時代，隨便殺耕牛是犯法的，除非誰家意外死了牛，才有得賣。

也是運氣好，姜桃買完其他吃食，回家時遇到黃氏。

黃氏也是帶著下人出來買菜，因為之前忙著跟姜桃合夥擴大繡坊，亦有好些時候沒顧得上家裡。加上來年秦子玉也要下場，今年他終於考中秀才，現在是不要命地念書，黃氏也生怕他熬出病來，想著法子替他進補。

黃氏見到姜桃就笑。「我正要去尋妳呢。」

「什麼事？」姜桃以為是生意上的事。

黃氏壓低了聲音道：「今天衙門裡來了兩戶人家打官司，說打架時，一家人把另一家的牛砍死了。官司的事，我不跟妳多說，連我都不會感興趣，妳肯定不耐煩聽，不過我乘機把那頭牛買下來了，我家吃不完，要不要分妳家半頭？」

姜桃正想著吃火鍋沒有牛肉捲要失色不少呢，當即點頭，不過半頭實在太多，家裡幾個小子敞開肚皮吃，也吃不完半頭牛。

「那我分一條牛腿給妳，回頭派人送去妳家。」

兩人一邊說，黃氏一邊讓人掃貨。

沒錯，黃氏買菜是掃貨，看著什麼好，就把那攤子包了。她家雖然只有三個人，但下人可有幾十個，多買一些，也不怕吃不完。

菜買完，回去前，黃氏同姜桃道：「再一個多月就是過年，最近家裡事情多起來，不能經常去找妳，妳要是遇上什麼麻煩，讓人捎個口信來。還有一件事，我家子玉……」

提到秦子玉，黃氏就不好意思，之前她連姜楊是姜桃的弟弟都不知道，更不知道自家兒子對姜楊的為難，後來知道了，覺得自家兒子做得不對。但姜楊拜衛常謙為師，沒再被秦子玉欺負後，黃氏慢慢就把自家兒子做的混帳事忘了。

地牛翻身時，姜桃間接救了他們一家子的性命，遇到缺糧，還不計前嫌地替她出主意解圍，兩人從一起救助傷患，再到合夥做生意，先不說姜桃怎麼想的，反正黃氏是真把姜桃當朋友了。

她一直想找機會讓秦子玉去給姜楊賠不是，但秦子玉主意大，不肯和她去，偏偏此時又傳來要開恩科的消息，秦子玉卯著勁兒開始念書，她更不好在這個時候強迫他。

「等過年吧，我帶他上妳家拜年，到時候讓他好好向妳家阿楊賠個不是。」

姜桃點頭。秦子玉確實欠姜楊一個道歉，至於接不接受，得看姜楊自己。

兩人分開之後，姜桃回到家，進了灶房，開始清洗食材。

因為家裡沒有合適的器具，她買了一個簇新的小銅鍋，可以放在泥爐上，也得好好刷洗乾淨。

她沒忙多久，蕭世南和姜霖先回來，還有一道跟來看雪團兒的楚鶴榮。

三個小子進了家門，聽到灶房的動靜，就過來看看。

楚鶴榮瞧見姜桃，笑道：「從前不知姑姑還會下廚，今天算是趕巧，可得好好嚐嚐姑姑的手藝。」

這話一出，蕭世南和姜霖的面色立即變得古怪，但還是給姜桃面子，你看我、我看你的狂打眼色，沒說什麼。

「是挺巧的。」姜桃假裝沒看懂蕭世南和姜霖的眉眼官司，又問：「阿楊呢？沒和你們一道回來？」

蕭世南道：「阿楊被衛先生留下說話，大概還得一會兒。」

姜桃點頭，又問：「那你們是去寫功課，還是來幫我的忙？」

「要幫忙！」蕭世南和姜霖異口同聲說著，立刻捋起袖子去洗手了。

楚鶴榮看愣了，這兩個有這麼勤快？

姜桃撇過臉，抿嘴偷笑一下，讓楚鶴榮先去正屋坐，或者去廂房寫功課。

楚鶴榮卻說：「我也不是客人，和小南他們一道幫您吧。」

姜桃買了很多種菜，每樣的數量卻不多，像白蘿蔔什麼的，一樣只買了一根。

蕭世南和姜霖看著繁多的蔬菜，心裡生出不好的預感——姜桃該不會想做什麼創新菜式或大雜燴吧！

幸好，他們把菜洗好後，姜桃只拿去切，沒一股腦兒地倒下鍋去。

姜桃把各種蔬菜切成合適大小，分裝在一個個碟子裡，再拿洗刷好的小銅鍋，裝上雞湯，放到小泥爐上慢慢熱著。

天黑之前，黃氏的人到了，送來一條牛腿。

牛腿已經被處理好，但不知姜桃他們準備怎麼吃，所以只切成大塊。

姜桃買羊肉的時候，有請屠夫切成薄片，因為她買得多，人也爽快，屠夫才肯幫忙，三斤羊肉足足切了小半個時辰才切好。

這大塊牛肉，可把姜桃難住了，握了多年刀子的屠夫都要切那麼久，讓她來切，豈不得切到明天早上？

幸好，姜楊和沈時恩回來了。聽說要切肉，沈時恩洗完手就進了灶房。

這是姜桃第一次看到沈時恩用刀做這種細緻活兒，只覺得他拿起刀後，整個人的氣勢就不同了，切肉動作更是快得只能看到殘影……

這、這也太薄了！姜桃拿起沈時恩切好的牛肉片，對著光看，只覺得這肉片薄得像一塊紅紗。

「你使刀的本事太強了！」姜桃忍不住讚嘆，她從前只知道沈時恩拳腳功夫厲害，沒想到他還有使刀的本事。「你以前……」

蕭世南從沈時恩開始切肉的時候，就興奮得不得了，沈時恩使刀的功夫可是家傳，沈家刀法在軍中威名赫赫，旁人想學一招半式比登天還難，唯有沈時恩肯用那刀法來替姜桃片牛肉！看到就是賺到啊，最好姜桃多問兩句，沈時恩乘機說明，日後他想學就有理由了。

其實，以前蕭世南便想學，但沈時恩說這刀法太惹眼，而且姜桃也不知道他們從前的事，說拳腳功夫是跟著江湖師傅學，這種謊還有得圓，為著強身健體，不少人都學過一些。可總沒人平白無故地學使刀吧，因此一直沒教他。

今天，沈家刀法重見天日，他終於有機會學了！

但蕭世南怎麼也沒想到，姜桃頓了頓，接著問的是——

「你以前是廚子嗎？」

沈時恩揚唇笑起來，很配合地回答道：「對啊，打小幫著大人在灶上幹活呢。所以我才會使刀，而且也比一般人健壯。」

噗！蕭世南好像聽到什麼東西破滅了。

哦，是他學習沈家刀法的希望。

姜桃當然知道沈時恩不是廚子，多半是武將人家出身。

不過武將家不像文官家那樣講究規矩儀態，不能從沈時恩的言行舉止，去判斷他的真實身分。

而且眼下灶房裡還有個楚鶴榮，雖然如今儼然快成一家子，但有些話，還是不好在他面前說。

所以，她才話鋒一轉，說起廚子，沒想到沈時恩還挺配合的。

楚鶴榮還真信了，也被沈時恩那炫目的刀法迷住，可惜道：「這樣的刀法，真乃我平生僅見，用於爐灶之間，實在太過可惜。若用在上陣殺敵，豈不是所向披靡？」

「別可惜了，用這麼好的刀法幫你切肉，回頭可得多吃一點。幫忙端菜出去吧。」姜桃笑著分派活計。

等小子們都出去了，她才轉頭問沈時恩。「小南怎麼忽然垂頭喪氣的？」

沈時恩忍著笑道：「不用管他，吃過飯就沒事了。」

這話倒是沒說錯，蕭世南後知後覺的，到了這會兒才知道，今晚家裡要吃火鍋。

火鍋在京城並不算特別新奇的東西，冬天的時候，館子的生意火爆極了。

但小縣城沒有這種店。而且京裡的火鍋店，多半只供應肉，沒像姜桃這樣，準備那麼多蔬菜。

「想要什麼醬，自己添。」

姜桃把市面上能買到的醬料都買了一份回來，不過種類肯定不能和現代的比。好在腐乳和芝麻醬之類的都是店家自己做的，吃著比後世超市買的新鮮。

說來也好笑，她一個現代人居然沒去店裡吃過火鍋，只在病房裡偷偷煮過幾次小火鍋。

她幫自己調好醬料，就開始在銅鍋裡放進自己想吃的肉。

雞湯是之前就煨好的，熬到現在，雞肉都化在湯裡了。

姜桃先涮幾個蘑菇，吸足雞湯的蘑菇，配著鹹香的芝麻醬，咬開來汁水十足，好吃得讓她直瞇眼。

姜楊和姜霖沒吃過這個，看著她的樣子有樣學樣，很快便胃口大開。

楚鶴榮和蕭世南更不用說了，都是涮肉老手，不碰蔬菜，光揀著肉吃。

沈時恩切的牛肉實在薄，筷子挾著，往咕咕嘟嘟的熱湯裡一放，立刻變了色，微微捲曲，可以入口。

他們倆盯著牛肉不放，挾一筷子一涮就是一口。

兩人吃得實在太香，姜霖不想吃菜了，伸長脖子看了看，又轉頭可憐巴巴地看姜桃。

姜桃去看姜楊，他們身上的孝期還剩一年多，之前除了年節和姜桃成婚時，姊弟三人真的都沒吃過大葷，最多吃些肉丁、肉末，以至於幫姜楊熬補湯時，一熬就是老半天，得把肉熬化了，姜楊才會吃下去。

其實她倒無所謂，本來就是大人，前兩輩子也是吃清淡飲食。只是心疼姜霖，不過才幾歲的小傢伙，家裡環境越來越好，伙食水準卻沒有提高，這半年來，從一個紮紮實實的小胖子，變成一個虛胖的小胖子。

姜楊便道：「反正沒幾天就臘月了，權當是提前過節。」說著，動了桌上的菜盤，把兩只裝牛羊肉的盤子換到姜霖面前。

這下，姜霖也加入埋頭吃肉的隊伍，開心極了。

下午時，姜桃還擔心吃不完，只買了三斤羊肉，一斤十六兩，用現代的單位來算，快五斤了。黃氏送來的牛腿也有二、三十斤，應該夠吃。

沒想到，她還是低估了小子們的戰鬥力。

等她和姜楊都吃飽了，放下筷子時，沈時恩他們還在埋頭吃著。

姜楊回屋寫功課，姜桃起身幫忙撇去鍋裡的油，又去灶房端來雞湯加了。

過了約一刻鐘，姜霖揉著圓鼓鼓的肚子說吃不下了，從凳子上跳下來。

平時，姜桃不讓他吃這麼多，但今天難得高興，沒說他什麼，只把他拉到旁邊，讓他多走兩圈消消食。

等姜霖磨磨蹭蹭地消完食，沈時恩他們才擱下筷子。

此時，桌上的肉已經吃得差不多，羊肉全吃完，牛肉只剩下一小半。

姜桃看他們都是一副靠在椅子上、懶得動彈的饜足神色，便拿抹布收拾桌子。

沈時恩站起來幫著她收拾，蕭世南也不好意思乾坐著，但實在吃得太撐，俯身端盤子時壓到了胃，喉頭一陣湧動，就想吐。

姜桃忙把他按回椅子上，要他歇著。

楚鶴榮哈哈大笑，笑得太用力，也有了想吐的感覺，連忙捂住嘴。

姜桃好笑地直搖頭，把他們趕回自己屋裡消食和寫功課。

蕭世南和楚鶴榮兩個難兄難弟我扶你、你扶我的，看到對方連路都走不動的樣子，又是一陣大笑。

蕭世南說：「我們家吃肉吃得少，難得讓我能敞開肚皮吃，才吃撐了。你這富家少爺，還缺這一點吃食？」

楚鶴榮不好意思地笑了笑。他確實不缺肉吃，現在伺候他吃食的廚子，還是京城楚家調過來的呢，什麼複雜精緻的菜都會做。

可不知怎的，他在家從來不會吃撐，但今天被姜家搶食的氣氛一感染，吃得格外香，格外開心。

小子們回屋去了，屋裡只剩下姜桃和沈時恩。

兩人很快把桌子收拾好，沈時恩依舊搶走洗碗的活計，不肯讓姜桃沾手。

姜桃也沒離開灶房，因為洗碗的位置很小，沈時恩身量又大，姜桃沒跟他擠在一處，而是從背後抱著他，把手臂圈在他腰間。

沈時恩任由她抱著，也不嫌她妨礙幹活，反而放慢手裡洗碗的動作，讓她多抱一會兒。

沈時恩身上的青布襖子是新做的，但隔著這樣蓬鬆柔軟的襖子，還是能輕易合抱住沈時恩的腰身。

「最近是不是瘦了啊？」姜桃把手伸進衣服，摸到緊致而塊塊分明的腹肌，壞心眼地在他腰上一撓。

沈時恩笑起來，故作嚴肅道：「不許亂摸。再摸，不讓妳抱了。」

好傢伙，又來良家大閨男那一套？

惡霸姜桃挑了挑眉，開始變本加厲。

從前她還以為男人身上的皮膚粗礪，是同沈時恩在一起後，才知道原來男人身上的皮膚也可以這麼光滑細嫩，好摸得不得了，反而因為肌肉線條好，多了些說不出的味道。

這人魚線、這腹肌、這腰身，嘖嘖嘖……姜桃像把玩藝術品似的，停不下手。

沈時恩身子不受控地顫了顫，但手上沾著皂角水，不能碰她，只得左躲一下、右躲一下地閃躲。

最後，沈時恩不反抗了，只重重地嘆口氣。「回頭可別又說我心思歪，是妳自找的。」

姜桃還沒反應過來，就看他飛快地把手沖乾淨，轉頭打橫抱起她，快步出了灶房。

「有人哪！」姜桃把驚叫聲嚥下去，臉埋在他懷裡。

好在兩間廂房的門都關著，弟弟們正在寫功課，沒人注意到灶房的小小鬧劇。

姜桃被扔到床上時，心跳快得像要從嗓子跳出來了。

平時都是夜間等弟弟們歇下，他們才會親熱的。

今天不過剛剛用了晚飯，雖然天色已經黑透，但他們沒歇呢，還隱隱能聽到姜霖清脆的笑聲，不知怎的，竟有種白日宣淫的羞恥感。

都到這種時候了，沈時恩自然不能讓她再躲開，連燈都沒吹熄，便跟著上了床……

雲雨初歇，姜桃懶懶地不想動，這會兒家裡才安靜下來，應該是弟弟們都睡下了。

沈時恩去灶上燒熱水，端過來給她擦洗。

姜桃心安理得地享受他的服侍，突然想到什麼，問道：「剛才你用的魚鰾，不會還是之前買回來的那些吧？」

地震過去了半年，沈時恩買的魚鰾早乾得不能用，只能老實道：「自然不是，是我後來買的。」

從前不知道魚鰾能用來避子，現在知道，想買就不是難事了。

姜桃也沒問他是不是定期買了以備不時之需，這小半年來，先是忙著地震後重建家宅，後頭又同黃氏合夥擴大繡坊，她忙得不得了，沒工夫去想那些。

沈時恩是火氣旺盛的年紀，憋著肯定不好受，但這半年裡，他卻從來沒有強迫或埋怨姜桃一次，光是這份隱忍克制，就讓她很動容了。

最近家裡環境越來越好，伙食也不錯，姜桃比之前圓潤一圈，體力也更好，歇過一會兒，便覺得沒那麼累。

因為覺得對不住沈時恩，所以等沈時恩洗漱好躺下來後，她鑽進他懷裡，悶聲悶氣，又有些不好意思地開了口。

「如果你不累的話，我……我還是可以的。」隨後想起，方才沈時恩拿出來的荷包裡，魚鰾好像已經用完了，她似乎不該這麼說。

沒想到沈時恩立刻道好，坐起身打開床頭的箱籠，又拿出一只一模一樣的荷包。

姜桃。「……」

她就應該問問他到底買了多少的！

第六十五章

進了臘月就是年，這是姜桃第一次操持過年的事，雖然有些瑣碎，但因為是自家人待在一塊兒過年，她格外賣力，半點都不嫌煩。

臘月初，姜老太爺和孫氏來過一趟。

他們是第一次來茶壺巷，因為沒有提前說，來的時候，家裡一個人都沒有。

後來還是王氏的男人中午回家替兒子做飯，看見二老上前詢問，才知道是姜桃的爺爺奶奶來了。

他先把兩人請到自家坐著，然後趕緊去通知姜桃。

姜桃正在繡坊裡忙活，聽說他們來了，趕緊回去，上王家接人。

「爺爺奶奶怎麼不說一聲，知道你們要來，我就不出門了。」姜桃說著，去燒水泡茶。

臨近中午，家裡什麼都沒有，她乾脆去巷子口的酒樓點幾道菜，讓他們做好送來，還另給了一份銀錢，讓夥計幫忙跑腿，去衛家跟姜楊和姜霖說一聲。

孫氏有些不高興，他們兩老特地過來，姜桃居然不在家，讓他們在門口等了快一個時辰。在她看來，女人嘛，成了家就該圍著家裡的事情打轉，沒事不該出門，怎麼好在外頭一待就是一上午？

再看家裡，冷鍋冷灶的，要喝口熱茶，還得先燒水。

幸虧沈家沒有長輩，不然看姜桃這樣，肯定怪他們姜家不會教養女兒。

孫氏的嘮叨還沒出口，大門被人敲響，黃氏帶著丫鬟進來。

瞧見從灶房提著熱水出來、準備泡茶的姜桃，黃氏笑道：「這種事怎麼還要妳親自做？妳家早該添兩個丫鬟了。」說著，讓帶來的丫鬟去幫忙。

姜桃引著黃氏去正屋，介紹二老給黃氏認識。

黃氏對著他們點點頭，算是打過招呼。不是她仗著身分擺架子，是跟姜桃成為朋友之後，對她的了解更多，知道了姜桃出嫁前的事，對其他姜家人的印象很差。

她轉頭對姜桃道：「臘月事情多，本是不該過來煩妳的。但年前得結算今年的利潤，還要發紅包給繡娘們。我想著一個人包五兩銀子，妳看如何？」

現在繡坊有四十多個繡娘，一個月能有幾百兩的盈利，雖然要跟黃氏拆帳，但收入卻多了數倍，一個月就能賺八、九十兩。

過年東家發紅包給夥計本是應該的，姜桃點頭道：「就按妳說的辦。」

黃氏點頭應好，想著她家裡來了人，不方便多留，留下帳冊後，便告辭了。

等她一走，孫氏也顧不上喝丫鬟泡來的茶，拉著姜桃問：「剛才那個穿金戴銀的夫人是誰？妳怎麼認識這麼富貴的人？」

姜桃回答道：「那是秦知縣的夫人。因為跟我有些淵源，所以加入我的繡坊，和我一道做生意。」

孫氏聽說黃氏是縣官夫人，已經驚得直吸氣，再聽她跟姜桃是生意上的合夥人，更是驚得說不出話來。

自家這孫女如今真是了不得，難怪白天一直待在外頭，都和縣官夫人做起生意，可不是沒工夫顧得上家裡這點瑣事。幸好她剛才沒開口數落姜桃，不然得鬧笑話了。

沒多久，姜楊和姜霖、蕭世南都回來了。

孫氏眼裡只有姜楊，忙把他拉到身邊坐下，心疼道：「你怎麼看著比上個月回家還瘦？瞧瞧這臉色，是不是沒吃好、沒睡好？」

這話好像在說姜桃照顧得不好，不過姜桃早就習慣孫氏對姜楊的偏疼，沒往心裡去。

姜楊打量姜桃的臉色一眼，拉了下孫氏的手，道：「二月就是縣試，時間緊迫就睡得少。不過奶奶別擔心，姊姊每天都燉補湯給我喝，我身體沒有什麼不舒服的。」

孫氏看姜楊精神很好，才放下心，但還是三句不離讓他好好休息，身體才是頭等大事。

旁邊的姜老太爺聽不下去了，說：「念書哪有不辛苦的？更別說楊哥兒馬上就要下場，刻苦一些，也是應該的。」

這時，酒樓夥計送來飯菜，一家子坐在一起吃。

姜楊還要回衛家上課，姜老太爺和孫氏也沒多待，把他們捎進城的菜和米麵、雞蛋之類的留下來，讓姜桃做給弟弟們吃。

姜桃心裡清楚，這是要給姜楊的，便沒推辭，想著再煮給姜楊吃就是了。

她送二老去坐車時，還給他們三兩銀子。「阿楊馬上要下場，過年的時候，大概也不出屋子的。爺爺奶奶要是想他，進城來住兩天，我就不兩頭奔忙了。這銀錢，你們拿著置辦一些年貨吧。」

過年，姜桃只想守著自己的家人過，姜老太爺和孫氏只能算是姜楊和姜霖那邊的親人，她看著兩個弟弟的面子，才維持面上的和氣，不想大過年的還跑到鄉下守著他們，更別說到時候兩個不省心的伯母肯定也要回去。她可不想舒心了一整年，年底卻去受她們的氣。

她本是外嫁女，照著規矩，只要大年初二回家送年貨，吃一頓飯就行。

雖然孫氏希望姜楊回來過年，但鄉下吵鬧，肯定不能好好看書，所以沒說什麼，把銀錢收好。

「那我多買些你們愛吃的。要是阿楊願意，你們就一道回來。」

孫氏哪裡知道她愛吃什麼呢？肯定還是按著姜楊的喜好來。

姜桃沒再多說，笑著點頭應下，而後目送他們離開。

臘月過半，衛常謙停了課，怕姜楊心裡負擔過重，還單獨和姜楊聊了聊，說過年這幾天可以鬆散一下，按著姜楊現在的能力，多的不敢說，考個秀才不成問題。

這邊課一停，楚鶴榮就得回京城了。他想帶著蘇如是一道回去，但蘇如是想跟姜桃過年，不想來回奔波了。

他又想把雪團兒帶回京城給楚老夫人瞧瞧，證明給她看，去年他真的有好好準備年禮。姜桃倒是沒什麼意見，雪團兒雖在地震後吃百家飯，但地震前，可是吃了楚鶴榮上百斤肉食。

不過，雪團兒不樂意啊，現在整個小縣城都是牠的地盤，還要楚鶴榮這張飯票幹啥？最後，楚鶴榮只能一個人帶著家丁回去。

與他離開的蕭索背影相較，茶壺巷姜家就熱鬧極了。

姜霖被拘著上了一年的學，一休假便把書包藏起來，騎著雪團兒滿縣城跑。

他長得像個福娃娃似的，一年來個子高了不少，人也瘦下去些，看著越發可愛。

百姓們餵慣了雪團兒，看到圓潤可愛的姜霖，便也給他吃食。

起初姜霖還記得姜桃的話，不能占旁人便宜，可那些婦人看他那麼小，卻像個小大人似的知道拒絕，更喜歡逗他了，什麼花生糖啊、小炸魚啊，直接往他嘴裡塞。

這些東西不算便宜，但每人不過餵他一、兩塊，也不值當什麼。

最後，姜霖還是沒能擋住大家的餵食，不過還是有分寸，吃上幾口，肚子飽了就不吃了，不像雪團兒，吃不下還讓人裝進牠的背包裡。

姜桃那邊，繡坊也放假了，半年來，她身邊多了幾百兩，買起年貨更是不手軟，光是香腸就讓人灌了二十斤，又買十來隻醃好的鹹雞鹹鴨，全掛在灶房裡的橫梁上。至於瓜子、糖果、點心之類的，也買了好幾匣子。

米麵雞蛋那些，更不用說，本就逼仄的灶房已經堆不下，連外頭廊下都堆了不少吃食。但家裡有雪團兒這隻大貓在，所以也不擔心有老鼠來偷糧食。

再來，是給家裡人做新衣裳。

之前家裡人都是直接買成衣，選最便宜耐磨那種。現在手裡銀錢多了，又是過年這種好時候，姜桃就買了整疋的好料子，也不送到成衣鋪子去，拿去隔壁請李氏幫著做。

李氏本就會裁衣服，又學了半年刺繡，手藝更上一層樓。她只和女兒過年，事情不算多，母女倆不到十天，便做好五身大小不同的新襖子。

姜桃知道，如果付錢，李氏不會要的，乾脆分了些年貨、肉食給她們母女，省得還要出去買。

她也想替蘇如是做一身新衣裳，但蘇如是平時的穿著雖然簡單，習慣穿的緞子卻是這小地方買不到的。

姜桃都想到這一處了，蘇如是自然也想到她，特地把她喊到家裡，拿出一條桃紅色蝴蝶穿花妝花褙子和同色的馬面裙給她。

褙子和裙子的料子自不用說，更難得的是，上頭的繡紋巧奪天工，華麗得不是言語能形容的。

姜桃一下子便認出這是蘇如是親自繡的，而且極為費工，不知多久前就開始準備，不由慚愧。

「我正想著，您常穿的緞子，這裡不好買，沒想到您早替我備好新衣裙。怪我想得太晚，若是早想到這一層，也能在年前商路沒停的時候，託年掌櫃從外地捎帶料子來。」

蘇如是搖手笑道：「我都這個歲數了，早過了愛美的年紀。新料子不如舊的妥帖細軟，就算妳給我做了新襖裙，我也穿不習慣。」

說是這麼說，但回頭姜桃還是親自做了一套抹額、荷包、鞋面送給她。

就這麼忙啊忙的，好像一眨眼工夫，便到了除夕。

除夕這天，姜桃起個大早，把蘇如是接到家裡。

沈時恩也在家，兩人早在姜桃口中聽過對方的事，因為種種不便，還是第一次見面。待看清對方面容時，俱是一愣，隨即恢復如常，客客氣氣地見了禮。

接著，姜霖吵著放鞭炮，而且還要像去年過年那樣，把鞭炮掛得高高的，他坐沈時恩肩膀上去點。

沈時恩對弟弟們本就格外寬容，又是過年，就把小胖子抱出去了。

蘇如是跟沈時恩都是姜桃的至親，姜桃自然發現兩人的神色有些不對勁。

待他們出去，屋裡只剩師徒二人時，姜桃就問蘇如是怎麼了？

蘇如是擰眉想了想，道：「我看他有幾分面熟，但一時間想不起是在哪裡見過。」

兩人上回見面，已經是四、五年前了，而且當時沈皇后去跟蘇如是說話時，沈時恩只站得遠遠地看著，沒有上前。

這些年來，蘇如是以為姜桃歿了，黯然神傷，老了快十歲。

沈時恩則經歷家族巨變，不得不隱姓埋名，逃出京城當苦役，氣質變得沈穩許多，再也不是昔日意氣風發的沈二公子。而且，他從十八、九歲的少年，長成二十出頭的青年，面容也有不小的改變。

兩人都是普通人，又沒過目不忘的本事，猛然間都沒想起當年那匆匆見過的一面。

「沈二哥是京城人，出身不差。從前師傅經常出入簪纓世家，偶然見過，也不足為奇。你們是我的家人，過去有沒有見過都不要緊，現在就是一家人。」

蘇如是點點頭，說是這個道理。

沒多久，姜霖放完鞭炮，沈時恩抱他進來。

一家子便一道寫春聯、貼春聯。

其實這些事情，之前就可以做，但姜桃還是特地等到蘇如是來了，才一起動手，這樣格外有過年的氣氛。

姜楊負責寫春聯，姜桃從灶房裡端出熬了一早上的漿糊，大家一起動手，在家裡每個門上貼一幅新春聯。

下午的工夫很快過去，到了要準備年夜飯的時候。

姜桃捋起袖子，準備開始燒菜，卻被沈時恩攔著，說他來就好。

弟弟們的臉色也變得古怪起來，勸著她多歇歇。

蘇如是倒是有心想幫忙，但她比姜桃還不如，這輩子都沒下過廚。

她身邊有丫鬟，但她嫌玉釧心思多，楚鶴榮回楚家過年時，讓他把玉釧也帶回去，只留下兩個小丫鬟。

小丫鬟不過七、八歲，個子和灶臺差不多高，自打之前府裡廚子也隨著楚鶴榮一道回京過年後，她們就是在外頭買吃食解決三餐。

聽說要下廚，兩個跟在姜霖屁股後頭、放完爆竹的小丫鬟便很有眼色地不玩了，轉身跟進灶房。

沈時恩哪裡會使喚她們，讓她們繼續跟姜霖一起玩，點蕭世南進去打下手。

到了傍晚，一桌簡單的年夜飯便做好了。

菜色雖然簡單，但因為姜桃準備的食材足，鹹雞鹹鴨蒸一蒸就是兩道菜，臘肉香腸切一切、炒一炒又是兩道。加上一條清蒸鹹魚、一鍋白菜豆腐湯、一道清炒乾筍絲並其他小菜，菜色就齊全了。

蘇如是看著沈時恩圍著圍裙把菜餚一道道端出來，終於相信姜桃從前說的都是真的，她真找了個很好很好的夫君。之前對沈時恩身分的猜測也沒了，她確實見過不少世家公子，但哪個世家公子能做到這分兒上？再落魄都不可能。

天色暗下來之後，外頭煙花、爆竹、鞭炮聲就沒有斷過，在熱熱鬧鬧、闔家團圓的氛圍裡，大家擠在一張八仙桌上，歡歡喜喜吃完年夜飯。

飯後，眾人饜足地放下筷子，蕭世南掏出一副葉子牌來玩，說是楚鶴榮之前送他的。沈時恩和姜楊沒玩過這個，但都是聰明的人，聽過規則，很快就上手。

姜霖和兩個小丫鬟玩捉迷藏，在屋裡跑出跑進。

蘇如是不喜歡打牌，姜桃就拿出年前年掌櫃送來的繡花冊子給她看。

她們師徒倆，刺繡前都是不描圖的，想繡什麼記在心裡，下手便能繡出來。

現在姜桃的繡坊已經走上正軌，一個月光是分成就能分到近百兩。但她不想丟了手藝，每個月還是會做繡品去賣，銷到大地方，價錢跟著翻倍，一個月還能多賺一百多兩。所以看時興的花樣子，對她來說很有必要，加上有蘇如是從旁指點，過程更是愉快。

就這樣到了子時，沈時恩帶著因為一直輸牌、臉上被畫成花面虎的蕭世南，又放了一串鞭炮。

姜霖和兩個小丫鬟已經睏得睜不開眼，現在的當家人是姜桃，不講究守歲，讓大家去歇著了。

沈時恩送蘇如是她們回去，回來時，姜桃已經洗漱完。

兩人躺到床上閒話家常，姜桃想到蘇如是方才的話，就問沈時恩對蘇如是有沒有印象。

沈時恩心裡已無甚芥蒂，卻同蘇如是一樣，只道：「看著有些眼熟，不過楚家從前是皇商，偶然見過也正常。」

姜桃這才想起，她一直沒跟沈時恩提過蘇如是的身分，到了這會兒，沈時恩還以為蘇如是是楚家人。

「義母是刺繡大家，姓蘇，不是楚家人。之前她不想在這裡揚名，我就沒有特別提。」姜桃翻過身看著他。「旁人都喚她蘇大家，這樣說，你有印象嗎？」

沈時恩這才把蘇如是和記憶裡見過一次的蘇大家對上，眼神閃爍一下，低低地嗯了聲。

但是嗯完之後，他不知該怎麼接話了，總不能直接說從前訂親的未婚妻，就是蘇如是的徒弟吧。

他和姜桃成婚快一年，知道她平時最是講道理，但有時候會像小孩兒一樣鑽牛角尖。之前他尾隨蕭玨去青樓，回來同她說了，她雖然沒有真的惱，但時不時想起來，就要酸兩句，直到最近才慢慢淡忘那回事。

而且，蘇如是的記名弟子雖多，但親自教養過的弟子，只有寧北侯府的嫡姑娘，若是告訴姜桃這些，他的身分自然就瞞不下去。

沈時恩覺得，是時候該和姜桃攤牌，從前覺得瞞著她，對她更好些，但兩人往後要走一輩子，總不能就這麼瞞下去。再說，姜桃越來越顯出超出她年紀的豁達成熟，沈時恩相信，就算和她說，她也能處理好。

但藉著前未婚妻的事，他才如實相告自己的身分，總感覺有些不妥。

他腦子裡紛紛雜雜，還沒想到怎麼說，耳邊就傳來姜桃均勻的呼吸聲。

看著她安靜恬然的睡顏，沈時恩無奈地笑了笑。

還是有機會再和她慢慢說吧！

這麼想著，他把姜桃放在外頭的手臂挪進被窩，伸手將她攬在懷裡，也合眼睡去。

第二天一大早，姜桃就被外頭的鞭炮聲吵醒了。

她起身換上蘇如是為她準備的新衣裙，桃粉色襯得她多了幾分少女的嬌俏，上身的褙子還做成掐腰樣式，顯出她不盈一握的腰身。上頭的繡紋是用銀線繡的，不如金線繡的那般富貴，但每一朵花、每一隻蝴蝶都不只能用栩栩如生來形容，簡直和真物一般無二。

「好看嗎？」姜桃在銅鏡前照完，又踱步到床前，給沈時恩看。

沈時恩半躺在床上，一隻手慵懶地枕在腦袋後。

看到打扮過的姜桃，他眼睛一亮，對她伸出手。「過來。」

姜桃可不想大年初一就同他在床上胡鬧，遂不上前，只美美地轉個圈給他看。

看得卻碰不得，沈時恩不由失笑。「我還當妳喜歡素色，日常才穿那些顏色清淺的衣裙。這樣打扮起來更美，往後我多買兩身這樣的給妳穿。」

姜桃抿唇笑道：「其實我比較喜歡濃豔的顏色，不過孝期還有一年，平常不好這樣穿的。但這是義母特地做給我的，又是大過年，只穿今天一天，明天我就換下來。」

她說完，就去洗漱了，準備帶一大家子去蘇宅向蘇如是拜年。

第六十六章

到了街上，沈時恩開始覺得不對勁——路上看姜桃的人太多了！

姜桃和雪團兒本就名聲不小，一人一虎走在一起，更是引人注意。加上今日姜桃特地打扮過，迎面遇上的人，沒有不瞧她的。

沈時恩自詡不是小心眼的人，之前還偷偷笑話過姜桃鑽牛角尖，他去青樓，什麼都沒做，卻讓她念叨了幾個月。現下輪到他了，才知道這種事根本無法控制，看到那些男人有意無意地往姜桃身上瞧，他就想把對方的眼珠子摳出來。

後來，他乾脆走到姜桃身邊，遇上和姜桃打招呼的，若是女子便不攔著，若是男子，他就結結實實地往姜桃身前一擋。

姜桃的頭頂還沒有他下巴高，身形又嬌小，被他這一擋，等於只能和人隔空說話。

「你幹麼啊！」進了蘇宅，沒有外人，姜桃終於忍不住笑著捶他肩膀一下。

剛開始她還以為沈時恩是無意，但被這樣擋了大半條路，傻子也看出他是故意的了。

「你吃醋啊？」見他不說話，姜桃得意地笑著問他。

沈時恩一本正經地道：「我沒有，我又不是那等小肚雞腸的人。」說著，也不等姜桃多說，拉著她去向蘇如是拜年。

反正姜桃日常並不做這樣扎眼的打扮，過了今天，就沒事了。

蘇如是早就起來，瞧見他們，笑道：「昨兒一道守歲，今天怎麼還一大早過來。來回奔波，也是辛苦了。」

她說是這麼說，但臉上的笑是實打實的高興，畢竟到了半截入土的年紀，臨老突然多了這群子姪，熱熱鬧鬧，的確是件值得高興的事，一人給了一個大紅包。

姜桃笑著接過。「就幾步路的工夫，來回不到兩刻鐘，哪來什麼辛苦。」

姜楊和蕭世南他們也是這麼說。

自打蘇如是搬到這裡來，蘇宅儼然成了幾個小子第二個落腳點。起初，他們還不好意思，有些拘謹，但蘇如是說話溫溫柔柔、和和氣氣的，常給他們準備著瓜果點心，這麼相處下來，漸漸也有了感情。就算姜桃不喊他們，他們也想來給蘇如是拜年。

蘇如是給的紅包頗厚實，直接塞銀票，一人給二十兩。

姜桃的自然比旁人的多些，塞了一張一百兩的銀票。

蘇如是一看姜桃的臉色，知道她嫌多了，不等她拒絕就道：「圖個好意頭而已，妳也知道，這點銀錢對我來說不算什麼。左右妳也不會亂用，開年阿楊就要下場，用銀錢的地方多著呢。」

姜桃不好拒絕，師徒倆便坐在一起，親親熱熱地說了一會兒話。

接著，幾個小子還要去隔壁衛家向衛常謙拜年，姜桃曾受過衛夫人的照拂，就跟著一道過去。

此時，衛家熱鬧極了。

去年過年，衛家人剛回到鄉間，衛老太爺宣稱自己重病，過年也不張揚，不見客的。

但地牛翻身時，衛老太爺在人前露出那龍馬精神的樣子，不好不見人，所以和衛家沾親帶故的人，幾乎都趕在初一這天來拜年。

姜桃被丫鬟引著進了後院，衛夫人正招待著一屋子女客，見了她，跟見了救星似的。

本來嘛，她是清貴人家出身，親戚雖多，但都是讀書人家裡的女眷，講話輕聲細語，客客氣氣。哪像鄉間的親戚，面都沒見過兩回，便不把自己當外人，嗓門高也罷了，還有在地上吐痰的。

衛夫人見了，差點一口氣上不來，直接暈過去。

姜桃倒是不在乎這些，雖然過去也是好出身，但穿成農家女一年，什麼人沒見過？便坐在衛夫人身側，幫她接話、打圓場。

招待了一上午，吃午飯的時候，衛夫人讓人準備兩桌席面，請親戚們去吃席，總算能喘口氣，單獨跟姜桃說話。

丫鬟們立刻湧進屋裡，清理地上的髒污，衛夫人拉著姜桃去內室，讓人送上香胰子和熱水來洗手。

「幸虧有妳。」衛夫人心有餘悸地嘆口氣。「讓妳見笑了。」

從前她還覺得黃氏不講究呢，但跟今天這些親戚相比，忽然覺得黃氏可愛起來。

姜桃忍不住笑了笑，方才進屋時，瞧見衛夫人慘白的面色，還以為她被人為難呢，後來才知道是女客們太不講究，隨手亂扔瓜子皮、橘子皮，在地上吐痰，把她嚇壞了。

不怪衛夫人這樣想，她不在市井長大，養尊處優三十多年，不可能說習慣就習慣。姜桃覺得她已經夠配合了，起碼沒因為對方不講究，就拉下臉或趕人，還是硬著頭皮作陪。

這不禁讓姜桃憶起當初衛夫人和黃氏的不睦，當時她還怕夾在中間難做人，如今回想起來，只想發笑。都是好人，沒什麼壞心腸，但就是說不上話，像文臣和武將，也是話不投機半句多。

可能是因為兩人都想到黃氏，半晌後，黃氏真上門了。

彼時衛夫人剛送走一屋子女客，聽下人說黃氏來了，剛揚起來的唇就垂下去。但大過年的不好趕人，只能讓丫鬟把黃氏請進來。

孰料，黃氏不是來找衛夫人，而是來尋姜桃的。

黃氏進屋，讓丫鬟放下給衛家帶的年禮，跟衛夫人道了聲新年好，便不看她了，自顧自地找姜桃說話。

「剛剛我還去了茶壺巷，拍半天門卻沒人應。聽王氏說，才知道妳出門拜年，又去隔壁兜了一圈，終於在這裡找到妳，可把我累壞了。」

姜桃把丫鬟呈上來的茶盞遞給她，問她有什麼事？

黃氏說：「還能有什麼事啊，之前跟妳說好的，向妳拜年啊。我特地把我家子玉揪出來了，讓他去前頭找妳家阿楊道歉。」

年前黃氏提過這件事，當時姜桃應下，但沒想到黃氏大年初一就趕著辦了。畢竟初一都是晚輩給長輩拜年，她比黃氏小一輪多，因為交情深厚，勉強算個同輩。

衛夫人聽到這裡，彎唇笑起來。「秦夫人深明大義。」

姜楊是衛常謙的得意門生，早些時候，衛常謙經常同她念叨秦子玉幹的壞事，不過虧得有他使壞，衛常謙才能順利地收到合心意的學生，還說，早晚得替姜楊討回公道。

說是那麼說，孩子之間的爭執，他這大人一攪和，就變了味兒。秦子玉雖然壞，但沒壞到需要他出手的程度。

早些時候，衛夫人和黃氏很是不睦，但地牛翻身之後，百姓們受苦，她有心想幫忙，卻做不了什麼，加上衛老太爺三令五申讓他們不許在那個時候出頭，所以只捐了幾千兩銀子，沒有親自救人賑災。

後來，她聽聞黃氏那個粗人竟直接動手幫忙，便改觀了許多。

此時知曉黃氏押著秦子玉來向姜楊道歉，衛夫人對她的印象又好了不少。當然也有剛剛才送走一堆不講究的親戚的緣故，無形中把黃氏襯得比之前可愛許多。

黃氏沒想到衛夫人會主動跟她搭話，笑道：「他就是小孩兒心性，也不是真的壞。以後我會對他嚴加管教。」

做父母的，當然不會覺得自己孩子不好。

可秦子玉不是真的壞？衛夫人覺得不盡然。

姜楊不過是個農家子，若非遇上衛常謙，說不定就讀不成書。

俗話說，斷人財路如殺人父母呢，秦子玉等於是想斷了姜楊的科舉之路。

姜桃也是同樣的想法，覺得秦子玉小小年紀，心思就歪了，且不說把心思放在擠對同窗上，能不能考出功名，如果真讓他金榜題名，以後走進官場，手中的權力大了，不知會歪成什麼樣。

所以，因為秦子玉的關係，之前她不想跟黃氏來往。

無奈事有巧合，兩人在地震中有了並肩作戰的友情，一來二去，真成了朋友。

既然是朋友，姜桃覺得有必要勸勸黃氏，卻沈吟著，不知道如何開口。

衛夫人打量她的神色，猜出了一些。

今日姜桃幫她在先，她覺得也有必要幫幫姜桃，遂出聲問道：「不知秦夫人準備怎麼嚴加管教？」

黃氏想了想，說：「講道理啊。不過，我的嘴也笨，經常說不過他，還被他的狡辯繞得團團轉。」

衛夫人端起茶盞，慢慢地道：「犬子小時候定不下心，讓他安穩念書，像要他的命。老太爺和老爺都拿他沒辦法，畢竟只是四、五歲的孩子，講道理也聽不懂。

「後來，我拿著板子跟在他後頭抽，抽一頓不老實，就抽兩頓，打了小半年，他知道怕，自然就乖了。他在書桌前一坐就是一日，起初是為了逃過一頓打，裝出讀書的樣子，爾後養成習慣，裝著裝著，自然真把書看進去……」

姜桃聽明白了，衛夫人這是在藉著她教訓兒子的事，提醒黃氏——道理講不通的時候，不妨用強力。秦子玉雖是少年，但到底還不定性，沒有壞到不可救藥的地步。只要用強力把他硬拗成好人的樣子，讓他習慣好人的行事方法，就像衛夫人家的兒子一般，裝著讀書後，自己習慣了，真把書讀進去。

如果一個壞人裝了一輩子的好人，做了一輩子好事，誰又能說他是壞人呢？

姜桃覺得衛夫人這番話挺有深意，不過一時間還想不到應該用什麼樣的強力去改變秦子玉，遂點頭附和。「衛夫人說得很有道理。」

連姜桃都這麼說了，黃氏立刻站起身。「我明白了！」

姜桃還納悶著，黃氏的腦子怎麼忽然變得這麼靈活？還沒來得及問，就看黃氏氣勢洶洶地離開。

她隱隱約約覺得，黃氏理解的，跟衛夫人說的，好像不是一回事啊……

衛家前院，衛常謙把姜楊他們隆重介紹給自家親友。

姜楊進退有度，蕭世南親切知禮，姜霖乖巧可愛，兄弟三個很快贏得眾人的讚賞。

半晌後，客人散了，衛常謙便讓姜楊他們回去。

畢竟二月就是縣試，只剩一個月可以備考，而且姜楊的目標肯定不只是小小的縣試。因為要看書，姜楊連過年都沒回村裡，衛常謙也不好仗著老師的身分，浪費他的工夫。

他們正說著話，下人來報，說秦子玉求見。

衛常謙臉上的笑頓住，納悶地嘀咕一句。「他來做什麼？」

不過，過年不好趕人，便讓家丁請他進來。

秦子玉也是滿臉鬱卒，大過年的，誰想這時候來觸霉頭啊？若只是拜訪衛常謙也罷了，他娘非讓他來向姜楊賠禮道歉。

想到黃氏，秦子玉更是鬱悶得想吐血。

自打地牛翻身，她娘就不正常了，和姜楊的姊姊好得很，整天把姜桃掛在嘴上。

秦子玉後來才知道，他娘和姜桃一起在地震時救助傷患，後來缺糧，姜桃還幫著出主意，保住了他爹的烏紗帽。

但他覺得，姜桃那主意也沒有多高明，他也是能想到的。

「家裡出了這麼大的事，您不跟我說，反倒向那個小娘子求助。如今欠人家一份人情，虧不虧啊？」

黃氏不高興了，道：「那時你和你爹被地牛翻身嚇得連門都不敢出，我難道還指望你們嗎？要不是阿桃替我想辦法，早露出馬腳了。」又說：「小孩子家，管這麼多做什麼？好好念你的書就行。」

連珠炮似的一通話，讓秦子玉語塞。

他娘糊塗了，他跟姜桃差不多年紀，他是小孩子，姜桃就是大人了？一個農家女能有什麼大本事？那番話，定是她隨口瞎編的。

孰料，後來的事更是讓他始料未及，楚家的長輩，一位對外不露姓名的刺繡大家，竟豪氣地捐出一萬兩救災銀。

黃氏又說了。「唉，我這腿都跑細了，不知道跑了多少人家，本地的鄉紳富戶加起來，不過捐了幾萬兩。這楚家長輩以阿桃的名義，一捐就是一萬兩。京城來的大戶，難道還得拍我這小小知縣夫人的馬屁？肯定是看著阿桃的面子啊。

「姜家生活也不容易，那可是一萬兩銀子，阿桃得繡多少繡品才能掙回來？之前你還那樣對人家弟弟，人家不計前嫌替我出主意不說，還這樣幫我，我真是不知道走了什麼好運，才遇到這樣的貴人。」

所以，黃氏知道姜桃在猶豫著要不要擴展繡坊時，二話不說就入股。

秦子玉自然試圖阻攔，但別看黃氏寵著他，大事上卻不聽他的，而且秦知縣還在旁邊敲邊鼓。

「你就聽你娘的，姜家那小娘子主意正，前頭幫你爹得了個治理有方的好名聲，現在幫著那些家裡沒了進項的婦人尋到活計，又是大功勞一件！」

他爹娘，一個只想著政績、考評之類的，一個像被姜桃灌了迷魂湯，任他說破嘴皮都勸不回來。

然後，黃氏越來越瘋魔了，說什麼都要他跟姜楊道歉。

嘮叨幾個月，年前終於不說了，秦子玉以為黃氏放棄了，沒想到大年初一一大早，他就被喊起來。

秦家家裡沒人，也沒有需要一大早去拜年的親戚。他外祖家倒是人多，但遠在外省。他換好衣服，才知道黃氏要帶他去找姜楊賠禮道歉。

這可是大年初一啊，要是遇上不好的事，得倒楣一年呢！

但是秦子玉細胳膊細腿的，實在敵不過黃氏的力氣，被強行拉上了馬車。

秦子玉煩了，他看出來了，這個歉要是一直不道，他娘心理的坎是過不去了。今年他還要科考，為了未來幾個月能好好念書，丟臉就丟臉吧！

到了衛府，見到姜楊後，秦子玉把年禮往他面前一放，道：「對不起！」

之前姜楊聽姜桃說過，黃氏要帶秦子玉向他道歉，但沒想到大年初一就來了，而且這態度……真是夠惡劣的。

姜楊彎了彎唇，不以為意道：「子玉兄太客氣了。過去的事，我也不怪你。」

秦子玉覺得丟臉，正準備開溜，聽到這話便站住了腳，奇怪道：「你不怪我？」

他和姜楊當了好長一段時日的同窗，知道這小子天賦高，心眼卻不大，肚腸切開來，未必比他白。

現在，姜楊居然說不怪他？這麼通情達理，和秦子玉印象中的姜楊簡直判若兩人！

姜楊又笑了笑。「是啊，若非子玉兄讓我退學，我如何能拜衛先生為師呢？聽說之前子玉兄也是想拜入老師門下，等於是把老師收學生的名額拱手讓給我。要不是得了老師的指點，今年開的恩科，我未必有信心下場。他日有幸金榜題名，還得念著你這份助力呢。」

姜楊素來不在人前說這些，衛常謙還擔心他信心不足，發揮不出應有的水準，此時聽了，便笑起來。

「好，這話說得好！不愧是我的學生，肚量大，格局更大！」

秦子玉快氣死了！

當時在茶壺巷，他眼睜睜看著衛常謙進了姜家大門，還黑著臉放話，絕對不可能收他為學生。

他心裡有多難受、多生氣，只有自己知道。

好不容易過了快一年，他漸漸恢復平常心，沒想到姜楊卻在他的傷口上撒鹽。偏偏這些話還真挑不出錯處，任誰聽了，都會誇姜楊寬宏大度。

秦子玉胸口堵得像壓了塊大石頭，咬牙切齒地說：「過去的事就算了，以後咱倆井水不犯河水。」

姜楊依舊雲淡風輕地笑著。「過去的事就算了，但井水不犯河水，似乎是不行。最近我聽聞伯母和我姊姊實在投緣，想義結金蘭。若她們真成了姊妹，往後子玉兄……不對，我就要改口直接喚你子玉了。我做舅舅的，自然不好同你計較。」

去你大爺的，你是誰舅舅?!

不等秦子玉開口，衛常謙想著，若黃氏真與姜桃結成姊妹，自家彎彎繞繞地，和秦家也算是沾親帶故了。

姜楊那般大度地不同秦子玉計較，他這當老師的，自然不能被學生比下去。

於是，他對著秦子玉多了幾分慈愛，鼓勵他道：「知錯能改，善莫大焉。我聽說你已經有秀才功名在身，今年也要越發努力。」

衛常謙從沒有這麼和顏悅色地和秦子玉說過話，尤其是在他後來陰差陽錯地說了冒犯衛常謙的話之後，衛常謙連他的面都不肯見，更別說這樣鼓勵他了。

秦子玉受寵若驚地拱手。「謝先生勉勵，我定會發憤圖強，不讓先生失望！」

衛常謙捋著山羊鬍笑了笑，沒多久，衛家又來了一批拜年的人，就不留他們，讓他們回家去了。

出了衛家，秦子玉恨恨地瞪著姜楊。

「方才在衛先生面前說的那番話，你是故意的吧？」故意戳他心窩子。

姜楊爽快地直接點頭承認。「對啊。」

秦子玉氣得再度語塞。

正好黃氏出來，瞧見他倆站在一起說話，笑道：「我就知道阿楊是個好孩子，這是不怪我們子玉了對不對？」

姜楊看夠了秦子玉吃癟，心情很是不錯，加上他對黃氏印象挺好，點頭笑道：「他都趕著正月初一來向我道歉，我哪還能揪著不放呢？過去的事便算了。」

黃氏笑著點頭，目送姜楊和蕭世南等人去了蘇宅，還向秦子玉念叨。「你看看，姜家姊弟是多好的人啊，往後你可不能再那樣欺負人。」

秦子玉有苦難言，只得道：「娘不懂，他是憋著壞水呢！」

孰料，黃氏一聽這話，臉立時板起來，說了一句秦子玉聽不懂的話。

「剛剛衛夫人告訴我如何教子，我還想著你大了，今天還肯向阿楊道歉，未必需要那樣。看來，是我想得太好了。」

秦子玉聽得糊裡糊塗，沒來得及發問，就被黃氏拉回家，然後知道了衛夫人告訴她娘的「教子」方法……

據說，大年初一經過秦府的人，都聽到了動靜，說秦家這爆竹聲好怪，不是噼哩啪啦，而是啪啪啪啪，像竹板子打在肉上的聲音。

不過，大過年的，大人對上再調皮的孩子，都會格外寬容，不會動手教訓。加上秦知縣家只有一個獨子，那麼大的少年，怎麼都不可能被當成孩子打，所以誰也沒有多猜測了。

姜桃也不知道，當時她隱隱覺得不對，就追著黃氏出了衛家。

但黃氏已經帶著秦子玉坐上回去的馬車，姜楊他們也去了蘇宅。

她跟去蘇宅，問姜楊見到黃氏沒有，她對秦子玉的態度如何？

姜楊說：「伯母見我和秦子玉站在一起說話，還挺高興的，問我是不是不怪他了？我說是，她就更高興了。」

姜桃點頭，想著秦子玉都得到姜楊的諒解，黃氏那麼高興，應該不會對他動手，便也沒再多想。

第六十七章

隔了幾天，黃氏喜孜孜地來找姜桃。

「衛夫人教的辦法果然管用，我不過打斷三根竹板，我家子玉就乖得像隻貓兒一樣，再也不說妳家的壞話了。」

姜桃驚得直接把嘴裡的茶噴出來。

黃氏看姜桃這樣，忙伸手幫她捋背順氣。「怎麼，這茶燙嘴啊？」

姜桃咳嗽兩聲，道：「衛夫人說的，不是讓妳打他，而是說……唉，我一時間不知道怎麼跟妳說。妳真打他了？那麼大個小子任妳打，打出毛病來怎麼辦？」

「哪能啊，我又不傻。」

姜桃這才放心些，又聽黃氏道：「子玉當然不肯讓我打，聽說我要打他，還想跑呢。剛進門，就被我一隻手按倒，然後拿竹板子抽他屁股。屁股肉厚嘛，肯定打不壞人的。」

「這……哪來的竹板子？」姜桃不知道說什麼好了。

「回去時買的，附近有個篾匠，我買了一捆有手掌那麼寬的竹板，打完三根，他就老實了。其他的，我也沒扔，下回還能用上。要不是妳家孩子都乖，不然我也買一捆送妳。」

姜桃連忙擺手拒絕。「就是不乖，我也用不著。」

黃氏點頭。「也是，妳這細胳膊細腿的，肯定打不動人。不過，妳說衛夫人不是要我打子玉，是什麼意思？」

姜桃就把自己理解的意思告訴她。

黃氏一拍腦袋，哈哈笑道：「原來衛夫人說的是這個意思啊，要不說妳聰明呢，我就沒想到那麼複雜的事。不過，這也算錯有錯著吧，現在我家子玉真是乖得沒話說。」

當娘的都想得這麼開，姜桃也就不勸了。

送走黃氏後，姜桃立刻就去廂房找姜楊。

姜楊是個懂得克制的人，自打愛說話刺人的毛病被姜桃教好以後，他話少了，人也看著沈穩許多。

聽到秦子玉挨打的事，他也忍不住笑起來，笑了好一會兒，才道：「這頓打，他挨得不冤枉。現在我是真的一點都不怪他了，過去的事，就此揭過。」

姜桃也跟著彎唇，又道：「我和秦夫人的交情，是我們的交情，一碼歸一碼，你不必看著我的面子委屈自己。」

姜楊搖搖頭。「真沒有。之前秦子玉沒害到我，反而搬石頭砸自己的腳，初一那天來道歉，被我諷刺一頓，吃了癟還說不出口。如今挨了他娘一頓好打，我雖不是寬宏大度的人，但到了這會兒，真是半點氣都沒有了。」

姜桃看他沒說假話，又瞧瞧他書桌上堆成小山的書，道：「那你先看書，我去燉湯。」

初一時，姜楊在蘇宅和衛家待了大半天，初二一家子回槐樹村吃午飯，然後姜楊就專心看書，沒再出過門。

姜桃幫不上什麼忙，只能接著燉補湯。

但雞湯、骨頭湯什麼的，燉了月餘，她自己聞著都沒胃口，想著姜楊應該比她還反胃，就去找衛夫人討教。

衛家都是讀書人，說到如何溫和進補，衛夫人算是半個行家。

她拿了幾道藥膳湯的方子給姜桃，燉起來比較繁瑣，但效果肯定比一般湯水好。

姜桃照著方子，買了食材和藥材，燉湯越來越得心應手，也不容易出糗。

她去灶房看看火，算著還要一段時間才好，就出來了。

此時，沈時恩正在天井裡劈柴。

黃氏來找姜桃說話時，他就在劈，劈了半個多時辰，旁邊劈好的柴火已堆成小山。

大冷天的，他額頭上全是細密汗珠，姜桃見了，心疼道：「難得過年可以休息幾日，這麼累做什麼？家裡不缺柴火，你歇著吧。」

沈時恩放下斧頭，對她笑道：「話是這麼說，但我沒事做，閒著反而難受。」

他和姜桃同樣是閒不住的，姜桃也覺得過年這幾天，既沒有親戚要走動，又不能去繡坊開工，怪沒勁的。

兩人說著話，進了屋，沈時恩看姜桃百無聊賴地又把繡花冊子拿出來看，就問她。「要不要出去玩幾天？反正家裡沒什麼事情，小南和阿楊都大了，還有蘇師傅照看著，咱們離開兩天也沒事。」

姜桃聞言，眼睛立時亮了。

她當然想和沈時恩出去玩！

自從兩人成婚後，幾乎只有晚上能相聚，白天各有各的事要忙。

而且，一家子住在一起，熱鬧是熱鬧，但兩人的獨處機會就少了。

她不是說和弟弟們住在一起不好，可新婚燕爾，二人世界還是很讓人嚮往的。

不過嚮往歸嚮往，她轉頭看姜楊住的廂房一眼，說：「還是先不要吧。阿楊二月下場，我出去了也不放心。他天天熬夜，要是病倒了……唉，算了算了，往後有機會再說吧。」

正好，姜楊出屋子添茶，聽到他們在說話，便進屋道：「不用有機會再說，府試在府城，那裡沒什麼好玩的。但院試在省城，聽說省城比咱們這兒熱鬧多了，到時候妳和姊夫一道去，在省城好好玩。」

姜桃一聽就笑起來，姜楊這想法和她不謀而合。她本就不放心姜楊一個人去外地考試，到時候自然要跟。沈時恩肯定也不放心他們，也得陪著去。

她正準備接話，卻聽天井裡傳來一聲響亮的嗤笑。

「沒想到楊哥兒進城一年，口氣變大了，縣試還沒考呢，就說到府試、院試了。」

姜桃認出這是大伯母趙氏的聲音，臉上的笑立刻淡下去，對姜楊抬抬下巴，示意他回屋看書，她去見趙氏。

「大伯母怎麼來了？」

自從搬進縣城，姜桃就沒跟其他兩房親戚來往。初二那天，她回了槐樹村一趟，但那也是趙氏和周氏回門的日子，就沒碰上。

趙氏挎著籃子，笑吟吟道：「過年嘛，你們當晚輩的沒來我家拜年，我這當長輩的卻不能不念著你們，這不是來送點吃食的？」

這話說得夾槍帶棒，可不算好聽。

不過姜桃早就習慣了，也不惱，只笑著回嘴。

「大伯母這話說得有趣，我是外嫁女，按著規矩，只要回門向爺爺奶奶問個安。我回去了，沒見著您和二伯母嘛。至於阿楊，去年秋天才臨時知道可以下場科考，正在念書的緊要關頭，爺爺奶奶要他安心看書。再說了，我要真上門拜年，您跟二伯母還得給阿楊和阿霖壓歲錢，去年兩家都過得不容易，我可不捨得讓您們破費。」

趙氏早知道姜桃從前鵪鶉似的模樣是裝出來的，也領教過她的伶牙俐齒，但沒想到過了一年，她說話越來越刁鑽。聽聽她說的是什麼話，什麼叫「兩家都過得不容易」，這是戳她的心窩子啊！

去年分家後沒多久，大房搬到城裡，賣光了分家得來的田地，家裡又有個讀書的姜柏，趙氏捏著幾百兩銀子，可不敢像姜桃這麼闊綽，敢花七、八十兩買茶壺巷的房子，遂花了五十兩，買下縣城邊緣的老屋。

本想著只是暫居，等姜柏考中秀才，一家子自然就能過上好日子。

但天不遂人願，姜柏考過縣試之後，春風得意，和同窗喝多了酒，吹了冷風病倒，沒能赴後來的考試，更別說中秀才了。

直到夏天，姜柏才慢慢養好身子，結果沒多久就地牛翻身了。

他們家的房子本就老舊，颳風天會進風，下雨天會漏雨，遇上地牛翻身，更是塌得連個能站腳的地方都沒有了。

得了衙門那不頂用的十幾兩補助，趙氏摳摳索索又拿出幾十兩老本，想著把房子修好。

那時地牛翻身剛結束，到處是修繕房子、蓋房子的人家，會幹這些的工人不夠用，連帶著泥料、磚瓦的價錢都上漲了。

像姜桃這樣的人家，當然不在乎，加了銀錢加急，半個月不到，便住進修好的房子。

趙氏可捨不得那些錢，厚著臉皮帶著一家子回槐樹村住了幾個月，等到年前蓋房子的價錢低些了，才雇人把城裡的房子蓋好。

正是因為離開縣城幾個月，鄉間消息閉塞，她過完年才知道，姜桃辦了好大的繡坊。

回到城裡，趙氏聽說姜桃靠上縣官夫人這棵大樹，解決幾十家人的生計，心癢得不行，等著過年時好好拉攏姜桃，好跟著一道發財。

但她沒想到，姜桃壓根兒沒想上他們家走動，她在家等得花兒都謝了，眼瞅著要到上元節，卻連姜桃的人影都沒看到，只好打聽姜桃家的位置，親自尋過來。

進姜家前，趙氏告訴自己，此行是來修補關係的，不管姜桃說什麼，都不能對著財神爺生氣。

但她這人素來沒什麼城府，一進門就聽姜楊在說府試、院試，說得好像吃飯穿衣一般簡單，想到自家兒子去年那沒下場就砸了的考試，腦子一熱，便開始說胡話了。

不過，趙氏很快恢復理智，忙強笑著描補道：「妳這孩子，這話好像說我當大伯母的特地趁著過年來找妳麻煩一樣。我是真好心，想著你們的爹娘不在身邊，家裡也沒個長輩，特地來看看你們。」

「原來是這樣啊。」姜桃饒有興味地笑了笑。

沈時恩看姜桃一眼，他很少和姜家人相處，但也知道趙氏不是什麼好東西。若不在眼前，他管不到就算了，眼下他在家，自然不能看著姜桃被人欺負。

但是，還不等他開口，姜桃便對他笑道：「你不是還要劈柴嗎？先去劈吧，我和大伯母說一會兒話。」

沈時恩一看她狡黠的笑容，頓時明白，她這是要拿趙氏消遣了！

趙氏見姜桃把沈時恩支出去，那就是願意跟她好好說話了，覺得此行的目的，算是達成一半。

她面上一鬆，笑著問：「去年妳家過得不錯吧？」

姜桃從果盤裡摸出一顆小橘子，慢慢剝著。「還行吧。弟弟們念書，沈二打些野物，我就還是做些刺繡。」

趙氏這才想起，姜桃家不止她一個會賺錢，沈時恩當初下聘時，獵了一頭野豬，賣了二百兩。雖然那樣的野物可遇不可求，但有那份打獵的手藝在，進項肯定差不了。

她的心不覺跳快了幾分，試探著問：「那妳家去年進項，得有這個數吧？」伸出手指，比了個一。

一年能賺個一百兩，豈不是富得要流油了?!

姜桃看著她比劃的數字，還以為她問的是一千兩。她自己掙的都不只這個數，別說還有沈時恩打老虎賺的五百兩賞銀。

不過，她是要拿趙氏取樂的，不是同她交底，所以只是不置可否地笑了笑。

趙氏一看她笑，便知道自己沒猜錯，目光不覺落在姜桃手邊的果盤上。裡面不僅有橘子，還滿滿當當分格放著花生、瓜子、飴糖等零嘴。

想到自家寒酸地過年，別說這樣的果盤，連魚和肉都沒捨得買多少，趙氏想跟著姜桃一道賺錢的心，越發火熱了。

「聽說縣官夫人和妳一道辦了個繡坊，招了好多繡娘做工，妳看……」

姜桃像沒聽懂似的，小瓣小瓣吃著橘子，突然岔開話頭道：「去年地牛翻身，大伯母家如今怎麼樣了？」

趙氏雖然急著想加入姜桃的繡坊，不滿被硬生生地打斷，但姜桃關心她家境況，也是好的，正好乘機說說自家有多不容易。

趙氏掏出棉帕子，擦了擦眼角根本不存在的淚。

「過得不好啊。去年柏哥兒考過了縣試，沒兩天就生病，病到入夏，眼看著要好，家裡又遇到那樣的大難，不知道賠進去多少銀錢……」

姜桃聽得很認真，時不時點點頭，表示贊同。

趙氏看她願意聽，越發覺得有戲，又要把話轉到繡坊上。

然而，姜桃又發問了。「二伯母家呢？他們如何了？」

這死丫頭該不會發了善心，還想著拉拔二房？

趙氏盤算著，接著道：「他們家就不用妳操心了，柳姐兒的未婚夫是城裡金鋪的少東家，雖是個病秧子，但家底厚實，聽說光是下聘，便給了上百兩。本來去年秋天就要成親，卻被地牛翻身耽擱了，不過妳二伯家因禍得福，乘機讓女婿家買了一套新宅子給他們，過年時還對我顯擺呢。」

「這樣啊。」姜桃輕輕嘆口氣。

趙氏聽出一絲惋惜的意味，忙道：「就是這樣。他們家過得太好了，唯有我們家不好。妳是我們的親姪女，如今自己發達，可不得拉拔我們一把？」

姜桃繼續裝傻。「怎麼拉拔呢？」

趙氏急道：「我也不跟妳要銀錢，只希望妳讓我去繡坊做工，一個月賺點銀子貼補家用，就滿足了。」

姜桃忙不迭點頭。「這樣啊。」

「妳別這樣那樣的，能應下嗎？」趙氏快被姜桃這慢條斯理的說話方式急死了。

「我自然是沒問題的。」

趙氏面上一喜，又聽姜桃道：「可是您也說了，縣官夫人和我一道做生意呢，這件事還得她點頭。」

外人哪裡知道是黃氏趕著要給姜桃送錢，都以為是黃氏接管姜桃原先那間小繡坊。

趙氏也這麼認為，但她可不敢說黃氏的壞話，只焦急道：「縣官夫人不是格外器重妳嗎？我是妳大伯母，不是外人，妳好好去說，她能不答應？」

姜桃笑了。「您也知道那是縣官夫人，官家太太，我能左右她的意思？您的話，我明白了，我試著說說吧。」

趙氏再愚笨，也聽出她話裡的敷衍，急切道：「可不能只是試試，妳得好好說……」

姜桃打了個哈欠，覺得沒勁兒了，站起身。「時辰不早，我就不留大伯母吃晚飯。趁著天色還亮，您回去路上當心些。」

她走到門邊，趙氏起身跟上去，想再多說幾句。

孰料，姜桃把她帶來的籃子往她手裡一塞，半推半送地要趕她出門。

趙氏覺得不對勁了，有些生氣地對姜桃說：「妳這丫頭，方才不跟我說得好好地，怎麼翻臉不認人？大過年的，我特地跑了一趟，還這麼低聲下氣地求妳……」

姜桃點頭。「對喔，大過年的，大伯母特地跑了一趟，不好讓您空手而回。」

趙氏神情一鬆，見姜桃快步折回屋裡，沒多久又出來。

姜桃塞了把瓜子給趙氏，笑著說：「大伯母留著路上吃。」然後就把院門關上。

趙氏看著眼前緊閉的門板，再看看手裡抓著的一把瓜子。

她……好像被耍了?!

一門之隔的院子裡，姜桃腳步輕快地拉著沈時恩回屋說話。

沈時恩看著她臉上的笑，無奈道：「妳大伯母慣是不會說好話的，難不成一年不見，變了個人？到底說了什麼，把妳哄得這麼高興？」

姜桃又捂嘴笑了一會兒，才開口道：「完了，我發現我是個壞人。她跟我哭窮，說家裡過得如何如何差，我越聽越高興，差點當著她的面笑出聲。」

沈時恩沒被趙氏的慘況逗笑，反而被她這話逗笑了。「妳別自謙，妳算壞人，天底下就沒什麼好人了。」

從前在姜家時，趙氏和周氏如何欺負姜桃，他沒親眼見過，但能想像得到。如今姜桃成了黃氏的手帕交，若真是壞人，隨便說幾句便能給這兩家人製造不小的麻煩。

可姜桃沒有做過那些事，要不是趙氏特地找來，她已全然把那兩家人忘了。

「之前我還說這年過得無聊，實在不該。」姜桃靠在沈時恩的肩上。「有了比較，才知道咱們家這日子有多舒心。我再不貪心了，這樣就很好。」

沈時恩抱著她親了親，姜桃想說大白天的，讓弟弟們看到可怎麼辦，幸好沈時恩沒有更進一步的動作，親完便退開來。

他嚐到她唇間酸酸甜甜的橘子味兒，意有所指地道：「確實很好。」

相較於茶壺巷裡的溫情脈脈，趙氏揣著一把瓜子回到家裡，氣氛就不那麼美好了。

此時，姜正還沒有回來。

他搬到城裡後，替人家做工，但沒有一技之長，只能做搬搬抬抬的體力活兒。這種活兒是個男人都能做，所以很不穩定，三天兩頭就要換東家。

雖然是過年期間，但家裡三張嘴都要吃飯，就指望他活計的進項，所以姜正不敢歇著，趁著過年外頭熱鬧，去打零工。

趙氏也是如此，自打搬到城裡來，就沒閒過，若非今天要去找姜桃，也是在外頭做散工。不過她會的更少，漿洗縫補，還不夠姜柏和同窗的吃酒錢。

姜柏心安理得地歇在家裡看書，見了趙氏就問：「那喪門星怎麼說？」

趙氏煩躁地皺起眉。「先是問了咱家的境況，我看她很有耐心地聽，還以為這事十有八九成了。誰知道等我真的開口，又說繡坊的事不是她能作主的，還得問問縣官夫人的意思。最後我說跑一趟不容易，她只塞給我一把瓜子。」

這結果，姜柏並不意外。之前他算計姜楊不成，反倒搭上半條命，當時他只是隱隱覺得不對勁，後來想了好一陣子，總算猜到是姜桃在搗鬼。

「她生性奸猾，娘多半是被她耍了。」姜柏恨恨地合上書。「狗眼看人低的東西，去年我過了縣試，他們就不當回事，看準我考不上。去年我是運道差，今年必然考上，要讓他們知道看低我們家的下場！」

聽到兒子這麼有志氣，趙氏笑道：「對！你好好考，等你中了秀才，再也沒人敢怠慢咱們家。」

姜柏點點頭，隨即想到，因為恩科的緣故，姜楊也要下場，就問趙氏。「娘見到姜楊那個小病秧子沒有？他怎麼樣？」

「只見了一面，看著身量長高不少，也不那麼瘦了。不過沒說上話，那死丫頭讓他回屋看書去了。我進門時，聽他說什麼府試、院試的，說等院試去省城時，讓姜桃跟著去玩。」

姜柏嗤笑出聲。「他真當科舉是兒戲?縣試過不過,還不一定呢!」

姜楊被趕出學堂的事不是秘密,姜柏搬到城裡沒多久就聽說了,但姜楊接著拜了衛常謙為師的消息,卻沒有傳出來。

姜柏這階層的人,連衛家大門朝哪兒開都不知道呢,更別說聽聞衛常謙收學生的事。

整座小縣城裡,就那麼幾個秀才,他沒聽說姜楊拜了哪個當老師,以為姜楊這一年來,一直在自學。

大家都說姜楊天分高,姜柏自小和姜楊一起長大,並不覺得他有什麼過人之處,更不願承認自己被他比下去。從前考不上,那是姜楊他爹沒認真教,沒看他換了個先生之後,一次就考過了縣試嗎?

他比姜楊大幾歲,多讀幾年,縣試的名次還吊車尾,失學一年的姜楊能有好成績才怪!

所以,姜柏越發輕慢地道:「娘看著吧,等他真下場,就知道其中的艱難!」

趙氏點頭,對兒子的話深信不疑,等著看姜楊的笑話了。

第六十八章

但是，趙氏等啊等的，只等到姜楊成為全縣的案首！

趙氏和姜柏都聽說了，姜桃更是早早就得到消息。

黃氏親自上門來報喜，姜桃倒不意外，笑著客氣道：「是秦大人抬愛了，我代阿楊同他道個謝。」

黃氏忙說：「沒有，是阿楊自己考得好。一共考了五場，場場都是他第一。」

之前，黃氏想過幫姜楊走後門來著，還跟秦知縣說，那是姜桃的弟弟，可以把他的名次往前提一提。

秦知縣沒膽子在科舉這種大事上徇私舞弊，但縣試是他說了算，自能操作，比如那種可中可不中的，全看他的決斷。

姜楊是衛常謙的學生，不用擔心他考不中，但名次往前一點，肯定更好看。而且，動這種手腳，也不是什麼大事。

「這還用妳來說？他姊姊幫了咱們家那麼多忙，我心裡不知道？」

夫妻倆早早說好了，但根本不用他們操作，姜楊就是實打實的第一。

早些年，秦知縣也用功讀過書，但天賦實在不算高，最後是走了不知哪門子狗屎運，以倒數第一的成績考中舉人，後來娶了黃氏，靠著黃氏娘家疏通打點，才做到知縣的位置。

所以，他的學識雖然沒有其他舉人高，肚子裡也是有些墨水。姜楊的卷子，真是讓他愛不釋手，自己欣賞完不夠，還讓人謄抄一份，留在家裡看。

秦子玉看不下去了，酸溜溜地說：「去年我院試的卷子，爹都沒有這般愛惜過，一個農家子的縣試考卷，至於嗎？」

秦家老家在同省不同縣的地方，去年秦子玉去省城考試，回來後，默寫自己的卷子給秦知縣看。

秦知縣看完，誇他發揮得比平常好，秀才的功名不用擔心了。

後來，真讓秦知縣說中，秦子玉吊車尾考了個倒數第三。

但甭管第幾吧，反正秦知縣從沒對他的卷子奉若珍寶過。

秦知縣說：「你別酸，人家還真就答得好。別說你了，連你爹在這個年紀都寫不出這麼務實的東西。現在只是小小的縣試，你且看著，他的出息在後頭。姜楊寫得真好，真不愧是衛先生選中的學生。要不是我肚子裡的墨水實在有限，也想當他的老師。」

秦子玉不信邪地湊過去看，秦知縣卻把卷子一合，對他擺擺手。「去去去，還沒放榜，這是你能看的東西嗎？」

接著，黃氏過來，秦子玉見到她，像耗子見了貓，頓時乖順，再也不發表意見了。

黃氏報了喜，又問姜桃。「馬上要放榜了，到時候要不要熱鬧一下？我去雇個舞龍舞獅隊，再找幾個吹拉彈唱的。」

姜桃忙說不用。「我不愛那些，妳是知道的，阿楊也愛清靜。而且，這只是縣試，後頭還有府試、院試，沒得讓他分了心。等考完再慶賀，也是一樣的。」

黃氏點點頭，說知道了。臉上笑意比姜桃的還濃，不知道的，還以為是她家兒子考了案首呢！

很快到了放榜的日子，縣城識字的人，幾乎都去看熱鬧。

姜桃想去，但姜楊說人肯定很多，反正成績就在那裡，去不去看都不會有影響，在家等著也一樣。

姜桃想想也是，反正她已經提前知道結果，去不去看沒有差別。而且姜楊這麼老神在在，她這當姊姊的，也不能表現得經不住事。

相較於姊弟倆的平靜，蕭世南和姜霖很是激動，他們既不像姜桃那樣，提前被黃氏透了口風，又不像姜楊那樣對自己的成績心中有數，早早便去放榜的地方等著。

一大一小出去沒多久，蕭世南便興匆匆地跑回來說：「嫂子，大喜啊！阿楊是案首！」

姜桃沒把黃氏提前來報喜的事兒告訴弟弟們，畢竟這也算是一種走後門，便裝出驚喜的樣子。

「那敢情好！」

姜楊聽到動靜，才提著茶壺慢悠悠地出來添茶，彎了彎唇，清淺地笑笑，算是表達自己的喜悅，然後回屋去了。

蕭世南看著他那樣子，忍不住嘀咕。「嫂子不知，剛才外頭的人知道咱家阿楊是案首，爭搶著同我道喜，我的鞋都被他們踩掉了，幸虧遇上小榮，把阿霖託給他照看，他家家丁幫著我開道，才能這麼快回來報喜。旁人都那麼熱情了，怎麼阿楊反倒像沒事人似的？」

姜桃笑道：「咱們阿楊目標不僅於此嘛。我也覺得先別慶祝，後頭還有兩場大考呢。」

她沒指望姜楊一路考到狀元，一家子跟著平步青雲，只想著，既然能提前下場，就讓姜楊盡力一試，考到秀才便行。

她知道考科舉並不像說起來那麼簡單，但秦子玉那樣的人都能中個秀才，姜楊肯定沒問題的。

「那嫂子的意思是，等阿楊中了秀才，咱們再慶祝？」蕭世南很配合地壓低聲音。

姜桃點點頭。

兩人在天井裡說話，姜楊待在廂房，卻沒關門，儘管他們的聲音很小，他還是聽到了。秀才嗎？姜楊彎唇笑了笑，姜桃還是小看他了。

另一邊，榜單之前，姜柏和秦子玉久久沒有挪動腳步。

旁人爭著看案首姜楊的卷子，看完便會忍不住誇上幾句。他倆不同，臭著個臉，好像被欠了很多銀錢一般。

「我看這卷子也就這樣吧，是比旁人答得好些，不過湊合而已。」姜柏涼涼地嘀咕。

「就是，我也沒覺得有多好，看來是這屆考生不太行。」秦子玉也酸言酸語。

不過，兩人只敢小聲念叨，旁邊的人，有許多是這一屆的考生，讓他們聽到這些話，一人一口唾沫，就能淹了他倆。

兩人互換眼神，都發現彼此眼底的不屑，頓時惺惺相惜起來，一道擠出看榜的人群。

「這姜楊是走了狗屎運。」秦子玉不屑地撇撇嘴。「一個農家子，正好遇到本屆考農政，自然比一般人回答得好些，不過是占著窮酸出身的便宜罷了。」

農政確實是姜楊的強項，他出身農家，答起這種題目，言之有物，比一般五穀不分的富人子弟更出色。可考科舉的農家子，沒有一百，也有八十，其他人還真比不過姜楊，是姜楊優秀啊！

但秦子玉不管那些，就是酸！

看不慣姜楊的人，可能會跟著附和秦子玉，但姜柏不會。他和姜楊是堂兄弟，秦子玉說的「窮酸」兩字，刺痛了他的心，頓時出聲反駁。

「哼，我看考題只是碰巧，更重要的是主考官。」

秦子玉的臉色立即不對勁了，主考官是他爹！

「兄臺此話怎講？」

姜柏還是有分寸的，沒直接說秦知縣徇私舞弊，只道：「這姜楊的姊姊和秦夫人合夥辦繡坊，做生意，縣城誰人不知？我聽說兩人好得就差義結金蘭了。」

秦子玉惱了，他本不是什麼好人，聽姜柏這麼說他爹娘，登時沈下臉。

「咱們說姜楊，你扯上知縣夫婦做什麼？」又上下打量姜柏，嗤笑道：「看你這打扮，想來不是什麼好人家出身。我說怎麼敢把話頭往主考官頭上扯呢，敢情也是窮酸貨色，考不上，便覺得是當官的為難你們？」

「你說誰窮酸？說誰考不上？」姜柏也惱了，嗓門不覺大起來。「我穿的是不好，你穿得好，不知你是哪家的富少爺，上趕著給知縣溜鬚拍馬?!」

兩人因姜楊考上案首的事，本就生了一肚子氣，又被對方的話一激，撒氣似的吵起來。又是十幾歲正衝動的年紀，吵著吵著，乾脆動手了。

姜柏到底是農家人，雖然經常躲懶，但多少做過一些活計，手上力氣比秦子玉這樣的公子哥兒大不少。

秦子玉也是倒楣，覺得來看姜楊的卷子丟臉，沒讓家丁、小廝跟著，打著打著，便落了下風。

後來，還是看榜的路人看不過去了，七手八腳地拉開他們，秦子玉才得以脫身。

秦子玉被打成了豬頭，回到家，立刻命人去查姜柏的底。
小縣城就這麼大，看榜的又是讀書人，沒兩天，下頭的人就查到姜柏的背景。
聽說對方是姜楊的堂兄，新仇加上舊恨，秦子玉立刻讓人去整治姜柏。
他做不出殺人放火的大惡事，玩的還是排擠施壓那一套，沒多久，姜柏被秀才先生趕出學堂，而且再沒有先生肯收。
這下可好，之前他笑話姜楊在家自學，還妄圖考科舉，現在他變成那個需要自學成材的人了！

光陰似箭，時至四月，府試快開始了。
縣試和府試不過隔了兩個月，這兩個月裡，除了縣試放榜那天，姜家熱鬧一下，因為當天來了不少人賀喜，姜桃便去買了幾百顆紅蛋，送給來道賀的人。
隨後，姜家安靜下來，姜桃千叮嚀萬囑咐，讓家人不要打擾姜楊看書。
之前姜霖和姜楊住同一間屋子，後來搬去和蕭世南一起睡。縣試之後，蕭世南乾脆帶著姜霖住到蘇宅，這樣早起上課方便，也不用擔心早上弄出動靜，吵醒熬夜的姜楊。
考完縣試，姜楊便不到衛家上課，偶爾有不明白的地方，或寫了新的文章，才會去請教衛常謙。
每天早上，他辰時起床，然後一念就是一整天，除了出恭，其他時候幾乎都在屋裡讀書，一直念到丑時末。

換算成現代的時間，大概是早上七點起床，讀到凌晨快三點，一天只睡四個小時。

看姜楊這般全力以赴，姜桃再不敢說什麼考個秀才就好這種輕狂的話了。

考秀才也太不容易，要是後頭考舉人，姜楊豈不連覺都不睡?!

她有心想勸勸他，到底年紀還小呢，不過十四歲，先天身子又比旁人瘦弱，萬一病倒，可是得不償失。

她還想著，自己不懂四書五經，讀書幫不上忙，但可以幫著制定計劃表，這樣可以提高效率，姜楊就能多休息一會兒了。

還有，以前她看古代小說時，主角都會在自家搭建臨時考場，模擬科舉的氛圍，這樣也能事半功倍。

她想好了，就去找姜楊。

孰料，她還沒開口，便看到他桌上早有一份時間表了，上面清楚寫著每天什麼時辰該做什麼，每讀一個時辰的書，還能休息一刻鐘。

到了休息的時候，姜楊會去出恭，或在炕上瞇一會兒。

她一直沒進來打擾他，便不知他早替自己安排妥當了。

至於模擬什麼的，更無用武之地。衛常謙已經想辦法弄來一些歷年考題給他，姜楊早模擬著做了。

姜桃想勸姜楊多睡一會兒，姜楊就道：「姊姊說的，我都曉得，一天兩個多時辰的睡眠，對現在的我來說，並不怎麼辛苦，習慣就好。再說，不是還有妳燉給我喝的藥膳湯嗎？吃了精神更好。妳看，這段時日，我都沒瘦。」

姜桃見他的精神確實不錯，又看他有自己的主意，就不再勸了。

這日，姜桃和黃氏、衛夫人一道喝茶小聚。

以往黃氏時不時便來找姜桃聊天說話，但姜家現在不宜見客，白日姜桃要麼待在繡坊，要麼在蘇宅，除了送飯，絕對不會打擾姜楊的。

黃氏知道後，遂來蘇宅尋她，但衛茹仍跟著蘇如是學藝，也需要清靜，姜桃和黃氏便窩在蘇宅的偏廳裡說話。

衛茹見狀，回去跟衛夫人說了，衛夫人把她們請到自家花廳，也加入她們的聚會。

三人本就有交情，眼下又都是備考學子的家長，更是有聊不完的話。

聽姜桃說擔心姜楊的身子，黃氏和衛夫人便一起勸她。

衛夫人說：「起碼妳還日日能見到妳家阿楊。我家琅兒，妳們應該都沒見過吧？他一直跟著老太爺讀書，雖然同住一個屋簷下，我一個月也見不了他幾回。如今更別說了，老太爺直接封了他的院子。除了每天送吃穿用度的下人，我和我家老爺連想見他一面都困難，可擔心了。」

這幾年，的確極少有外人見過衛琅。

聽說，當年衛老太爺對兒子讀書的事，不怎麼上心，卻對孫子衛琅親力親為地教導，想來是個天賦絕佳的少年。

姜桃只在地牛翻身的那個夜裡和衛琅打過照面，當時衛琅站在衛老太爺身邊，看著不過是個十六、七歲的少年人，但面對那樣的天災，卻聞風不動，有著超出年紀的沈穩。

姜桃笑道：「衛老太爺是過來人，衛家書香門第，令郎更是天賦異稟。連妳都擔心，我們豈不是更要擔心得睡不著覺？」

衛夫人對兒子還是很自豪的，衛琅十三歲時，就成了連中小三元的秀才公。

那時，衛常謙也高興極了，說衛琅怕是要成為第二個衛老太爺，來個連中六元。

三代裡出了兩代連中六元的文曲星，這是多大的榮光啊，翻遍史書都找不出幾家呢。

但後來衛老太爺沒讓衛琅繼續科考，說他太年輕，得緩一緩。

沒多久，衛老太爺辭官，衛常謙支撐門庭，於前年搬回小縣城。

衛常謙和衛夫人都問過衛老太爺，什麼時候再讓衛琅下場？衛家祖輩都是農人，好不容易改換門庭，總不能就這樣成了白身。

衛老太爺一直說不是時候，且再等等。

直到去年秋天，承德帝下旨大開恩科，衛老太爺才鬆口，說是時候了。

衛琅這才準備下場，要考八月的鄉試。

衛夫人對兒子很有信心，但還是謙虛地道：「話是這麼說，但是當父母，哪有不操心兒女的？雖然知道他天資高，又有老太爺看顧，還是忍不住會想，孩子有沒有累到，有沒有吃好，唉……」

姜桃點頭。「阿楊就住在我隔壁房間，一天恨不能去看他幾十回。但是又怕打擾他，白日才乾脆待在外頭。」

黃氏聽了她們聊了好一會兒，才搔頭道：「啊？原來妳們都擔心這些，那咱們的情況還真不一樣。」

兩人便問黃氏，情況哪裡不一樣？

黃氏不好意思地笑了笑。「妳們不擔心孩子的成績，只擔心他累到自己。我是相反，我不怕子玉累壞，就怕他不肯學呢……」

秦子玉也是早就鑽進書房裡了，不過他可沒有姜楊那麼高的自制和自律。加上秦知縣衙門瑣事也多，沒工夫看著，他就只是看起來很認真而已。

後來，黃氏偶然去了書房一趟，發現他桌上的四書五經下，居然壓著畫本子，而且內容真是……香豔過頭了。

黃氏搶過來翻兩頁，老臉都羞紅了。

秦子玉也害臊，但還是嘴硬道：「娘不懂，我讀得睏了，就靠這個提提神，並不是玩物喪志。」

黃氏信他才有鬼，誰家學子念書靠春宮圖來提神啊！

於是，她又摸出了那捆竹板。

秦子玉瞧見竹板子就發怵，屁股挨了兩下，立刻把書房裡藏其他玩樂東西的地方，全供出來了。

黃氏一搜，足足裝了兩籮筐。

此後，黃氏沒事就拿著竹板子進秦子玉書房晃悠，秦子玉這才開始認真讀書。

聽說黃氏又動手打秦子玉，衛夫人忍不住勸道：「之前我和妳說的，不是那個意思。妳家子玉雖然做錯事，但都十幾歲的人了，這樣打……有些不好。」

衛夫人說得委婉，姜桃怕黃氏不理解，幫著解釋。「沒有哪家大人不打孩子，但不會打那麼大的孩子。子玉也是要面子的，萬一真把他打急了，恐怕會傷了你們的母子情分。」

黃氏點點頭。「妳們勸的，我都明白。但是自己的孩子，自己知道。子玉身子底子好，打屁股打不壞，但我以後不會跟他動手了。」

衛夫人和姜桃這才放心，隨即聽黃氏道：「除非他又不乖。」

得，她這是嘗到武力管教的甜頭了。

其實黃氏真是錯有錯著，秦子玉就是欺軟怕硬，不然之前他早看不慣姜楊，卻一直沒有為難他。

他是知縣公子，姜楊不過是個農家子，身分如此懸殊，他早能發作。但他知道姜楊天賦高，說不定哪天就鯉魚躍龍門了，一直忍著。忍到姜楊戴孝，三年不能下場，才發洩了許久的嫉妒和怨恨。

現在，黃氏硬氣起來，說打就打，秦子玉就怕這個。

大年初一，他被黃氏打一頓，乖了好些天。然後放榜那天，他和姜柏起爭執，沒幾天就把姜柏擠出學堂，再也進不去。

他心想，姜楊的堂兄都被他收拾了，姜家人也就那樣，並不是他想的那麼可怕、不好惹，尾巴不覺又翹了起來。

結果，他沒得意多久，又被黃氏修理，皮便繃緊了。

三家的情況不一樣，但相同的是，當家長想為孩子好的心情。

就在這樣緊張的氛圍裡，到了府試的日子。

之前姜楊和姜桃說過，府城離縣城不遠，也沒什麼好玩的，說之後上省城時，再讓她去陪考。

話是這麼說，姜桃哪裡放心他一個人去府城？還是想跟著去。

她想跟，姜楊卻不想讓她去。

就像姜桃心疼他辛苦，想勸他多休息一樣，姜楊看姜桃每天早晚在灶間燉藥膳湯，身上都帶著一股藥味，而且瞧著比他更緊張，晚上還起來兩次，替他熱消夜，也同樣心疼，不希望她來回奔波，趁著這段時日，好好在家裡歇一歇。

正好，楚鶴榮在小縣城窩著沒勁兒，想跟姜楊去府城玩玩。

楚鶴榮跟姜楊他們好得跟親兄弟似的，身邊也有家丁、小廝，既不缺錢，又不缺伺候的人。但他也是個半大少年，性子有些跳脫，還不如姜楊沈穩，姜桃依舊不放心。

後來，黃氏知道了，過來勸她。「妳家阿楊這是心疼妳呢，我知道，妳不親自跟著去會擔心，可妳想想，要是妳跟去，就變成阿楊擔心妳。咱們擔心，不妨礙什麼；要下場的人分心，結果可就不好說了。」

這話勸住了姜桃，只好多叮囑楚鶴榮兩句，說麻煩他了。

楚鶴榮也爽快，笑著應下。「都是一家人，姑姑這麼客氣做什麼。我是個只知道玩的，但我身邊有個老管家，極為得用。有他照料阿楊，您就放一百八十個心吧。」

他沒說假話來寬姜桃的心，而是過年時回家，楚老夫人看他在外頭待了一陣子，還真有了些書卷氣，而且也不道外頭辛苦，反而說自己過得很不錯。

楚老夫人想著，雖然之前有送些伺候的人和吃穿用度給楚鶴榮，但在外頭的日子，怎麼可能有家裡好？孫子這麼說，是讀了書，長大了，不想讓她操心呢！

加上楚鶴翔歿了，孫氏對楚鶴榮越發愛重，便把老管家安排到他身邊去。

老管事極有經驗，很會看眼色，照看楚家上下幾十口人多年，因為年紀大了，不想管那麼多事，才肯過來小縣城。

有他照看著，楚鶴榮過得越發好了。

所以，楚鶴榮才有信心，向姜桃打包票，定能把姜楊照顧好。

姜桃聽他說了老管家的事，總算放心一些，親自送他們出城，待在家裡等消息了。

——未完，待續，請看文創風885《聚福妻》4

2020年8月出版

農華似錦

文創風 875～877

人人常說「榮華富貴」，她的名字寓意雖好，卻沒沾到半點喜氣，
不但年紀輕輕就香消玉殞，穿越到又窮又苦的農家，
想要讓一家子活下去還得鋌而走險，人生真的好難啊！

農門秀色，慧黠情真／琥珀糖

榮華因為一場空難意外，穿越成桃源村小農女，
雖有個村長爹，還有個經年在外的將軍作未婚夫，
卻沒有為她的日子帶來田園風光的美好，
反而充斥著挨餓受凍、雞飛狗跳的苦難……
怪只怪生逢亂世，想要吃飽穿暖都是一種奢望，
這家都窮得要命了，還要供養一窩極品親戚，
她好不容易重獲新生，可不能就此坐以待斃啊！
本想死馬當活馬醫，冒著殺頭的風險在邊境走私，
孰料竟拚出一條活路，將窮鄉僻壤翻身成黃金寶地？
不只一家人得以溫飽，連鄰里鄉親都能一起脫貧致富，
而今再藉著天時地利，徹底擺脫那些好吃懶做的親戚，
人生剛迎來好盼頭，無奈「財」「貌」兼具卻引人覬覦，
這縣令好大的官威啊，想要強娶她？先問過她的未婚夫吧！

2020年8月出版

大熊要娶妻

文創風 872～874

她才十五歲耶，姑娘家的身子都還沒長開就得嫁人？
雖說現在就要談親事實在太早，她這現代人打心底無法接受，
但她雙親剛亡，家中欠了一屁股債，還有個幼弟要養，
眼下都快揭不開鍋了，還談什麼自由戀愛、理想對象啊？
既然這頭大熊人品不錯，想來嫁他是當前最穩妥的一條路吧？

生當復來歸　死當長相思／清棠

說到熊浩初這個人，林卉雖然沒見過，倒也是有所耳聞的，
傳言他有些凶……好吧，這是含蓄的說法，講白了就是這人風評極差！
據說，他年紀輕輕就殺過人，還上過幾年戰場，尋常人家皆不敢招惹，
本來他如何都不干她的事，可如今縣衙裡竟要把這頭大熊配給她當夫君？
原來本朝有規定，男弱冠、女十六就得成親，若無則由縣衙作主婚配，
這樣一號人物，即便剛穿越來的她膽子再大，也是有點心驚驚的，
但她才辦完雙親的喪事，不僅一窮二白還帶著個幼弟，不嫁人就得餓死，
何況她這個窮光蛋偏偏生了張招禍的美人臉，若不嫁，日後恐難自保，
既然自家這般條件他都敢娶了，她怕啥？正好抓這頭大熊來養家護嬌花！
說起來，這頭大熊天生力大無窮，能單手托舉成年水牛、一拳擊飛大野豬，
幸好他不如凶神惡煞的外表，不單品性好、會默默做事，還肯乖乖聽她話，
而且直到婚後她家大熊把錢交給她管後，她才發現他居然藏了不少錢，
當初嫌棄他住破茅草屋、年紀稍大而不肯嫁的人家，如今心肝都要捶碎嘍！
可話說回來，一個當了幾年小兵的人，有辦法攢下這麼多錢嗎？
所以，自己該不是嫁了個了不得的大人物……或是什麼江洋大盜吧？

未了情緣穿越再續　古今交錯情生意動／
灩灩清泉

2020年6月出版

豪門小農女

前生英勇殉職，怎麼再醒來卻變成弱不禁風的農村小丫頭？
連門檻都跨得喘吁吁，手無縛雞之力，怎麼在異世活下去？
而且她不僅自己穿來，連警犬小夥伴與前世戀人也一起來了——

文創風 854 1

夏離沒想到自己為了緝毒而英勇殉職，在別人眼裡是個真英雄，
卻穿到這個不知何處的小農村，只能當個連門檻都跨不過的弱丫頭！
弱就算了，這戶人家雖是孤女寡母，偏又有點銀錢，惹得村裡人人覬覦，
不是想娶她母親當續弦，就是想塞個童養婿給她，連自家親戚都想分一杯羹；
看似柔弱的母親心志雖然堅定，但能支撐多久？不行，自己前世是警察，
雖然沒什麼能在異世賺錢的才華，但總能走穿越女的老路子——做料理！
如願賺到了第一張銀票，她正打算好好來應付家裡的極品親戚，
誰知竟然遇上前世的小夥伴——警犬元帥！原來狗也可以穿越，驚！

文創風 855 2

以為早已失去的愛竟能尋回，對夏離來說比重活一次更教人激動！
只是，眼前的葉風不知是穿越還是投胎轉世？雖是長相一樣，卻又異常陌生，
見他似乎認不得自己，只把她當成一個農村丫頭，夏離的心又酸又澀；
但如今有機會再續前緣，管他是皇親國戚還是大將軍，
自己即使再平凡，也要想個法子讓他上心，成為能配得上他的女子！
不過越是壯大自己，她越是覺得自家疑雲重重，
母親夏氏從不提早逝的父親，對她的教養卻是按照大戶人家的規格，
她出身農村，即使未來經商賺錢也做不了貴女，為何母親如此盡心？

文創風 856 3

雖然早知意外救回的小男孩出身不同，夏離卻沒想到真相竟是如此——
他不但是名門公子，更是她同父異母的親弟弟！
誰會隨手救人就救到自己弟弟，她這手氣……等等，若他倆是姊弟，
那她夏離的父親根本不是什麼京城的秀才，而是鶴城總兵邱繼禮啊！
這下她的身世更曲折了，原來夏氏是生母最信任的丫鬟，
受主子之託，帶著襁褓中的她逃離邱家，隱姓埋名地養育她長大；
那個邱家究竟發生了什麼事，竟逼得主母連女兒都護不住，
而她那個渣爹一得知真相，竟急匆匆地找上門，到底是何居心？

文創風 857 4 完

原來自己不只是當朝將軍之女，因著早逝的母親，還跟皇室有關係呢！
但就算是半個皇家親戚又如何，母親被太后齊氏所害，父親遠遁邊城，
外祖家楊氏一族流放的、死去的，加上被圈禁十多年的大皇子表哥，
她實在看不出自己的身世尊貴在哪裡，根本活得小心翼翼、如履薄冰；
不能曝光她的真實身分，可若是她膽怯了不敢回京，
又要怎麼為冤死的生母復仇、討回公道、洗刷楊氏的冤屈？!
只是她身分特殊，當朝的皇子又個個蠢蠢欲動，自己像個朝廷的未爆彈；
眼看朝堂風波將起，她真能藉機為楊家翻案，更為自己正名嗎……

884

聚福妻 3

國家圖書館出版品預行編目資料

聚福妻 / 踏枝著. --
初版. -- 臺北市 : 狗屋, 2020.09
冊 ; 公分. --（文創風）
ISBN 978-986-509-141-5（第3冊：平裝）. --

857.7　　109010466

著作者　踏枝
編輯　安愉
校對　黃薇霓
發行所　狗屋出版社有限公司
地址　台北市104中山區龍江路71巷15號1樓
電話　02-2776-5889～0
發行字號　局版台業字845號
法律顧問　蕭雄淋律師
總經銷　知遠文化事業有限公司
電話　02-2664-8800
初版　2020年9月
國際書碼　ISBN-13　978-986-509-141-5

本著作物由北京晉江原創網絡科技有限公司授權出版

定價260元
狗屋劃撥帳號：19001626
網址：love.doghouse.com.tw　E-mail：love@doghouse.com.tw
版權所有・翻印必究　倘有倒裝、缺頁、污損請寄回調換